Αλέξανδρος Πα

Αλέξανδρου Παπαδιαμά·

by Johnny Ka

Copyright 2016, Johnny Ka

ΠΕΡΙΕΧΟΜΕΝΑ

Α΄ 3
Β΄ 12
Γ΄ 19
Δ΄ 27
Ε΄ 42
ΣΤ΄ 48
Ζ΄ 55
Η΄ 60
Θ΄ 66
Ι΄ 78
ΙΑ΄ 82
ΙΓ΄ 109
ΙΔ΄ 120
ΙΕ΄ 125
ΙΣτ΄ 133
ΙΖ΄ 141

κάμει ἄλλο τίποτε εἰμὴ νὰ ὑπηρετῇ τοὺς ἄλλους. Ὅταν ἦτο παιδίσκη, ὑπηρέτει τοὺς γονεῖς της. Ὅταν ὑπανδρεύθη, ἔγινε σκλάβα τοῦ συζύγου της — καὶ ὅμως, ὡς ἐκ τοῦ χαρακτῆρός της καὶ τῆς ἀδυναμίας ἐκείνου, ἦτο συγχρόνως καὶ κηδεμὼν αὐτοῦ· ὅταν ἀπέκτησε τέκνα, ἔγινε δούλα τῶν τέκνων της· ὅταν τὰ τέκνα της ἀπέκτησαν τέκνα, ἔγινε πάλιν δουλεύτρια τῶν ἐγγόνων της.

Τὸ νεογνὸν εἶχε γεννηθῆ πρὸ δύο ἑβδομάδων. Ἡ μητέρα του εἶχε κάμει βαριὰ λεχωσιά. Ἦτο αὕτη ἡ κοιμωμένη ἐπὶ τῆς κλίνης, ἡ πρωτότοκος κόρη τῆς Φραγκογιαννοῦς, ἡ Δελχαρὼ ἡ Τραχήλαινα. Εἶχαν βιασθῆ νὰ τὸ βαπτίσουν τὴν δεκάτην ἡμέραν ἐπειδὴ ἔπασχε δεινῶς· εἶχε κακὸν βῆχα, κοκκίτην, συνοδευόμενον μὲ σπασμωδικὰ σχεδὸν συμπτώματα. Καθὼς ἐβαπτίσθη, τὸ νήπιον ἐφάνη νὰ καλυτερεύῃ ὀλίγον, τὴν πρώτην βραδιάν, καὶ ὁ βῆχας ἐκόπασεν ἐπ᾽ ὀλίγον. Ἐπὶ πολλὰς νύκτας, ἡ Φραγκογιαννοῦ δὲν εἶχε δώσει ὕπνον εἰς τοὺς ὀφθαλμούς της, οὐδὲ εἰς τὰ βλέφαρά της νυσταγμόν, ἀγρυπνοῦσα πλησίον τοῦ μικροῦ πλάσματος, τὸ ὁποῖον οὐδ᾽ ἐφαντάζετο ποίους κόπους ἐπροξένει εἰς τοὺς ἄλλους, οὐδὲ πόσα βάσανα ἔμελλε νὰ ὑποφέρῃ, ἐὰν ἐπέζη, καὶ αὐτό. Καὶ δὲν ἦτο ἱκανὸν νὰ αἰσθανθῇ κἂν τὴν ἀπορίαν, τὴν ὁποίαν μόνη ἡ μάμμη, διετύπωνε κρυφίως μέσα της: «Θέ μου, γιατί νὰ ἔλθῃ στὸν κόσμον κι αὐτό;»

Ἡ γραῖα τὸ ἐνανούριζε, καὶ θὰ ἦτον ἱκανὴ νὰ εἴπῃ «τὰ πάθη της τραγούδια» ἀποπάνω ἀπὸ τὴν κούνιαν τοῦ μικροῦ. Κατὰ τὰς προλαβούσας νύκτας, πράγματι, εἶχε «παραλογίσει» ἀναπολοῦσα ὅλ᾽ αὐτὰ τὰ πάθη της εἰς τὸ πεζόν. Εἰς εἰκόνας, εἰς σκηνὰς καὶ εἰς ὁράματα, τῆς εἶχεν ἐπανέλθει εἰς τὸν νοῦν ὅλος ὁ βίος της, ὁ ἀνωφελὴς καὶ μάταιος καὶ βαρύς.

Ὁ πατήρ της ἦτον οἰκονόμος καὶ ἐργατικὸς καὶ φρόνιμος. Ἡ μάννα της ἦτον κακή, βλάσφημος καὶ φθονερά. Ἦτον μία ἀπὸ τὰς στρίγλας τῆς ἐποχῆς της. Ἤξευρε μάγια. Τὴν εἶχαν κυνηγήσει δύο-τρεῖς φορὰς οἱ κλέφτες, τὰ παλληκάρια τοῦ Καρατάσου καὶ τοῦ Γάτσου καὶ τῶν ἄλλων ὁπλαρχηγῶν τῆς Μακεδονίας. Ἔπραξαν τοῦτο διὰ νὰ τὴν ἐκδικηθοῦν, ἐπειδὴ τοὺς εἶχε κάμει μάγια, καὶ δὲν ἐπήγαιναν καλὰ οἱ δουλειές των. Ἐπὶ τρεῖς μῆνας ἐσχόλαζον ἐν ἀργίᾳ, καὶ δὲν ἠμπόρεσαν νὰ κάμουν τίποτε πλιάτσικο, οὔτε ἀπὸ Τούρκους, οὔτε ἀπὸ χριστιανούς. Οὔτε ἡ Κυβέρνησις τῆς Κορίνθου τοὺς εἶχε στείλει κανὲν βοήθημα.

Τὴν εἶχαν κυνηγήσει τὸν κατήφορον, ἀπὸ τὴν κορυφὴν τ᾿ Ἁι-Θανασοῦ, εἰς τὸ ὀροπέδιον τοῦ Προφήτου Ἠλία, μὲ τὰς πελωρίας πλατάνους καὶ τὴν πλουσίαν βρύσιν, κ᾿ ἐκεῖθεν εἰς τὸ Μεροβίλι, στὸ πλάγι τοῦ βουνοῦ, ἀνάμεσα εἰς τὰ ὀρμάνια καὶ τοὺς λόγγους. Αὐτὴ ἐδοκίμασε νὰ κρυφθῇ εἰς μίαν λόχμην βαθεῖαν, πλὴν ἐκεῖνοι δὲν ἐγελάσθησαν. Ὁ θροῦς τῶν φύλλων καὶ τῶν κλάδων, ὁ ἴδιος τρόμος της, ὅστις μετέδιδε τρομώδη κίνησιν εἰς κλῶνας καὶ θάμνους, τὴν ἐπρόδωκεν. Ἤκουσε τότε ἀγρίαν φωνήν:

—Ἄχ! μωρὴ τσούπα, καὶ σ᾿ ἐπιάσαμε!

Αὐτὴ ἀνεπήδησε τότε μέσ᾿ ἀπὸ τοὺς θάμνους, κ᾿ ἔτρεξεν ὡς φοβισμένη τρυγὼν μὲ τὸ πτερύγισμα τῶν λευκῶν πλατειῶν χειρίδων της. Δὲν ἦτο πλέον ἐλπὶς νὰ γλυτώσῃ. Ἄλλοτε, τὴν πρώτην φορὰν ὅτε τὴν εἶχον κυνηγήσει, εἶχε κατορθώσει νὰ κρυφθῇ, κάτω εἰς τὸ Πυργί, ἐπειδὴ τὸ μέρος ἐκεῖνο εἶχε πολλὰ μονοπάτια. Ἐδῶ, στὸ Μεροβίλι, δὲν ὑπῆρχον δρομίσκοι καὶ λαβύρινθοι, ἀλλὰ μόνον συστάδες δένδρων καὶ λόχμαι ἀπάτητοι. Ἡ τότε νεαρὰ Δελχαρώ, ἡ μήτηρ τῆς Φραγκογιαννοῦς, ἐπήδα ὡς δορκὰς ἀπὸ θάμνου εἰς θάμνον, ἀνυπόδητος, ἐπειδὴ πρὸ πολλοῦ εἶχε πετάξει τὰς ἐμβάδας της ἀπὸ τοὺς πόδας, ὄπισθέν της, —τὴν μίαν τῶν ὁποίων εἶχεν ἀναλάβει ὡς λάφυρον ὁ εἷς ἐκ τῶν διωκτῶν— καὶ τ᾽ ἀγκάθια ἐχώνοντο εἰς τὰς πτέρνας της, τῆς ἔσχιζον κ᾽ αἱμάτωνον τοὺς ἀστραγάλους καὶ ταρσούς. Τότε, ἐν τῇ ἀπελπισίᾳ, τῆς ἦλθε μία ἔμπνευσις.

Ἐκεῖθεν τοῦ λόγου, εἰς τὸ πλάγι τοῦ βουνοῦ, ἦτον εἷς καὶ μόνος καλλιεργημένος ἐλαιών, καλούμενος ὁ Πεῦκος τοῦ Μωραΐτη. Ὁ γερο-Μωραΐτης, ὁ πάππος τοῦ κτήτορος, εἶχε μεταναστεύσει ἀπὸ τὸν Μιστρᾶν εἰς τὸν τόπον αὐτόν, περὶ τὰ τέλη τοῦ ἄλλου αἰῶνος — κατὰ τὴν ἐποχὴν τῆς Αἰκατερίνης καὶ τοῦ Ὀρλώφ. Ὁ φημισμένος πεῦκος ἵστατο εἰς τὸ μέσον τῶν ἐλαιῶν, ὡς γίγας μεταξὺ νάνων. Τὸ χιλιετὲς δένδρον ἦτον σκαφιδιασμένον κοντὰ εἰς τὴν ρίζαν, κάτω, εἰς τὸν γιγαντιαῖον κορμόν, τὸν ὁποῖον δὲν ἠμποροῦσαν ν᾽ ἀγκαλιάσουν πέντε ἄνδρες. Οἱ βοσκοὶ καὶ οἱ ἁλιεῖς τὸν εἶχαν σκαφιδιάσει, τοῦ εἶχαν σκάψει τὴν καρδίαν, τοῦ εἶχαν κοιλάνει τὰ ἔγκατα, διὰ νὰ λάβωσιν ἐκεῖθεν ἄφθονον δᾷδα. Καὶ μὲ τὴν φοβερὰν πληγὴν εἰς τὰς ἶνας, εἰς τὰ σπλάγχνα του, ὁ πεῦκος ἐπέζησεν ἄλλα τρία τέταρτα αἰῶνος, μέχρι τοῦ 1871. Κατὰ Ἰούλιον τοῦ ἔτους ἐκείνου, μέγαν τοπικὸν σεισμὸν ᾐσθάνθησαν οἱ κατοικοῦντες, εἰς ἀπόστασιν μιλίων, κάτω εἰς τὴν παραθαλασσίαν. Τὴν νύκτα ἐκείνην κατέρρευσεν ὁ γίγας.

Εἰς τὸ κοίλωμα ἐκεῖνο, ἐντὸς τοῦ ὁποίου ἠδύναντο νὰ καθίσωσιν ἀνέτως δύο ἄνθρωποι, ἔτρεξε νὰ κρυβῇ ἡ τότε νεόνυμφος Δελχαρώ, ἡ μήτηρ τῆς σημερινῆς Φραγκογιαννοῦς. Τὸ μέσον ἦτο ἄπελπι, καὶ σχεδὸν παιδαριῶδες. Ἐκεῖ δὲν ἐκρύπτετο ἄλλως, εἰμὴ κατὰ φαντασίαν, μὲ παιδικὸν τρόπον, ὅπως παίζουσι τὸν κρυφτόν. Οἱ διῶκται βεβαίως θὰ τὴν ἔβλεπον, θ᾽ ἀνεκάλυπτον τὸ καταφύγιόν της. Μόνον ἐκ τῶν νώτων ἦτο ἀόρατος, ἀλλ᾽ ὄχι κατὰ πρόσωπον. Ἅμα οἱ τρεῖς κλέφται ἔφθανον πέραν τοῦ πεύκου, θὰ τὴν ἔβλεπον ὡς καρφωμένην ἐκεῖ.

Οἱ τρεῖς ἄνδρες ἔτρεξαν, τὸ ἐπροσπέρασαν, κ᾽ ἐξηκολούθησαν νὰ τρέχουν. Οἱ δύο ἐξ αὐτῶν οὐδ᾽ ἐστράφησαν ὀπίσω νὰ ἰδοῦν. Ἐφαντάζοντο ὅτι ἡ «τσούπα» ἔτρεχεν ἐμπρός. Μόνον τὴν τελευταίαν στιγμήν, ὁ τρίτος ἐστράφη, ὁπωσοῦν σκοτισμένος, πρὸς τὰ ὀπίσω, καὶ ἐκοίταξε παντοῦ ἀλλοῦ, ὄχι ὅμως εἰς τὸν κορμὸν τοῦ πεύκου. Ἔβλεπε καὶ τὸν πεῦκον συλλήβδην, μὲ τ᾽ ἄλλ᾽ ἀντικείμενα, χωρὶς νὰ φαντάζεται ὅτι ὁ κορμός του εἶχε κοιλίαν, καὶ ὅτι ἐντὸς τῆς κοιλίας ἐκρύπτετο ἄνθρωπος. Καὶ ἂν ἐγνώριζε, καὶ ἂν ἠγνόει τὸ κοίλωμα τοῦ γιγαντιαίου κορμοῦ, ἐκείνην τὴν στιγμὴν δὲν ἐπέρασεν ἀπὸ τὸν νοῦν του. Ἐκοίταζε νὰ ἰδῇ μὴ ἀνακαλύψῃ που τὸ χάσμα τῆς γῆς, τὸ ὁποῖον θὰ τὴν εἶχε καταπίει ἐξ ἅπαντος — διότι καμμία πτυχὴ γῆς ὁρατὴ δὲν ὑπῆρχεν ὅπου νὰ κρυβῇ τις. Αἱ Δρυάδες, αἱ νύμφαι τῶν δασῶν, τὰς ὁποίας αὐτὴ ἴσως ἐπεκαλεῖτο εἰς τὰς μαγείας της, τὴν ἐπροστάτευσαν, ἐτύφλωσαν τοὺς διώκτας της, ἔρριψαν πρασινωπὴν ἀχλύν, χλοερὸν σκότος, εἰς τοὺς ὀφθαλμούς των — καὶ δὲν τὴν εἶδον.

Ἡ νεαρὰ γυνὴ ἐσώθη ἀπὸ τοὺς ὄνυχάς των. Καὶ ὅλον τὸν καιρὸν ὕστερον ἐξηκολούθησε νὰ κάμνῃ μάγια, μάγια ἐναντίον τῶν κλεφτῶν, καὶ νὰ φέρνῃ εἰς αὐτοὺς πολλὰ «κεσάτια», ὥστε πουθενὰ πλέον δὲν ὑπῆρχε πλιάτσικο — ἑωσότου, ἔδωκεν ὁ Θεὸς καὶ ἡσύχασαν τὰ πράγματα, καὶ ὁ Σουλτάνος Μαχμοὺτ ἐχάρισε, καθὼς λέγουν, τὰ «Διαβολονήσια» εἰς τὴν Ἑλλάδα, κ᾽ ἔκτοτε ἔπαυσαν νὰ εἶναι ἀσύδοτα. Τὴν πλιατσικολογίαν διεδέχθη ἡ φορολογία, καὶ ἔκτοτε ὅλος ὁ περιούσιος λαὸς ἐξακολουθεῖ νὰ δουλεύῃ διὰ τὴν μεγάλην κεντρικὴν γαστέρα, τὴν «ὦτα οὐκ ἔχουσαν».

* * *

Ἡ Χαδούλα ἡ Φράγκισσα, ἂν καὶ πολὺ μικρά, ἦτον γεννημένη τότε, καὶ τὰ ἐνθυμεῖτο ὅλ᾽ αὐτά, τὰ ὁποῖα διηγεῖτο ἀργότερα ἡ μάννα της. Ὕστερον, ὅταν ἐμεγάλωσε, κ᾽ ἔγινε δεκαεπτὰ χρόνων, καὶ εἰρήνευσαν ὁπωσοῦν τὰ πράγματα, κατὰ τοὺς χρόνους τοῦ Κυβερνήτου, τὴν ὑπάνδρευσαν οἱ γονεῖς της, καὶ τῆς ἔδωκαν ἄνδρα τὸν Γιάννην τὸν Φράγκον, ἐκεῖνον τὸν ὁποῖον ἡ σύζυγός του ἐπωνόμασεν ἀργότερον «τὸν Σκοῦφον» καὶ «τὸν Λογαριασμόν».

Τὰ δύο ταῦτα παραγκώμια δὲν τοῦ τὰ εἶχε δώσει ἄνευ λόγου ἡ σύζυγός του, ἡ Χαδούλα. Σκοῦφον τὸν εἶχεν ὀνομάσει, ἀκόμη πρὶν τὸν ὑπανδρευθῇ, ὅταν τὸν εἰρωνεύετο συνήθως, μὲ τὴν παρθενικὴν πονηρίαν της —χωρὶς νὰ προγνωρίζῃ ὅτι αὐτὸς θὰ ἦτον ἡ τύχη της καὶ ὁ καλός της— ἐπειδή, ἀντὶ φεσίου, ἐφόρει εἶδος μακροῦ σκούφου, τεφροκοκκίνου, μὲ κοντὴν φούνταν. «Λογαριασμὸν» τὸν ὠνόμασεν ἀργότερα, ἀφοῦ τὸν ὑπανδρεύθη, ἐπειδὴ συνήθιζε πολλάκις τὴν φράσιν, «αὐτὸς εἶν᾽ ὁ λογαριασμός», καὶ διότι, ἄλλως, δὲν ἠδύνατο ὀρθῶς νὰ λογαριάσῃ οὔτε ποσὸν δι᾽ ὀλίγους παράδες, οὔτε δύο ἡμεροκάματα. Ἂν ἔλειπεν αὐτή, θὰ τὸν ἐγελοῦσαν καθημερινῶς· ποτὲ δὲν θὰ τοῦ ἔδιδαν σωστὸν τὸν κόπον του εἰς τὰ πλοῖα, εἰς τὸ καρινάγιο ἢ εἰς τὸν ἀρσανάν, ὅπου εἰργάζετο ὡς μαραγκὸς ἢ ὡς καλαφάτης.

Εἶχεν ὑπάρξει ἐπὶ μακρὸν χρόνον μαθητὴς καὶ κάλφας τοῦ πατρός της, ἐξασκοῦντος τὴν ἰδίαν τέχνην. Ὅταν τὸν εἶδεν ὁ γέρων τόσον ἁπλοϊκόν, ὀλιγαρκῆ καὶ μετριόφρονα, τὸν ἐξετίμησε, καὶ ἀπεφάσισε νὰ τὸν κάμῃ γαμβρόν. Ὡς προῖκα τοῦ ἔδωκε μίαν οἰκίαν ἔρημον, ἑτοιμόρροπον, εἰς τὸ παλαιὸν Κάστρον, ὅπου ἐκατοικοῦσαν ἕνα καιρὸν οἱ ἄνθρωποι, πρὸ τοῦ 21. Τοῦ ἔδωκε κ᾽ ἕνα ὀνόματι Μποστάνι, τὸ ὁποῖον εὑρίσκετο ἀκριβῶς ἔξω τοῦ ἐρήμου Κάστρου, ἐπί τινος κρημνώδους ἀκτῆς, καὶ ἀπεῖχε τρεῖς ὥρας ἀπὸ τὴν σημερινὴν πολίχνην. Ὁμοίως κ' «ἕνα πινάκι χωράφι», ἓν ἀγριοχώραφον, τὸ ὁποῖον ἀμφεσβήτει ὁ γείτονας ὡς ἰδικόν του· οἱ δὲ ἄλλοι γείτονες ἔλεγον ὅτι καὶ τὰ δύο χωράφια διὰ τὰ ὁποῖα ἐμάλωναν οἱ δύο ἦσαν καταπατημένα, καὶ ἦσαν «καλογερικά», ἀνήκοντα εἰς μίαν διαλυθεῖσαν Μονήν. Τοιαύτην προῖκα ἔδωκεν ὁ γερο-Σταθαρὸς εἰς τὴν θυγατέρα του. Ἄλλως αὕτη ἦτο μοναχοκόρη. Διὰ τὸν ἑαυτόν του, τὴν συμβίαν καὶ τὸν υἱόν του, εἶχε κρατήσει τὰς δύο νεοδμήτους οἰκίας εἰς τὴν νέαν πόλιν, τὰ δύο ἀμπέλια πλησίον ταύτης, δύο ἐλαιῶνας, καὶ ὀλίγα χωράφια — καὶ ὅσα μετρητὰ εἶχεν.

* * *

Ἕως ἐδῶ εἶχαν φθάσει αἱ ἀναμνήσεις τῆς Φραγκογιαννοῦς, τὴν νύκτα ἐκείνην. Ἦτον ἡ ἑνδεκάτη ἑσπέρα ἀπὸ τοῦ τοκετοῦ τῆς κόρης της. Τὸ θυγάτριον εἶχεν ὑποτροπιάσει πάλιν, κ' ἔπασχε δεινῶς. Εἶχεν ἔλθει ἄρρωστον εἰς τὸν κόσμον. Ἀπὸ τὴν κοιλίαν τῆς μητρός του, ἡ φθορὰ τὸ εἶχε παρακολουθήσει... Τὴν στιγμὴν ἐκείνην, σπασμωδικὸς βήχας ἠκούσθη, καὶ τὰ ξυπνητὰ ὄνειρα, αἱ ἀναμνήσεις, διεκόπησαν. Ἐκινήθη ἐπὶ τῆς πενιχρᾶς στρωμνῆς, ὅπου ἦτο ἀνακεκλιμένη, ἔκυψεν ἐπὶ τοῦ παιδίου, κ' ἐπροσπάθησε νὰ δώσῃ εἰς αὐτὸ πρόχειρον βοήθειαν. Ἐπλησίασεν εἰς τὸ φῶς τοῦ λύχνου μικρὰν φιάλην. Ἐδοκίμασε νὰ δώσῃ μίαν κουταλιάν, εἰς τὰ χείλη τοῦ μωροῦ. Τὸ μικρὸν ἐγεύθη τὸ ρευστόν, καὶ μετὰ μίαν στιγμὴν πάλιν τὸ ἐξέρασε.

Ἡ λεχώνα ἐκινήθη ἐπὶ τῆς χαμηλῆς καὶ στενῆς κλίνης. Φαίνεται ὅτι δὲν ἐκοιμᾶτο καλά. Ἦτο μόνον ναρκωμένη, καὶ εἶχε κλειστὰ τὰ βλέφαρα. Ἤνοιξε τὰ ὄμματα, ἀνεσηκώθη δύο ἢ τρεῖς δακτύλους ἄνω τοῦ προσκεφάλου, καὶ ἠρώτησε:

— Πῶς πάει, μάννα;

— Πῶς νὰ πάῃ!... εἶπεν αὐστηρῶς ἡ γραῖα· ἡσύχασε τώρα, καὶ σύ!... Τί θὰ κάμῃ!... δὲν θὰ βήξῃ;

— Πῶς τὸ βλέπεις, μάννα;

— Πῶς νὰ τὸ ἰδῶ;... Μωρὸ παιδὶ εἶναι... νά, ποὺ ἦρθε στὸν κόσμο κι αὐτό!... ἐπρόσθεσε μὲ στρυφνὸν καὶ ἀλλόκοτον ἦθος ἡ γραῖα.

Καὶ μετ᾽ ὀλίγον ἡ λεχώνα ἀπεκοιμήθη ἡσυχώτερα. Ἡ γραῖα μόλις ἔκλεισεν ὀλίγον τὰ ὄμματα τὴν ὥραν τοῦ ὄρθρου, μετὰ τὸ τρίτον λάλημα τοῦ πετεινοῦ. Ἐξύπνησεν ἀπὸ τὴν φωνὴν τῆς κόρης της, τῆς Ἀμέρσας, ἥτις ἦλθε λίαν πρωὶ ἀπὸ τὸν μικρὸν οἰκίσκον, τὸν γειτονικόν, ἀνυπομονοῦσα νὰ μάθῃ πῶς εἶναι ἡ λεχώνα καὶ τὸ μωρόν, καὶ πῶς εἶχε περάσει τὴν νύκτα ἡ μάννα της.

Ἡ Ἀμέρσα, ἡ δευτερότοκος, ἦτον ἀνύπανδρη, γεροντοκόρη ἤδη, ἀλλὰ προκομμένη πολύ, «μορφοδούλα», ὀνομαστὴ δὲ ὑφάντρια· ἦτον μελαψή, ὑψηλή, ἀνδρώδης, — καὶ τὰ προικιά της καὶ τὰ στολίδια τὰ κεντητά, τὰ ὁποῖα μόνη της εἶχε κατασκευάσει, εὑρίσκοντο κλεισμένα ἀπὸ χρόνων πολλῶν εἰς μεγάλην ἄκομψον κασσέλαν, καὶ τὰ ἔτρωγεν ὁ σκόρος καὶ τὸ σαράκι.

— Καλημέρα!... Πῶς εἶστε;... Πῶς περάσατε;

—Ἐσύ 'σαι, Ἀμέρσα;... Νά, πέρασε κι αὐτὴ ἡ νύχτα.

Ἡ γραῖα μόλις εἶχεν ἐξυπνήσει, κ᾽ ἔτριβε τὰ ὄμματα τραυλίζουσα. Ἠκούσθη θόρυβος εἰς τὸ πλαγινὸν μικρὸν χώρισμα. Ἦτον ὁ Ντάντης ὁ Τραχήλης, ὁ σύζυγος τῆς λεχώνας, ὅστις ἐκοιμᾶτο ἐκεῖθεν τοῦ λεπτοῦ ξυλοτοίχου, παραπλεύρως ἑνὸς ἄλλου κορασίου κ' ἑνὸς παιδίου μικρᾶς ἡλικίας, καὶ εἶχεν ἐξυπνήσει τὴν στιγμὴν ἐκείνην. Ἐμάζευε τὰ ἐργαλεῖά του — σκεπάρνια, πριόνια, ροκάνια, καὶ ἡτοιμάζετο νὰ ὑπάγῃ στὸν ταρσανάν, ν' ἀρχίσῃ τὸ μεροκάματον.

— Ἀκοῦς, τί σαμαντὰ κάνει! εἶπεν ἡ γραῖα. Δὲν μπορεῖ νὰ μαζώξῃ τὰ σιδερικά του, χωρὶς ν' ἀκουστῇ. Ὅποιος τὸν ἀκούει, θαρρεῖ τί γίνεται!...

— «Γύφτικο σπίτι καίεται», εἶπεν εἰρωνικῶς γελῶσα ἡ Ἀμέρσα.

Ὁ θόρυβος τῶν ἐργαλείων, τὰ ὁποῖα ὁ Νταντής, χωρὶς νὰ εἶναι ὁρατός, ὄπισθεν τοῦ ξυλοτοίχου, ἔρριπτεν ἀνὰ ἓν μέσα στὸ ζεμπίλι του — σκεπάρνια, πριόνια, τριβέλια, κτλ.— ἐξύπνησε καὶ τὴν λεχώ, τὴν γυναῖκά του.

— Τ' εἶναι μάννα;

— Τί νὰ εἶναι!... Ὁ Κωνσταντὴς ῥίχνει τὰ σύνεργά του μὲς στὸ ζεμπίλι!... εἶπε μετὰ στεναγμοῦ ἡ γραῖα.

— «Καὶ βιὸ λογαριάζεις;»... συνεπλήρωσε τὴν παροιμίαν ἡ Ἀμέρσα.

Ἠκούσθη τότε ἡ φωνὴ τοῦ Κωνσταντῆ ὄπισθεν τοῦ μικροῦ διαφράγματος.

— Ξυπνήσατε, πεθερά;... ἔλεγε· πῶς περάσατε;

— Πῶς νὰ περάσωμε!... «Σὰν τὴν κόττα στὸ μύλο...» Ἔλα νὰ πιῇς τὸ ρακί σου.

Ὁ Νταντὴς ἐφάνη εἰς τὴν θύραν τοῦ χειμερινοῦ θαλάμου. Ἦτο εὐρύστερνος, μὲ ἄχαριν τὸν κορμόν, «ἀίσκιωτος», ὅπως ἔλεγεν ἡ γραῖα πενθερά του, καὶ σχεδὸν σπανός. Ἡ γραῖα ἔδειξεν εἰς τὴν Ἀμέρσαν τὴν μικρὰν φιάλην μὲ τὸ ρακί, εἰς τὸ μικρὸν ράφι ἐξήσκησε τυραννικὴν ἐπιτήρησιν ἐπὶ τῆς κόρης καὶ τοῦ ἀρραβωνιαστικοῦ, μὴ ἐπιτρέπουσα τὴν ἐλαχίστην ἰδιαιτέραν συνομιλίαν μεταξὺ τῶν δύο. Τοῦτο ἔκαμνε, προσχήματι μὲν διὰ τὴν σεμνότητα:

— Δὲν ἔχω… νὰ μοῦ σκαρώσῃ κανένα πρωιμάδι… αὐτὴ ἡ Στριγλίτσα! εἶχεν εἰπεῖ.

Βλέπετε, τὴν μεταφορὰν τοῦ ῥήματος τὴν ἐλάμβανεν ἀπὸ τὸ ἐπάγγελμα τῆς συντεχνίας. («Σκαρώνω καράβι» ἰσοδυναμεῖ μὲ τὸ «ναυπηγῶ ναῦν»)· ἀλλὰ πράγματι τὸ ἔκαμνε, διὰ νὰ μὴ ἀναγκασθῇ νὰ δώσῃ μεγαλυτέραν προῖκα.

Μίαν ἑσπέραν, τὴν παραμονὴν τοῦ ἀρραβῶνος, ὅτε ὁ γαμβρὸς μετὰ τῆς ἀδελφῆς του εἶχον ἔλθει εἰς τὴν οἰκίαν νὰ συζητήσουν τὰ περὶ προικός, ἐνῷ ὁ γέρων ναυπηγὸς ὑπηγόρευε τὸ προικοσύμφωνον εἰς τὸν Ἀναγνώστην τὸν Συβίαν, ψάλτην τῆς ἐκκλησίας, ὅστις εἶχε βγάλει τὸ ὀρειχάλκινον καλαμάρι του ἀπὸ τὴν ζώνην, τὴν ἐκ πτεροῦ χηνὸς πένναν ἀπὸ τὴν μακρὰν θήκην τοῦ καλαμαριοῦ, τοῦ ὁμοιάζοντος πολὺ μὲ πιστόλαν, καὶ θέσας ἐπὶ τῶν γονάτων τὸ βιβλίον τοῦ Ἀποστόλου, κ᾽ ἐπάνω εἰς τὸ βιβλίον τεμάχιον χονδροῦ χαρτίου, εἶχε γράψει καθ᾽ ὑπαγόρευσιν τοῦ γέροντος «Εἰς τ᾽ ὄνομα τοῦ Πατρὸς καὶ τοῦ Υἱοῦ καὶ τοῦ Ἁγίου Πνεύματος… ὑπανδρεύω τὴν κόρην μου Χαδούλαν μὲ τὸν Ἰωάννην Φράγκον, καὶ τῆς δίνω, πρῶτον τὴν εὐχήν μου…», ἡ Χαδούλα ἵστατο ἀντικρὺ τῆς ἑστίας, δίπλα εἰς τὴν τέμπλαν —τὴν στήλην τουτέστι τῶν στρωμάτων, παπλωμάτων καὶ προσκεφαλαίων τὴν σκεπαστὴν μὲ μεταξωτὴν σινδόνα, καὶ ἐπιστεφομένην μὲ δύο τεραστίας προσκεφαλάδες— ἀκίνητος καὶ καμαρώνουσα, κατὰ τὸ φαινόμενον, ὅπως ἡ τέμπλα… ἀλλ᾽ ὅμως ἔνευε κρυφά, ἀνυπομόνως, καίτοι μὲ μεγάλην προφύλαξιν, ἔνευεν εἰς τὸν ἀρραβωνιαστικόν, ἔνευεν εἰς τὴν ἀνδραδέλφην, νὰ μὴ δεχθῶσιν ὡς προῖκα «σπίτι στὸ Κάστρο» καὶ «χωράφι στὸ Στοιβωτό», ἀλλὰ ν' ἀπαιτήσωσι σπίτι εἰς τὴν νέαν πόλιν, καὶ ἀμπέλι κ' ἐλαιῶνα εἰς τὴν περιοχὴν τῆς νέας πόλεως.

Εἰς μάτην. Οὔτε ὁ γαμβρός, οὔτε ἡ ἀνδραδέλφη εἶδαν τ' ἀπηλπισμένα νεύματα. Μόνον ἡ γραῖα, ἡ μήτηρ της, ἥτις, ἂν καὶ ἀναγκασμένη ἦτο νὰ στρέφῃ τὰ νῶτα πρὸς τὴν κόρην, διὰ ν' ἀντιμετωπίζῃ φιλοφρόνως τὴν συμπεθέραν καὶ τὸν γαμβρόν, εἶχε καθίσει ὅμως μὲ τοιοῦτον τρόπον, ὥστε νὰ ἔχῃ μόνον τὴν μίαν πλάτην γυρισμένην πρὸς τὴν νέαν — αἴφνης, ὡς νὰ τὴν ἐπληροφόρησεν ἀόρατον πνεῦμα ὅτι κάτι ἔτρεχεν, ἐστράφη ἀποτόμως πρὸς τὴν θυγατέρα της, καὶ εἶδε τ' ἀπηγορευμένα «καμώματά» της.

Πάραυτα ἐτόξευσε βλέμμα φοβερᾶς ἀπειλῆς πρὸς αὐτήν.

—Ἔ! μωρὴ Στριγλίτσα! ὑπεψιθύρισε μέσα της. Ἔννοια σου!... κ' ἐγὼ σὲ σιάζω.

Εὐθὺς ὅμως κατόπιν, ἐσκέφθη ὅτι δὲν θὰ ἐσύμφερε νὰ κάμῃ λόγον δι' αὐτὸ τὸ πρᾶγμα εἰς τὴν κόρην της. Διότι ἐφοβήθη μὴν τῆς δώσῃ ἀφορμὴν νὰ παραπονεθῇ εἰς τὸν πατέρα της. Καὶ τότε τὰ πράγματα θὰ ἐγίνοντο χειρότερα βεβαίως. Ὁ γέρων πιθανῶς θὰ ἐκάμπτετο εἰς τὰς ἱκεσίας καὶ τὰ κλαύματα τῆς μονοχοκόρης, καὶ θὰ ἔδιδε περισσοτέραν προῖκα. Ὅθεν ἐσιώπησεν.

Ἡ Χαδούλα ἐθαύμασε πῶς, ἐνῷ ἡ μήτηρ της ὁλοφάνερα τὴν εἶχεν ἰδεῖ νὰ κάμῃ τὰ ριψοκίνδυνα ἐκεῖνα νεύματα, διὰ πρώτην φορὰν εἰς τὴν ζωήν της, ὅταν εὑρέθησαν μόναι, δὲν τῆς ἔδωκεν οὔτε νυχιές, οὔτε τσιμπιές, οὔτε δαγκωματιές, πρᾶγμα τὸ ὁποῖον, ἄλλως, συχνὰ συνήθιζε. Σημειωτέον ὅτι ἡ προικοδοσία τῆς οἰκίας εἰς τὸ παλαιὸν ἀκατοίκητον χωρίον εἶχε τοῦτο τὸ εὐλογοφανές, ὅτι πολλαὶ οἰκίαι ἐσῴζοντο ἀκόμα εἰς τὸ Κάστρον, ὅτι οἰκογένειαί τινες συνήθιζον νὰ διατρίβωσι τὸ θέρος ἐκεῖ, καὶ ὅτι εἰς τὴν φαντασίαν τῶν ἀνθρώπων ὑπῆρχε προκατάληψις ὑπὲρ τοῦ «Παλαιοῦ Χωριοῦ», τὸ ὁποῖον ἐπονοῦσαν οἱ γεροντότεροι, καὶ δὲν εἶχαν συνηθίσει ἀκόμα οὔτε εἰς τὴν νέαν τάξιν τῶν πραγμάτων, οὔτε εἰς βίον εἰρηνικόν, χωρὶς ἐπιδρομὰς κλεφτῶν καὶ πειρατῶν καὶ τῆς Τουρκικῆς ἀρμάδας, καὶ ἡ ἐγκατάστασις εἰς τὴν νέαν πόλιν δὲν ἐνομίζετο ὁριστική, ἀλλ᾽ ὑπῆρχε προσδοκία ὅτι οἱ ἄνθρωποι θὰ ἐβιάζοντο καὶ πάλιν νὰ ἐπανέλθουν εἰς τὰ παλαιά, τὰ «μαθημένα» των. Κ᾽ ἐνῷ ὅλο τὸ Κάστρον ἀνεπόλουν, καὶ τὸ Κάστρον ἐλυποῦντο καὶ τὸ ἐρρέμβαζον, καὶ τὸ εἶχον εἰς τὸ στόμα, δὲν ἔπαυον ὅμως νὰ κτίζωσιν οἰκοδομὰς εἰς τὸν νέον συνοικισμόν — ὅπως ἀποδειχθῇ διὰ μυριοστὴν φορὰν ὅτι οἱ ἄνθρωποι συνήθως ἄλλα σκέπτονται καὶ ἄλλα κάμνουν, καὶ ὅτι μιμοῦνται ἀλλήλους μηχανικῶς.

Οὕτω λοιπόν, μετὰ δύο ἑβδομάδας ἀπὸ τοῦ ἀρραβῶνος ἐτελέσθη ὁ γάμος. Οὕτως ἠθέλησεν ἡ πενθερά. Δὲν τῆς ἤρεσκεν, ὡς ἔλεγε, νὰ ἔχῃ γαμβρὸν ἀστεφάνωτον νὰ συχνάζῃ στὸ σπίτι, ἀφοῦ εἶχε θάρρος ἀπὸ πρίν, ὡς συντεχνίτης καὶ παραγυιὸς τοῦ ἀνδρός της. Καὶ ἡ ἀνδραδέλφη, χήρα, ἡλικιωμένη, μὲ ἕνα παῖδα ἔφηβον, ἐργαζόμενον ἐπίσης εἰς τὸ ναυπηγεῖον, καὶ ἓν ἄλλο παιδίον κ᾽ ἓν κοράσιον ἀνήλικα, ἐδέχθη κατ᾽ οἶκον τὸ νέον ἀνδρόγυνον. Εἶτα, μετὰ ἓν ἔτος, ἐγεννήθη τὸ πρῶτον παιδίον, ὁ Στάθης, καὶ δευτέρα ἡ Δελχαρώ, ἀκολούθως ὁ Γιαλής, κατόπιν ὁ Μιχάλης, ἀκολούθως ἡ Ἀμέρσα, μετ᾽ αὐτὴν ὁ Μητράκης, καὶ ἡ τελευταία ἡ Κρινιώ. Κατὰ τοὺς πρώτους χρόνους ἐφαίνετο νὰ βασιλεύῃ εἰρήνη ἐντὸς τῆς οἰκίας. Εἶτα, ὅταν ἤρχισαν νὰ μεγαλώνουν τὰ δύο πρῶτα παιδιὰ τῆς νύμφης, εἶχον δὲ μεγαλώσει ἀρκετὰ καὶ τὰ δύο τελευταῖα τῆς ἀνδραδέλφης, ἤρχισε πόλεμος ἐντὸς τοῦ οἴκου. Τότε ἡ Φραγκογιαννοῦ, ἥτις μὲ τὴν ἡλικίαν καὶ τὴν πεῖραν τοῦ κόσμου ἐγένετο πολὺ σοφωτέρα, εἶχεν ἀξιωθῇ, ὡς ἔλεγε μετριοφρόνως, ν' ἀποκτήσῃ κι αὐτὴ ἕνα σπιτάκι δικό της, χάρις εἰς τὴν ἐπιδεξιότητά της καὶ τὴν οἰκονομίαν της. Τὴν μίαν χρονιὰν ἠμπόρεσε μόνον νὰ κτίσῃ τέσσαρας τοίχους λασποκτίστους, μικροὺς καὶ χαμηλοὺς καὶ νὰ τοὺς στεγάσῃ· τὴν δευτέραν χρονιὰν κατώρθωσε νὰ πετσώσῃ κατὰ τὰ τρία τέταρτα τὸ σπίτι, δηλ. νὰ κατασκευάσῃ μικρὸν πάτωμα, μὲ διάφορα σανίδια, ἀνόμοια, παλαιὰ καὶ νέα, καί, χωρὶς νὰ χάσῃ καιρόν, ἀνυπομονοῦσα, πότε νὰ «ξελευθερωθῇ» ἀπὸ τὴν τυραννίαν τῆς ἀνδραδέλφης, ἡ ὁποία ἐγήραζε κ' ἐγίνετο παράξενη, ἐκουβαλήθη, κ' ἐπῆγε νὰ ἐγκατασταθῇ, μαζὶ μὲ τὸν σύζυγον καὶ τὰ τέκνα, εἰς τὴν «γωνιάν» της, εἰς τὴν «φωλιάν» της, εἰς τὴν «ἄκρην» της. Τὴν ἡμέραν ἐκείνην, ὅπως ἔλεγεν ἡ ἰδία, ᾐσθάνθη τὴν μεγαλυτέραν χαρὰν εἰς τὴν «ζῆσίν» της.

Ὅλ' αὐτὰ τὰ ἐνθυμεῖτο, καὶ οἱονεὶ τὰ ἀνέζη ἡ Φραγκογιαννού, κατὰ τὰς μακρὰς ἐκείνας ἀΰπνους νύκτας τοῦ Ἰανουαρίου, ἐνῷ ὁ βορρᾶς ἠκούετο ἐκ διαλειμμάτων νὰ συρίζῃ ἔξω, πλήττων τὰς κεράμους, καὶ κάμνων νὰ ἠχῶσι τὰ παράθυρα, ὁπότε ἠγρύπνει παρὰ τὸ λίκνον τῆς μικρᾶς ἐγγόνης της. Ἦτο ἤδη τρίτη ὥρα μετὰ τὰ μεσάνυκτα, καὶ ὁ πετεινὸς ἐλάλησε καὶ πάλιν. Τὸ θυγάτριον, τὸ ὁποῖον μόλις εἶχεν ἡσυχάσει πρὸ μικροῦ, ἄρχισε νὰ βήχῃ ἐκ νέου ὀδυνηρῶς. Εἶχεν ἔλθει ἀσθενικὸν εἰς τὸν κόσμον, καὶ προσέτι, φαίνεται ὅτι εἶχε κρυώσει τὴν τρίτην ἡμέραν, εἰς τὰ «κολυμπίδια», ὅταν τὸ εἶχαν λούσει ἐντὸς τῆς σκάφης, καὶ κακὸς βήχας τὸ εἶχε κολλήσει. Ἡ Φραγκογιαννοῦ ἀπλήστως ἀπὸ ἡμερῶν παρεμόνευε νὰ ἴδῃ συμπτώματα σπασμῶν εἰς τὸ μικρὸν ἀσθενὲς πλάσμα —ἐπειδὴ τότε ἤξευρεν ὅτι αὐτὸ δὲν θὰ ἐσώζετο— πλὴν εὐτυχῶς τοιοῦτον πρᾶγμα δὲν ἔβλεπε. «Εἶναι γιὰ νὰ βασανίζεται καὶ νὰ μᾶς βασανίζῃ», εἶχεν ὑποψιθυρίσει, χωρὶς κανεὶς νὰ τὴν ἀκούσῃ, μέσα της.

Τὴν στιγμὴν ταύτην, ἡ Φραγκογιαννοῦ ἄνοιξε τὰ κλειστὰ ἀγρυπνοῦντα ὄμματα, κ᾽ ἐκούνησε τὸ λίκνον. Συγχρόνως ἠθέλησε νὰ δώσῃ τὸ σύνηθες ρευστὸν εἰς τὸ πάσχον μωρόν.

— Ποιὸς βήχει; ἠκούσθη μία φωνὴ ὄπισθεν τοῦ μεσοτοίχου.

Ἡ γραῖα δὲν ἀπήντησεν. Ἦτο Σάββατον ἑσπέρας, καὶ ὁ γαμβρός της εἶχε πίει ἕνα ρακὶ παραπάνω, πρὶν δειπνήσῃ· ὁμοίως εἶχε πίει, μετὰ τὸ δεῖπνον, κ᾽ ἕνα μεγάλο ποτῆρι ἀπὸ λάκυρον κρασί, διὰ νὰ ξεκουρασθῇ ἀπὸ τὰ μεροκάματα ὅλης τῆς ἑβδομάδος. Λοιπόν, ὁ Νταντής, ἐπειδὴ εἶχε πίει ἀρκετά, ἀναλόγως, ὠμιλοῦσε μέσα στὸν ὕπνον του, ἢ μᾶλλον παραμιλοῦσε.

Τὸ μωρὸν δὲν ἐδέχθη τὴν ρανίδα τοῦ ρευστοῦ εἰς τὸ στόμα, ἀλλὰ τὴν ἐλάκτισε μὲ τὴν γλωσσίτσαν του, ἐν τῇ ὁρμῇ τοῦ βηχός, ὅστις εἶχεν αὐξήσει λίαν ἀλγεινῶς.

— Σκασμός!... εἶπε πάλιν ὁ Κωνσταντής, ὁ πατὴρ τοῦ βρέφους, μέσα στὸν ὕπνο του.

— Καὶ πλαντασμός!... προσέθηκε μετ᾽ εἰρωνείας ἡ Φραγκογιαννοῦ.

Ἡ λεχώνα ἐξαφνίσθη μέσα στὸν ὕπνο της, ἀκούσασα ἴσως τὸν βῆχα τοῦ μικροῦ, καὶ ἅμα τὸν ἀλλόκοτον βραχὺν διάλογον, ὅστις διημείφθη μέσῳ τοῦ ξυλοτοίχου μεταξὺ τοῦ κοιμωμένου καὶ τῆς ἀγρυπνούσης.

— Τ᾽ εἶναι, μάννα; εἶπεν ἀνασηκωθεῖσα ἡ Δελχαρώ. Δὲν εἶναι καλὰ τὸ παιδί;

Ἡ γραῖα ἐμειδίασε στρυφνῶς εἰς τὸ τρομῶδες φῶς τοῦ μικροῦ λύχνου.

— Σὰ σ᾽ ἀκούω, δυχατέρα!

Αὐτὸ τὸ «σὰ σ᾽ ἀκούω, δυχατέρα» ἐλέχθη μὲ τόνον πολὺ ἀλλόκοτον. Ἄλλως δὲν ἦτο ἡ πρώτη φορά, καθ᾽ ἣν ἡ νεαρὰ μήτηρ ἤκουε τοιοῦτόν τι ἐκ μέρους τῆς μητρός της. Ἐνθυμεῖτο ὅτι καὶ ἄλλοτε συνέβη, ἡ γραῖα, μεταξὺ γυναικῶν καὶ γραϊδίων τῆς γειτονιᾶς, νὰ ἐκφράσῃ, μετὰ σείσματος ἐκφραστικοῦ τῆς κεφαλῆς, εἰς ὥρας καθ᾽ ἃς ἐγίνετο λόγος περὶ τῆς μεγάλης πληθώρας τῶν νεαρῶν κορασίων, περὶ τῆς σπάνεως, περὶ τοῦ ξενιτευμοῦ καὶ τῶν ὑπερμέτρων ἀπαιτήσεων τῶν γαμβρῶν, περὶ τῶν βασάνων ὅσα ὑπέφερε μία χριστιανὴ διὰ νὰ ἀποκαταστήσῃ «τ᾽ ἀδύνατα μέρη», τουτέστι τὰ θήλεα, νὰ ἐκφράσῃ, λέγω, παραπλήσια αἰσθήματα. Ὅταν μάλιστα ἡ μήτηρ της ἤκουε περὶ ἀρρωστίας μικρῶν κορασίδων εἶχεν ἀκουσθῆ, σείουσα τὴν κεφαλήν, νὰ λέγῃ:

—Σὰ σ᾽ ἀκούω, γειτόνισσα!... «Δὲν εἶναι χάρος, δὲν εἶναι βράχος;» ἐπειδὴ συνήθιζε πολὺ συχνὰ νὰ ἐκφράζεται μὲ παροιμίας λίαν ἐκφραστικάς. Καὶ ἄλλοτε πάλιν τὴν ἤκουσαν νὰ δογματίζῃ ὅτι ὁ ἄνθρωπος δὲν συμφέρει νὰ κάμνῃ πολλὰ κορίτσια, καὶ ὅτι τὸ καλύτερον εἶναι νὰ μὴ πανδρεύεται κανείς. Ἡ δὲ συνήθης εὐχή της πρὸς τὰ μικρὰ κοράσια ἦτο «νὰ μὴ σώσουν!... Νὰ μὴν πᾶνε παραπάνω!»

Καὶ ἄλλοτε προέβη ἐπὶ τοσοῦτον ὥστε νὰ εἴπῃ:

—Τί νὰ σᾶς πῶ!... Ἔτσι τοῦ 'ρχεται τ᾽ ἀνθρώπου, τὴν ὥρα ποὺ γεννιῶνται, νὰ τὰ καρυδοπνίγῃ!...

Ναὶ μὲν τὸ εἶπεν, ἀλλὰ βεβαίως δὲν θὰ ἦτον ἱκανὴ νὰ τὸ κάμῃ ποτέ... Καὶ ἡ ἰδία δὲν τὸ ἐπίστευε.

Γ´

Οὕτω εἶχον διαρρεύσει πολλαὶ νύκτες ἀπὸ τοῦ τοκετοῦ τῆς Δελχαρῶς τῆς Τραχήλαινας. Ἀφοῦ τὸ μικρὸν ἐβαπτίσθη, καὶ πονηρίαν— τί ἔγιναν ὁ Γέρος καὶ τὰ παιδιὰ καὶ δὲν ἐγύρισαν ὀπίσω ἀπὸ τὸ «θέλημα», εἰς τὸ ὁποῖον τοὺς εἶχε στείλει, μόλις αὐτὴ ἐγλύτωσε καὶ δὲν ἐκόλλησε. Τότε στραφεῖσα πρὸς τοὺς τέσσαρας, κολλημένους τοὺς εἶπεν: «Ἄ! αὐτὸ σᾶς μέλει; Ἐμένα δὲν μὲ μέλει!»

Ἐν τῷ μεταξύ, ἐνῷ ὁ Σταθαρὸς κι ὁ Γιαλῆς εἶχαν ξενιτευθῆ εἰς τὴν Ἀμερικήν, καὶ εἶχαν φάγει λωτόν, ἢ εἶχαν πίει τὴν Λήθην, ἡ Δελχαρώ, ἡ πρώτη κόρη, πρωτότοκος μετὰ τοὺς ξενιτευμένους ἀδελφούς της, ἐμεγάλωνεν, ὁλονὲν ἐμεγάλωνε. Κ᾽ ἡ Ἀμέρσα, σχεδὸν τέσσαρα ἔτη μικροτέρα τῆς ἀδελφῆς της, ἐμεγάλωνε κι αὐτὴ ἐναμίλλως μὲ τὴν Δελχαρώ, κι «ἔρριχνε μπόι»· ἐγίνετο ἀνδρώδης, μελαψὴ καὶ ζωηρά, κ᾽ οἱ γειτόνισσες τὴν ὠνόμαζον «τὸ σερνικοθήλυκο». Κ᾽ ἐκείνη ἡ μικρά, τὸ Κρινάκι, ἥτις δὲν εἶχε φεῦ! τοῦ κρίνου τὸ χρῶμα, ἂν καὶ φυσικὰ ἰσχνή, ἐδείκνυεν ἤδη συμπτώματα ἀναπτύξεως.

Πῶς μεγαλώνουν, Θεέ μου! ἐσκέπτετο ἡ Φραγκογιαννού. Ποῖος κῆπος, ποῖον λιβάδι, ποία ἄνοιξις παράγει αὐτὸ τὸ φυτόν! Καὶ πῶς βλαστάνει καὶ θάλλει καὶ φυλλομανεῖ καὶ φουντώνει! Καὶ ὅλοι αὐτοὶ οἱ βλαστοί, ὅλα τὰ νεόφυτα, θὰ γίνουν μίαν ἡμέραν πρασιαί, λόχμαι, κῆποι; Καὶ οὕτω θὰ ἐξακολουθῆ; Καὶ πᾶσα οἰκογένεια εἰς τὴν γειτονιάν, καὶ εἰς τὴν συνοικίαν καὶ εἰς τὴν πόλιν εἶχαν ἀπὸ δύο ἕως τρία κοράσια. Μερικαὶ εἶχον τέσσαρα, ἄλλαι πέντε. Μία μητέρα εἶχεν ἓξ θυγατέρας χωρὶς κανένα υἱόν, ἄλλη μία εἶχεν ἑπτὰ κ᾽ ἕνα υἱόν, ὁ ὁποῖος ἐφαίνετο προωρισμένος νὰ φανῇ ἄχρηστος.

Λοιπὸν ὅλοι αὐτοὶ οἱ γονεῖς, ὅλα τὰ ἀνδρόγυνα, ὅλαι αἱ χῆραι, ἀνάγκη πᾶσα καὶ χρέος ἀπαραίτητον, νὰ ὑπανδρεύσουν ὅλας αὐτὰς τὰς κόρας — καὶ τὰς πέντε, καὶ τὰς ἕξ, καὶ τὰς ἑπτά! Καὶ νὰ δώσουν εἰς ὅλας προῖκα. Πᾶσα πτωχὴ οἰκογένεια, πᾶσα μήτηρ χήρα, μὲ δύο στρέμματα ἀγρούς, μ' ἕνα πενιχρὸν οἰκίσκον, ταλαιπωρουμένη, ξενοδουλεύουσα —εἴτε κολλήγισα ἄλλων εὐπορωτέρων οἰκογενειῶν εἰς τὰ κτήματα, εἰς τὰς συκᾶς καὶ τὰς μορέας— συλλέγουσα φύλλα, παράγουσα ὀλίγην μέταξαν — ἢ τρέφουσα δύο ἢ τρεῖς αἶγας ἢ ἀμνάδας — γινομένη κακὴ μὲ ὅλους τοὺς γείτονας, πληρώνουσα πρόστιμα διὰ μικρὰς ζημίας — φορολογουμένη ἀσπλάγχνως, τρώγουσα κρίθινον ἄρτον ποτισμένον μὲ ἱδρῶτα ἁλμυρόν — ὤφειλεν ἐξ ἄπαντος «ν' ἀποκαταστήσῃ» ὅλα τὰ θήλεα ταῦτα, καὶ νὰ δώσῃ πέντε, ἕξ, ἢ ἑπτὰ προῖκας! Ὢ Θεέ μου!

Καὶ ὁποίας προῖκας, κατὰ τὰ νησιωτικὰ ἔθιμα. «Σπίτι στὰ Κοτρώνια, ἀμπέλι στὴν Ἀμμουδιά, ἐλιώνα στὸ Λεχούνι, χωράφι στὸ Στροφλιά». Ἀλλὰ κατὰ τοὺς τελευταίους χρόνους, περὶ τὰ μέσα τοῦ αἰῶνος, εἶχε κολλήσει καὶ ἄλλη ψώρα. Τὸ «μέτρημα», ἐκεῖνο τὸ ὁποῖον εἰς Κωνσταντινούπολιν ὠνομάζετο «τράχωμα», συνήθειαν τὴν ὁποίαν, ἂν δὲν ἀπατῶμαι, εἶχεν ἀφορίσει ἡ Μεγάλη Ἐκκλησία. Ὤφειλεν ἕκαστος νὰ δώσῃ καὶ μετρητὴν προῖκα. Δισχιλίας, χιλίας, πεντακοσίας, ἀδιάφορον. Ἄλλως, ἂς εἶχε τὰς κόρας του νὰ τὰς καμαρώνῃ. Ἂς τὰς ἔβαζε στὸ ράφι. Ἂς τὰς ἔκλειε στὸ ντουλάπι. Ἂς τὰς ἔστελνε στὸ Μουσεῖον.

Δ΄

Ἕως ἐδῶ εἶχον φθάσει αἱ ἀναμνήσεις καὶ οἱ λογισμοὶ τῆς ἀγρυπνούσης γραίας. Ἐλάλησε τὸ δεύτερον ὁ πετεινός. Θὰ εἶχαν περάσει δύο μετὰ τὰ μεσάνυκτα. Ἰανουάριος ὁ μήν. Χρόνος ἡ νύκτα. Βορρᾶς ἐφύσα. Ἡ φωτιὰ εἰς τὴν ἑστίαν ἔσβηνε. Ἡ Φραγκογιαννοὺ ἠσθάνθη ρῖγος εἰς τὴν ράχιν, καὶ παγωμένους τοὺς πόδας της. Ἤθελε νὰ σηκωθῇ νὰ φέρῃ ὀλίγα ξύλα ἔξω ἀπὸ τὸν πρόδομον, διὰ νὰ τὰ ρίψῃ εἰς τὴν ἑστίαν, νὰ ξανάψῃ τὸ πῦρ.

Ἀλλ᾽ ἠργοπόρει· καὶ ἠσθάνετο μικρὰν νάρκην, ἴσως τὸ πρῶτον σύμπτωμα τοῦ εἰσβάλλοντος ὕπνου.

Τὴν στιγμὴν ἐκείνην, τόσον παράωρα, ἐνῷ εἶχε κλειστὰ τὰ ὄμματα, ἐκρούσθη παραδόξως ἔξωθεν ἡ θύρα. Ἡ γραῖα ἐξαφνίσθη. Δὲν ἤθελε νὰ φωνάξῃ «ποιὸς εἶναι», διὰ νὰ μὴν ἐξυπνήσῃ τὴν λεχώ, ἀλλ᾽ ἀπετίναξε τὴν νάρκην της, διακοπεῖσαν ἤδη ἀποτόμως διὰ τοῦ κρότου τῆς θύρας τὸν ὁποῖον εἶχεν ἀκούσει, ἐσηκώθη σιγά, ἐξῆλθε τοῦ θαλάμου. Πρὶν φθάσῃ εἰς τὴν ἔξω θύραν, ἤκουσε διακριτικήν, ψίθυρον φωνήν:

— Μάννα!

Ἀνεγνώρισε τὴν φωνὴν τῆς Ἀμέρσας. Ἦτο ἡ δευτερότοκος κόρη της.

— Τί ἔπαθες, ἀρή;... Τί σοῦ ἦρθε, τέτοια ὥρα;

Καὶ ἤνοιξε τὴν θύραν.

— Μάννα, ἐπανέλαβε μετ᾽ ἀσθμαινούσης φωνῆς ἡ Ἀμέρσα. Τί κάνει τὸ κορίτσι;... μὴν πέθανε;

—Ὄχι... κοιμᾶται· τώρα ἡσύχασε, εἶπεν ἡ γραῖα. Πῶς σοῦ ἦρθε;

— Εἶδα στὸν ὕπνο μου πὼς πέθανε, εἶπε μὲ πάλλουσαν ἀκόμη φωνὴν ἡ ὑψηλὴ γεροντοκόρη.

—Ἀμμ᾽ σὰν εἶχε πεθάνει, τάχα τί; εἶπε κυνικῶς ἡ γραῖα... Κ᾽ ἐσηκώθης... κ᾽ ἦρθες νὰ ἰδῇς;

Ἡ οἰκία τῆς Γιαννοῦς, ὅπου αὐτὴ συνήθως ἐκατοίκει μετὰ τῶν δύο ἀγάμων θυγατέρων της —καθότι προσωρινῶς τώρα διενυκτέρευε πλησίον τῆς λεχοῦς— ἔκειτο ὀλίγας δεκάδας βημάτων βορεινότερα, παρέκει. Αὐτὴ ἡ οἰκία τῆς Δελχαρῶς εἶχε δοθῆ προικῴα εἰς ταύτην, ἦτο δὲ αὐτὴ ἡ παλαιὰ οἰκία, ἡ κτισθεῖσα ἀπὸ τὰς οἰκονομίας τῆς Χαδούλας, καὶ ἀπὸ τὸν πρῶτον πυρῆνα τὸν ὁποῖον εἶχε σχηματίσει ἀπὸ τὸ κομπόδεμα τῶν ἀειμνήστων γονέων της. Ὕστερον, ὀλίγα ἔτη μετὰ τὸν γάμον τῆς Δελχαρῶς, εἶχε κατορθώσει ἡ μήτηρ της ν' ἀποκτήσῃ καὶ δευτέραν φωλεάν, μικροτέραν καὶ ἀθλιεστέραν τῆς πρώτης, εἰς τὴν αὐτὴν συνοικίαν. Δύο ἢ τρεῖς οἰκίαι ἐχώριζον τὴν δευτέραν ἀπὸ τῆς πρώτης.

Ἀπὸ ἐκείνην λοιπὸν τὴν νεόκτιστον οἰκίαν εἶχεν ἔλθει τόσον παράωρα ἡ Ἀμέρσα, ἥτις δὲν ἐφοβεῖτο τὰ στοιχειὰ τὴν νύκτα, ἦτο δὲ τολμηρὰ καὶ ἀποφασιστικὴ κόρη.

— Κ' ἐσηκώθης;... κ' ἦρθες νὰ ἰδῇς;

— Ξαφνίστηκα μὲς στὸν ὕπνο μου, μαννούλα. Εἶδα πῶς πέθανε τὸ κορίτσι, καὶ πῶς ἐσὺ εἶχες ἕνα μαῦρο σημάδι στὸ χέρι σου.

— Μαῦρο σημάδι;...

—Ἤθελες, τάχα, νὰ σαβανώσῃς τὸ κορίτσι. Καὶ τὴν ὥρα ποὺ τὸ σαβάνωνες, μαύρισε τὸ χέρι σου... καὶ πῶς ἔβαλες, τάχα, τὸ χέρι σου στὴ φωτιά, γιὰ νὰ ξεμαυρίσῃ.

— Μπά! ἀλαφροΐσκιωτη! εἶπεν ἡ γραῖα Χαδούλα... Κ' ἔκαμες κουτουράδα, κ' ἦρθες, τέτοιαν ὥρα...

— Δὲν μποροῦσα νὰ ἡσυχάσω, μάννα.

— Καὶ δὲ σ' ἔνοιωσε τὸ Κρινιώ, ποὺ ἔφυγες;

—Ὄχι· κοιμᾶται.

— Κι ἂν ξυπνήσῃ, κ' ἰδῇ νὰ λείπῃς ἀπὸ κοντά της, πῶς θὰ τῆς φανῇ;... Δὲ θὰ βάλῃ τὶς φωνές;... Θὰ τρελαθῇ, τὸ κορίτσι!

Αἱ δύο ἀδελφαὶ ἐκοιμῶντο τῷ ὄντι μόναι εἰς τὴν μικρὰν οἰκίαν. Ἡ Ἀμέρσα ἦτο ἄφοβος, κ᾽ ἐνέπνεε πεποίθησιν, ὡς νὰ ἦτο ἀνήρ. Ὁ πατήρ των εἶχεν ἀποθάνει πρὸ πολλοῦ, οἱ δὲ ἐπιζῶντες υἱοὶ διαρκῶς ἔλειπον εἰς τὰ ξένα.

—Πάω πίσω, μάννα, εἶπεν ἡ Ἀμέρσα... Ἀλήθεια, δὲν ἐσυλλογίστηκα πῶς μπορεῖ νὰ ξυπνήσῃ τὸ Κρινιώ, αὐτὴν τὴν ὥρα, νὰ τρομάξῃ, ποὺ θὰ λείπω.

—Μποροῦσες νὰ μείνῃς κ᾽ ἐδῶ, εἶπεν ἡ μητέρα· μόνο, μὴ ξυπνήσῃ ἄξαφνα τὸ Κρινιώ, καὶ πάρῃ φόβο.

Ἡ Ἀμέρσα ἐκοντοστάθη πρὸς στιγμήν.

—Μάννα, εἶπε, θέλεις νὰ καθίσω ἐγὼ 'δῶ, νὰ πᾷς ἐσὺ στὸ σπίτι;... γιὰ νὰ ξεκουραστῇς, νὰ ἡσυχάσῃς.

—Ὄχι, εἶπεν, ἀφοῦ ἐσκέφθη πρὸς στιγμὴν ἡ γραῖα. Τώρα, κ᾽ ἡ νύχτα αὐτὴ πέρασε. Αὔριο βράδυ, πηγαίνω ἐγὼ στὸ σπίτι, καὶ κάθεσαι σὺ ἐδῶ. Μόνο, τώρα πήγαινε. Καλὸ ξημέρωμα!

Ὅλος ὁ διάλογος ἐγίνετο εἰς μικρόν, στενὸν πρόδομον, κατέμπροσθεν τοῦ θαλαμίσκου, ὅπου ἠκούοντο ἠχηροὶ καὶ πολύχορδοι οἱ ῥογχαλισμοὶ τοῦ Κωνσταντῆ. Ἡ Ἀμέρσα, ἥτις εἶχεν ἔλθει ξυπόλυτη, μ᾽ ἐλαφρότατον, ἄψοφον βῆμα, ἐξῆλθε, καὶ ἡ μήτηρ της ἐκλείδωσεν ἔσωθεν τὴν θύραν.

Ἡ Ἀμέρσα ἔφυγε τρέχουσα. Αὐτὴ νὰ φοβηθῇ τὰ στοιχειά, ἥτις δὲν εἶχε φοβηθῆ τὸν ἀδελφόν της τὸν Μῆτρον, τὸν κοινῶς καλούμενον Μῶρον ἢ Μοῦρον ἢ Μοῦτρον —τὸν σκιὰν ἐκεῖνον, τὸν τρίτον υἱὸν τῆς μητρός της, τὸν ὁποῖον ἡ τεκοῦσα ὠνόμαζε συνήθως «τὸ σκυλὶ τ᾽ Ἀγαρηνό!»— τὸν κατὰ τρία ἔτη μεγαλύτερον ἀδελφόν της, ὅστις τὴν εἶχε μαχαιρώσει ἤδη ἅπαξ —ἀλλ᾽ αὐτὴ τὸν εἶχε σώσει, μὴ θέλουσα νὰ τὸν παραδώσῃ εἰς τὴν ἐξουσίαν— καὶ θὰ τὴν ἐμαχαίρωνε βεβαίως καὶ δευτέραν φοράν, ἐὰν ἔμενεν ἔκτοτε ἐλεύθερος. Εὐτυχῶς, εἶχεν ἀλλοῦ ἐξασκήσει τὰς φονικὰς ὁρμάς του, ἐν τῷ μεταξύ, καὶ εἶχε κλεισθῆ ἐγκαίρως εἰς τὰς βενετικὰς εἱρκτὰς τοῦ παλαιοῦ φρουρίου, εἰς τὴν Χαλκίδα.

Ἰδοὺ πῶς συνέβη τὸ πρᾶγμα. Ὁ Μῶρος ἢ Μοῦρος ἦτο φύσει ὁρμητικὸς καὶ παράφορος, ἂν καὶ εἶχε πολὺ δεξιόν, θηλυκὸν νοῦν, ὅπως ἔλεγεν ἡ μάννα του — νοῦν ὁ ὁποῖος ἐγέννα. Παιδιόθεν ἦτο ἱκανὸς μόνος του, νὰ πλάττῃ, αὐτοδίδακτος, πολλὰ ὡραῖα μικρὰ πράγματα· καραβάκια, προσωπίδας, ἀγαλμάτια, κοῦκλες καὶ ἄλλα ἀκόμη. Ἦτο σκιὰς τῆς γειτονιᾶς, ὁ σημαιοφόρος ὅλων τῶν μαγκῶν, καὶ εἶχεν εἰς τοὺς ὁρισμούς του ὅλους τοὺς ἀγυιόπαιδας, ὅλα τὰ ξυπόλυτα τοῦ δρόμου. Εἶχε συνηθίσει ἐνωρὶς τὴν μέθην καὶ τὴν ἀσωτίαν, ἐξετέλει θορυβώδεις παιδιάς, διαδηλώσεις, παιδικὰς ὀχλαγωγίας, μαζὶ μὲ τοὺς μικροὺς φίλους του· ἐπροκάλει καυγάδες εἰς τὸν δρόμον, ἐπετροβόλει ὅσους συνήντα γέροντας καὶ γραίας, ὅσους πτωχοὺς καὶ ἀδυνάτους. Δὲν ἄφηνε σχεδὸν κανένα ἄνθρωπον ἀπείρακτον.

Εἶχε κλέψει μὲ τὸ μάτι, ἀπὸ ἕνα διαβατικὸν μαχαιροποιόν, τὴν τέχνην του. Ἐπροσπάθει ἀτελῶς νὰ κατασκευάζῃ μαχαίρια. Εἶχε μέγαν τροχὸν εἰς τὴν αὐλήν, τὴν σκεπαστὴν ἀπὸ τὸ μέγα χαγιάτι, καὶ τὸ κατώγι τῆς οἰκίας σχεδὸν τὸ εἶχε μεταβάλει εἰς ἐργοστάσιον — κ᾽ ἐτρόχιζεν ὅλα τὰ μαχαίρια καὶ τοὺς ξυραφάδες τῶν ἀγυιοπαίδων, καὶ ὅταν δὲν εἶχεν ἄλλα νὰ τροχίσῃ, ἐτρόχιζε τὸ ἰδικόν του. Ἐφιλοτιμεῖτο νὰ τὸ κάμῃ δίκοπον, ἂν καὶ ἐξ ἀρχῆς δὲν ἦτον οὕτω σχεδιασμένον. Προσέτι ἐδοκίμαζε νὰ κατασκευάζῃ κουμπούρες, πιστόλια, μικρὰ κανονάκια, καὶ ἄλλα φονικὰ ὄργανα. Ὅλα τὰ λεπτά, ὅσα ἐκέρδιζεν ἀπὸ τὶς κοῦκλες, τ᾽ ἀγαλμάτια καὶ τὰς προσωπίδας, καὶ δὲν τὰ ἔπινε, τὰ ἠγόραζε πυρίτιδα. Καὶ ὁ ἴδιος εἶχε δοκιμάσει νὰ κατασκευάζῃ ἓν τοιοῦτον προϊόν. Τὰς ἡμέρας τοῦ Πάσχα, καὶ δύο ἑβδομάδας ἀκόμη ὀψιμώτερα, ἦτο φόβος καὶ τρόμος νὰ τολμήσῃ τις νὰ περάσῃ ἀπὸ τὴν γειτονιάν, εἰς τὴν ὁποίαν ἐβασίλευε διὰ τοῦ τρόμου ὁ Μοῦτρος. Οἱ πιστολισμοὶ ἔπιπτον ἀδιάλειπτοι.

Μίαν Κυριακήν, ὁ Μοῦρος μεθυσμένος εἶχε κάμει παραπολλὰς ἀταξίας εἰς τὸν δρόμον. Δύο χωροφύλακες, ἀκούσαντες τὰ παράπονα πολλῶν ἀνθρώπων, τὸν ἐκυνήγησαν διὰ νὰ τὸν πιάσουν, καὶ τὸν πάρουν «μέσα» ἢ «στὴν καζάρμα». Ἀλλ᾽ ὁ Μῶρος, λίαν εὐκίνητος, τοὺς ἔφυγεν, ἐγύρισε καὶ τοὺς ἐμυκτήρισε μακρόθεν, καὶ πάλιν τραπεὶς εἰς φυγήν, ἐκρύβη εἰς μέρος ἀπρόσιτον — εἰς τὸ μέσα μέρος τοῦ ὑποστέγου ταρσανᾶ ἑνὸς ναυπηγοῦ, ἐξαδέλφου του. Εἶτα, ἐπειδὴ οἱ δύο ἄνδρες παρήτησαν τὴν καταδίωξιν, ἀνέλαβε θάρρος κ᾽ ἐξῆλθεν εἰς τὸν δρόμον.

Τὴν ἡμέραν ἐκείνην, ὁ Μῶρος, ἐπειδὴ δὲν εἶχε ξεμεθύσει ἀκόμα, κατήντησε νὰ κυνηγήσῃ εἰς τὸν δρόμον καὶ τὴν ἰδίαν μητέρα του, ἀπειλῶν νὰ τὴν σφάξῃ. Παρεπονεῖτο ὅτι ἡ γραῖα τοῦ εἶχε κλέψει λεπτὰ ἀπὸ τὴν τσέπην. Τὴν ἔφθασεν εἰς τὴν αὐλὴν τῆς οἰκίας, ὅπου ἔτρεχεν αὕτη διὰ νὰ κρυφθῇ, τὴν ἅρπαξεν ἀπὸ τὰ μαλλιά, καὶ τὴν ἔσυρεν ἐπὶ τοῦ ἐδάφους τῆς ὁδοῦ, εἰς διάστημα πενῆντα βημάτων.

Αὐτὴ εἶχε βάλει τὰς φωνάς, κ᾽ ἐξῆλθον οἱ γείτονες. Ἦτον ὥρα ἑσπερινοῦ, μικρὸν πρὸ τῆς δύσεως τοῦ ἡλίου. Εἰς τὰς φωνὰς τῶν γειτόνων, ἔφθασαν οἱ δύο χωροφύλακες, οἵτινες ἀπὸ πρὶν κατεζήτουν τὸν Μοῦρον, καὶ μόνον κατὰ τὸ φαινόμενον εἶχον παραιτήσει τὸ κυνήγημα — ἐξ ἐναντίας μάλιστα ἦσαν λίαν ἐξωργισμένοι ἐναντίον τοῦ ταραξίου. Ὁ Μοῦρος, ἅμα τοὺς εἶδεν, ἄφησε τὴν μητέρα του κ᾽ ἐτράπη εἰς φυγήν. Ἔτρεξε νὰ κρυφθῇ εἰς τὴν οἰκίαν, ἐξ ἀνάγκης, ἐπειδὴ εὑρέθη «στὰ στενά», καὶ δὲν ἔβλεπεν ἄλλο ἄσυλον πλέον μακρυσμένον ἀλλ᾿ ἀσφαλέστερον.

Ἡ γραῖα, ἅμα ἐσηκώθη, καταμωλωπισμένη, πλήρης κονιορτοῦ, εἶδε τοὺς χωροφύλακας, κι ἄρχισε νὰ τοὺς ἱκετεύῃ.

—Ἀφῆστέ τον, παιδιά! Παλαβὸς εἶναι, δὲν εἶναι τίποτε. Μὴν τόνε σκοτώνετε, παιδιά, μὲ τὸ καμτσί!

Τοῦτο εἶπε διότι εἶδε τὸν ἕνα χωροφύλακα ἐξηγριωμένον, κρατοῦντα εἰς τὴν χεῖρα φοβερὸν μαστίγιον. Οἱ δύο ἄνδρες δὲν ἔδωκαν προσοχὴν εἰς τὰς ἱκεσίας της, ἀλλ᾿ ἐξηκολούθησαν νὰ τρέχουν πρὸς καταδίωξιν τοῦ Μώρου. Παρεβίασαν τὸ ἄσυλον, τὸ κατώγι τῆς οἰκίας, ὅπου εἶχε τὸ ἐργοστάσιόν του ὁ Μῶρος. Ἐκεῖ εἶχε τρέξει διὰ νὰ κρυφθῇ, καὶ μόλις ἐπρόφθασε νὰ μανδαλώσῃ τὴν θύραν. Ἀλλ᾿ ἡ σανὶς ἦτο ὑπόσαθρος, κακῶς προσαρμοζομένη, καὶ ὁ Μῶρος δὲν εἶχεν ἀγαπήσει τὰς εἰρηνικὰς τέχνας διὰ νὰ φροντίσῃ νὰ τὴν διορθώσῃ. Ἐκεῖνοι ἔσπασαν τὸν μικρὸν σύρτην καὶ εἰσῆλθον.

Ὁ Μοῦρος ταχὺς ὡς αἴλουρος ἀνερριχήθη εἰς τὴν κλαβανήν, εἰς τὸ πάτωμα. Ἡ κλαβανὴ ἦτο σιμὰ εἰς τὸν βόρειον τοῖχον, ὁ δὲ βόρειος τοῖχος ἦτο ἐν μέρει θεμελιωμένος εἰς τὸν βράχον, ὁ βράχος ἐξεῖχε, καὶ παρεῖχε πάτημα εἰς τοὺς πόδας τοῦ Μώρου τοὺς γοργούς, καὶ ἄλλας ἐσοχὰς ἐπὶ τοῦ τοίχου εἶχε σκάψει ὁ ἴδιος κατὰ καιρούς, διὰ μόνων τῶν ποδῶν του. Ἐπειδὴ φαίνεται ὅτι συνήθιζε πολὺ συχνὰ τὸ εἶδος τοῦτο τῆς γυμναστικῆς.

Ἡ σανὶς τῆς καταρρακτῆς ἦτο κλειστή. Ὁ Μῶρος τὴν ἤνοιξε μὲ ἕνα κτύπον τῆς κεφαλῆς του καὶ μὲ μίαν προσπάθειαν τοῦ ἀριστεροῦ του βραχίονος. Εἶτα ὡς ὁ κολυμβητής, ὁ ἀναδυόμενος ἐκ τοῦ κύματος, ἐπήδησεν ἐπάνω εἰς τὸ πάτωμα, ἔκλεισε μετὰ κρότου τὴν κλαβανήν, κ᾽ ἐφάνη ὅτι ἔθεσεν ἓν βάρος, ἴσως μικράν τινα κασσέλαν, ἐπὶ τῆς σανίδος.

Οἱ δύο χωροφύλακες, ἐν ὀργῇ καὶ μὲ πολλὰς βλασφημίας, ἤρχισαν νὰ ψάχνουν εἰς τὸ ἰσόγειον. Κατέσχον ὅσα μαχαίρια καὶ κουμπούρια εὗρον ἐκεῖ, ὅπως καὶ τὸν τροχόν, καὶ δύο ἄλλας μικρὰς ἀκόνας καὶ ἡτοιμάζοντο νὰ ἐξέλθουν ἴσως διὰ νὰ φύγουν, ἴσως καὶ διὰ ν᾽ ἀνέλθουν, ἐπάνω εἰς τὴν οἰκίαν.

Ὁ Μοῦτρος ἢ Μοῦρτος, ἐπάνω στὸ πάτωμα, ἦτον πλήρης ὀργῆς, μεθύων ἀκόμη, καὶ ἀφρισμένος. Ἐφύσα ἀπὸ μανίαν καὶ λύσσαν. Ἐκεῖ ἐπάνω εὑρέθη μόνη ἡ ἀδελφή του ἡ Ἀμέρσα, παιδίσκη δεκαεπτὰ ἐτῶν τότε, ἥτις ἐτρόμαξεν ἅμα τὸν εἶδε ν᾽ ἀναρριχᾶται εἰς τὴν κλαβανὴν μὲ τοιοῦτον ἀλλόκοτον τρόπον. Εἶχεν ἀκούσει κάτω τὰ βήματα καὶ τὰς βλασφημίας τῶν δύο χωροφυλάκων. Ἔκυψεν εἰς μικρὰν σχισμάδα, μεταξὺ δύο σανίδων τοῦ κακῶς ἡρμοσμένου πατώματος, ἢ εἰς ἕνα ῥόζον μιᾶς σανίδος, χάσκοντα, κενόν, καὶ εἶδε κάτω τοὺς δύο ἀνθρώπους τῆς ἐξουσίας, εἰς τὸ φῶς τὸ εἰσδῦον διὰ τῆς θύρας τοῦ κατωγείου τὴν ὁποίαν εἶχον ἀνοίξει ἐκεῖνοι.

— Μωρή! σ᾽ ἔφαγα... τώρα θὰ πιῶ τὸ αἷμά σου! ἔκραξεν ὁ Μοῦτρος, μὴ ἔχων ποῦ ἀλλοῦ νὰ ξεθυμάνῃ, καὶ ἀπειλῶν ἄνευ αἰτίας τὴν ἀδελφήν του.

— Σιώπα!... σιώπα! ἐψιθύρισεν ἡ Ἀμέρσα. Πῶ πώ, Θεέ μου! Δυὸ «ταχτικοί»! κάτω στὸ κατώι... ψάχνουν... ψάχνουν... Τί γυρεύουν;

Ἔβλεπε τοὺς δύο χωροφύλακας ν᾽ ἀποκομίζουν τὰ μικρά, ἄξεστα ὅπλα, τὰ ἔργα τοῦ ἀδελφοῦ της, ὡς καὶ τὸν τροχὸν καὶ τὰς ἀκόνας. Εἶτα αἴφνης τοὺς εἶδε νὰ κύπτουν πρὸς τὴν γωνίαν, ὅπου ἵστατο ὁ ὑφαντικὸς ἱστὸς τῆς μητρός της, καὶ εἶδε τὸν ἕνα χωροφύλακα νὰ λαμβάνῃ εἰς τὰς χεῖράς του τὴν σαΐτταν ἢ κερκίδα, ἥτις θὰ τοῦ ἐφάνη ἴσως καὶ αὐτὴ ὡς ὅπλον — ἀφοῦ μάλιστα καλεῖται καὶ σαΐττα. Ὁ ἄλλος ἐδοκίμασε ν᾽ ἀποσπάσῃ ἀπὸ τὸν ἐργαλειὸν τὸ ἀντίον, τὸ μέγα κυλινδροειδὲς ξύλον, περὶ τὸ ὁποῖον τυλίγεται τὸ νεοΰφαντον πανίον· ἴσως δὲν εἶχεν ἰδεῖ παρόμοιον πρᾶγμα εἰς τὴν ζωήν του, κ᾽ ἐφαντάζετο ὅτι καὶ αὐτὸ ἴσως θὰ ἦτο καλὸν διὰ νὰ χρησιμεύσῃ ὡς ὅπλον.

Ἡ Ἀμέρσα, ἰδοῦσα, ἀφῆκε κραυγὴν πεπνιγμένην. Ἠθέλησε νὰ φωνάξῃ ν᾽ ἀφήσουν τὸ ἀντὶ καὶ τὴν σαγίττα, ἀλλ᾽ ὁ ἦχος ἐξέπνευσεν εἰς τὸ στόμα της.

— Σκάσε, μωρή! ἔγρυξεν ὁ Μοῦρτος. Τί λογιάζεις; Τί γλέπεις καὶ γελᾷς;

Ὁ Μοῦρτος, ἐν τῇ μέθῃ του, εἶχεν ἐκλάβει ὡς γέλωτα τὴν ἄναρθρον ἐκείνην κραυγὴν τῆς ἀδελφῆς του.

Μετ᾽ ὀλίγα λεπτά, οἱ δύο χωροφύλακες, ἀφοῦ ἔρριψαν τελευταῖον βλέμμα πρὸς τὴν κλαβανήν —τὴν ὁποίαν εἶχον ἰδεῖ νὰ κλείεται ἀκριβῶς καθ᾽ ἣν στιγμὴν εἰσήρχοντο εἰς τὸ ἰσόγειον— ἐξῆλθον. Ἡ Ἀμέρσα ἀνεσηκώθη. Τῆς ἐφάνη ὅτι ἤκουσε τριγμὸν εἰς τὸ κάτω σκαλοπάτι τῆς ἐξωτερικῆς σκάλας, ἥτις ἦτο ξυλίνη, σκεπαστὴ ὑπὸ τὸ εὐρύχωρον χαγιάτι, τὸ ὑπόστεγον. Ἔτρεξε πρὸς τὴν θύραν.

Ἐφαντάσθη ὅτι οἱ δύο «ταχτικοί», ὅπως τοὺς ὠνόμαζεν, ἀνέβαινον τὴν σκάλαν, καὶ ἴσως θὰ παρεβίαζον καὶ τὴν θύραν τῆς οἰκίας. Ἔκυψεν εἰς τὴν κλειδότρυπαν, κ᾽ ἐπροσπάθει νὰ ἴδῃ κ᾽ ἐννοήσῃ τὰ συμβαίνοντα διὰ τῆς μικρᾶς ὀπῆς, ἐπειδὴ τὸ μόνον παράθυρον τῆς προσόψεως ἦτο κλεισμένον, καὶ δὲν εἶχεν ἄλλο μέσον διὰ νὰ ἴδῃ.

Ὁ Μοῦρος βλέπων τὴν Ἀμέρσαν νὰ τρέχῃ πρὸς τὴν θύραν, ἐφαντάσθη, ἐν τῷ παραλογισμῷ τῆς μέθης του, ὅτι ἡ ἀδελφή του ἤθελε ν᾽ ἀνοίξῃ τὴν θύραν καὶ τὸν παραδώσῃ εἰς τοὺς χωροφύλακας. Τότε, τυφλὸς ἐκ μανίας, ἔσυρεν ὄπισθεν, ἀπὸ τὰ νῶτα τῆς ὀσφύος του, τροχισμένην μάχαιραν, τὴν ὁποίαν εἶχε, καὶ ὁρμήσας ἐκτύπησε τὴν ἀδελφήν του εἰς τὸ πλευρὸν ὄπισθεν, κατὰ τὴν δεξιὰν μασχάλην.

Αἰσθανθεῖσα τὸν ψυχρὸν σίδηρον, ἡ Ἀμέρσα ἀφῆκε σπαρακτικὴν κραυγήν.

Οἱ δύο χωροφύλακες δὲν εἶχον ἀκόμη ἀπομακρυνθῆ, ἀλλ᾽ εἶχαν κοντοσταθῆ ἔξω τῆς θύρας τοῦ ἰσογείου, ὡς νὰ ἐσυμβουλεύοντο τί νὰ κάμουν. Ἤκουσαν τὴν κραυγὴν ἐκείνην τοῦ τρόμου, ἐκοίταξαν ἐπάνω, κ᾽ ἔτρεξαν.

Τότε ἀνέβησαν μετὰ κρότου τὴν σκάλαν κ᾽ ἔφθασαν εἰς τὸ χαγιάτι. Ἔσεισαν βιαίως τὴν θύραν.

—Ἐν ὀνόματι τοῦ Νόμου! Ἀνοίξατε!

Τὴν στιγμὴν ἐκείνην ἦλθεν εἰς τὸν ἕνα τῶν χωροφυλάκων ἡ ὑπόνοια ὅτι ὁ ἔνοχος θὰ ἠδύνατο ἴσως νὰ δραπετεύσῃ διὰ τῆς καταρρακτῆς καὶ τοῦ ἰσογείου. Στραφεὶς εἰς τὸν δεύτερον χωροφύλακα τοῦ λέγει.

—Ἔχε τὸν νοῦ σου, σύ! Μὴ μᾶς τὸ στρίψῃ ἀπὸ κάτ᾽ ἀπ᾽ τὸ καταχυτό, ἀπ᾽ τὴν καταρρήχωση!... Κ᾽ ὕστερις ποῦ νὰ τὸν χαλεύουμε;

—Τί κρένεις; εἶπεν ὁ δεύτερος, μὴ ἐννοήσας ἀμέσως.

—Αὐτὸ ποὺ σοῦ κρένω! ἐπέμενεν ὁ πρῶτος... Κάμε κεῖνο ποὺ σὲ χουϊάζουνε!

Ὁ δεύτερος χωροφύλαξ, καίτοι νωθρὸς ὀλίγον, ἔτρεξε κάτω ὅσον ταχύτερα ἠμπόρεσε, διὰ νὰ κλείσῃ τὴν θύραν τοῦ ἰσογείου, ἢ διὰ νὰ παραμονεύσῃ. Ἀλλ᾽ ἦτον ἤδη ἀργά. Ὁ Μοῦρος ἐν τῷ μεταξὺ εἶχεν ἀνοίξει τὴν κλαβανήν, ἀποσύρας τὴν μικρὰν κασσέλαν τὴν ὁποίαν εἶχε βάλει ἐπάνω της, καὶ εἶχε πηδήσει κάτω. Ἦτον ὑπὲρ τὰ δύο μέτρα τὸ ὕψος, ἀλλ᾽ ὁ Μοῦρος ἦτον ἐλαφρός, εὐκίνητος, κάτω δὲ τὸ ἔδαφος ἦτο στρωμένον μὲ πελεκούδια καὶ πριονίδια, κ᾽ ἔφθασε κάτω ὄρθιος καὶ ἀβλαβής.

Τρέχων ὡς ἄνεμος, ἀνέτρεψε τὸν χωροφύλακα, ὅστις ἔπεσε βαρὺς ἔμπροσθεν τῆς ἐξωτερικῆς σκάλας, κ᾽ ἔφυγεν, ὁ Μοῦρτος, ὡς ἀστραπή. Ἔτρεξεν ἐπάνω εἰς τὰ Κοτρώνια, εἰς τὴν κατοικίαν τῶν γλαυκῶν. Ἦτο βραχώδης λόφος ὑψούμενος ὑπεράνω, ἐκ τῶν νώτων τῆς οἰκίας, ὅπου ἤξευρεν ὅλα τὰ «κατατόπια» ὁ Μοῦρτος. Οὔτε κατώρθωσέ τις ποτέ, χωροφύλαξ ἢ ἄλλος νὰ τὸν συλλάβῃ.

Τὴν ὥραν ποὺ εἶχε πηδήσει ὁ Μοῦτρος ἀπὸ τὴν καταρρακτήν, παραδόξως εἶχεν ἐνθυμηθῆ —ἴσως διότι εἶχε ξεμεθύσει ἤδη ἀπὸ τὰ συμβάντα, ἢ εἶχε «ξεμουστώσει» ὅπως θὰ ἔλεγεν ὁ ἴδιος— εἶχεν ἐνθυμηθῆ, λέγω, ὅτι, ἀφοῦ ἐμαχαίρωσε τὴν ἀδελφήν του, ἡ μάχαιρα τοῦ ἔπεσε ἀπὸ τὴν χεῖρα, καὶ ἔκειτο εἰς τὸ πάτωμα. Τοῦτο συνέβη ἴσως διότι τοῦ εἶχον ἔλθει τύψεις καὶ φόβος, τὴν στιγμὴν ἐκείνην — διὸ καὶ ἐπιπολῆς μόνον εἶχε θίξει μὲ τὴν λεπίδα τὴν σάρκα τῆς ἀδελφῆς του.

Καθὼς τοῦ ἦλθεν ἡ ἰδέα νὰ φύγῃ, κ᾽ ἔτρεξε ν᾽ ἀνοίξῃ τὴν κλαβανήν, ἐπειδὴ ἐνόησε πλέον ὅτι οἱ χωροφύλακες ἀνέβαινον εἰς τὸ πάτωμα, μὴ ἔχων καιρὸν νὰ ἐπανέλθῃ πρὸς τὸ μέρος τῆς θύρας, διὰ νὰ κύψῃ καὶ ἀναλάβῃ τὴν μάχαιραν, ἕτοιμος νὰ πηδήσῃ κάτω, ἐφώναξε πρὸς τὴν ἀδελφήν του:

—Τὸ «χαμπέρ'» μωρή!... Κοίταξε νὰ κρύψῃς κεῖνο τὸ «χαμπέρι»!

Τὴν ἔκφρασιν ταύτην ἐπροτίμησε, διὰ νὰ μὴ ἀκούσουν οἱ χωροφύλακες τὸ ὁμοιοτέλευτον «μαχαίρι». Κατὰ τὴν φοβερὰν στιγμήν, πταίστης καὶ ἔνοχος, ἐπεκαλεῖτο τὴν φιλοστοργίαν τῆς ἀδελφῆς του διὰ νὰ τὸν σώσῃ, καθότι εἶχε πεποίθησιν εἰς αὐτήν. Ἡ μάχαιρα θὰ ἦτο αἱματωμένη, καὶ θὰ ἔβλεπον τὸ αἷμα οἱ διῶκται. Καὶ συνιστῶν τὴν ἀπόκρυψιν τοῦ ὀργάνου, ἤλπιζε τὴν ἀπόκρυψιν τοῦ ἐγκλήματος.

Τῷ ὄντι ἡ Ἀμέρσα, ἐνῷ τὸ αἷμα ἔρρεεν ἤδη ἐκ τῆς πληγῆς της, βλέπουσα ὅτι ἐξ ἅπαντος θὰ παρεβιάζετο ἡ θύρα, ἐκ παλαιᾶς λεπτῆς σανίδος, μ᾽ ἐσκωριασμένους σύρτας καὶ μάνδαλα, σχεδὸν λιποθυμοῦσα ἤδη, ἔκυψε καὶ ἀνέλαβε τὴν μάχαιραν. Εἶτα ἐσύρθη μέχρι τῆς γωνίας ὅπου ἦτο μικρὰ τέμπλα, ἤτοι σωρὸς ἐκ διπλωμένων σινδόνων, προσκεφάλων καὶ στρωμνῶν.

Ἔκρυψε τὴν αἱματωμένην μάχαιραν κάτωθεν ὅλου αὐτοῦ τοῦ σωροῦ τῶν ὀθονίων, ἐτυλίχθη αὐτὴ μὲ παλαιόν, ἐμβαλωμένον, ἀλλὰ καθαρὸν πάπλωμα, κ᾽ ἐκάθισεν ἀπάνω εἰς τὸν χαμηλὸν σωρόν, ὅστις ἐβυθίσθη ἀκόμη χαμηλότερα. Ἔφερε τὴν ἀριστερὰν χεῖρα εἰς τὴν μασχάλην της, κ᾽ ἐπροσπάθει νὰ σταματήσῃ τὸ αἷμα. Παραδόξως δὲν εἶχε δειλιάσει ὅταν εἶχεν ἰδεῖ τὸ αἷμα, ἂν καὶ πρώτην φορὰν τῆς συνέβαινε τὸ πάθημα. Τὸ ὅλον τῆς ἐφαίνετο ὡς ὄνειρον. Μόνον ἔσφιγγε τοὺς ὀδόντας καὶ ἠπόρει πῶς δὲν ἠσθάνετο ἀκόμη πόνον. Ἀλλὰ μετ᾽ ὀλίγα δευτερόλεπτα, ἠσθάνθη ὀξεῖαν ἀλγηδόνα.

Τὴν ἰδίαν στιγμήν, ἡ θύρα ἐβυθίσθη πρὸς τὰ ἔσω. Ὁ εἷς χωροφύλαξ εἰσεπήδησε μετὰ κρότου εἰς τὸ πάτωμα.

Ἡ Ἀμέρσα δὲν ἀνεσήκωσε τὴν κεφαλήν, ἔκυπτε, καὶ ἦτο τυλιγμένη ἕως τὴν μύτην εἰς τὸ πάπλωμα.

—Ποῦ εἶν᾿ αὐτός, ὁ σκιάς; ἔκραξεν ἀπειλητικῶς ὁ χωροφύλαξ.

Ἡ Ἀμέρσα δὲν ἀπήντησεν.

Ὁ στρατιωτικός, ὅστις δὲν εἶχεν ἀντιληφθῆ οὔτε τὴν φυγὴν τοῦ Μούρου, οὔτε τὴν ἀνατροπὴν καὶ πτῶσιν τοῦ ἰδίου συστρατιώτου του, ἴσως διότι ἡ στιγμὴ ἐκείνη συνέπεσεν ἀκριβῶς μὲ τὴν παραβίασιν τῆς θύρας, καὶ ὁ εἷς κρότος ἔπνιγε καὶ ἐβώβαινε τὸν ἄλλον, ἐξήτασεν ὅλον τὸν πρόδομον ὅπου εὑρίσκετο ἡ Ἀμέρσα, εἶτα μετέβη δρομαίως εἰς τὸν χειμερινὸν θάλαμον, εἶτα εἰς τὸν θαλαμίσκον. Κανένα δὲν εὗρε. Μόνον ἡ κλαβανὴ ἦτον ἀνοικτή.

Μετὰ μίαν στιγμήν, ἀνήρχετο καὶ ὁ δεύτερος ὁμόσκηνός του.

— Τό ᾽στριψε;

— Τόδωκε ἀπ᾽ τὴν καταρρήχωση, χάμου...

— Καὶ τὸν ἐχούϊαξες;... Δὲν τὸν ἐπρόκαμες;

—Ἔφαγα κατραπακιά!... Ἄ! μὰ φευγάλα... Ἑφτὰ μίλια τὴν ὥρα!...

—Ἄχ! ἔκαμεν ὁ πρῶτος χωροφύλαξ, κάμπτων τὸν λιχανὸν τῆς δεξιᾶς χειρός, καὶ φέρων αὐτὸν εἰς τὸ στόμα, ὡς διὰ νὰ τὸν δαγκάσῃ, μετὰ σείσματος βιαίου τῆς κεφαλῆς. Μᾶς πρέπει γιὰ νὰ μᾶς τὰ ξηλώσουνε!

Ὁ δεύτερος χωροφύλαξ, θέλων νὰ κάμῃ τὸν αὐστηρόν, ἀπέτεινε τὸν λόγον πρὸς τὴν κόρην:

— Γιὰ ποῦ τό ᾽βαλε ὁ ἀδερφός σου, μωρή; τῆς εἶπεν.

Ἡ Ἀμέρσα δὲν ἀπήντησε. Πλὴν μέσα της μὲ ἀκουσίαν εἰρωνείαν ἴσως θὰ ἐψιθύρισε μὲ ὅλον τὸν δεινὸν πόνον καὶ τὴν ἀγωνίαν ἣν ᾐσθάνετο: «Ἐσὺ ξέρεις».

— Τί κάθεσαι αὐτοῦ, κορίτσι μου; εἶπεν ἡμερώτερος ὁ πρῶτος χωροφύλαξ. Μὴ σ' ἐχτύπησε, τίποτα;

Ἡ Ἀμέρσα ἀνένευσε.

— Τ' εἶχε καὶ σ' ἐχάλευε;... Γύρευε νὰ σὲ μαχαιρώσῃ;

— Γιατί φώναξες; προσέθηκεν ὁ δεύτερος.

Ἡ Ἀμέρσα ἀπήντησεν εἰς τὴν ἐρώτησιν τοῦ πρώτου χωροφύλακος:

—Ὄχι!

—Ἀλήθεια, μὴ σ' ἐμαχαίρωσε; ἐπέμενεν ὁ ἄνθρωπος.

Ἡ Ἀμέρσα, μὲ φυσικὴν ἐπιφώνησιν, εἶπεν:

—Ὁ ἀδελφός μου, θελὰ μὲ μαχαιρώσῃ!

— Γιατί κάθεσ' αὐτοῦ, τί ἔχεις; Εἶσαι ἄρρωστη;

—Ἔχω θέρμη.

Ἡ Ἀμέρσα δὲν εἶχε συλλογισθῆ ὅτι τὸ πάτωμα, ἢ καὶ ἡ ψάθα, θὰ εἶχαν ἴσως κηλιδωθῆ μὲ αἷμα. Ἤδη εἶχε δύσει ὁ ἥλιος, καὶ ἦτο ἀμφιλύκη ἐντὸς τῆς οἰκίας. Ἐκτὸς τούτου τὸ μέρος ὅπου εἶχε πέσει ἡ αἱματωμένη μάχαιρα, εὑρίσκετο τὴν στιγμὴν ταύτην εἰς τὴν σκιάν, ὄπισθεν τῆς μονοφύλλου θύρας, ἀνοικτῆς κατὰ τὰ δύο τρίτα, καὶ φθανούσης μέχρι τοῦ τοίχου, ὥστε οἱ δύο ἄνδρες δὲν εἶδον τὰς κηλῖδας τὰς ἐρυθράς.

— Γιατί εἶχες βάλει μιὰ φωνή; ἐπέμενεν ὁ πρῶτος χωροφύλαξ.

— Εἶχα πόνον καὶ ζάλη, εἶπεν ἡ Ἀμέρσα.

Καὶ τὴν ἰδίαν στιγμήν, ὡς διὰ νὰ ἐπικυρωθῇ ὁ λόγος της, τῆς ἦλθε πράγματι λιποθυμία. Ἔκαμεν ὤχ! σφίγγουσα τοὺς ὀδόντας κ᾽ ἔκυψε κάτω. Οἱ δύο ἄνθρωποι τῆς ἐξουσίας, συγκινηθέντες, ἐκοιτάχθησαν, καὶ ὁ πρῶτος εἶπε:

— Μά, ποῦ εἶν᾽ ἡ μάννα της;

Ὡς ὑπακούουσα εἰς τὴν πρόσκλησιν ταύτην, ἔφθασε τρέχουσα ἡ Φραγκογιαννού.

— Νὰ ἐκείν᾽ ἡ γριά, ποὺ τὴν τράβηξ᾽ ἀπ᾽ τὰ μαλλιὰ ὁ γυιός της, μὲς στὸ σοκάκι! εἶπεν ὁ δεύτερος χωροφύλαξ.

Εἶτα προσέθηκε:

— Δὲν μ᾽ κρένεις, γερόντισσα, ποῦ εἶν᾽ ὁ γυιόκας σου;

Ἡ Φραγκογιαννοῦ δὲν ἀπήντησε κ᾽ ἔτρεξε πλησίον τῆς Ἀμέρσας. Ἦτο ἐπιτηδεία ἰάτρισσα, καὶ ἦτο ἱκανὴ νὰ περιποιηθῇ τὴν κόρην της.

Ὅλα ταῦτα ἤρχοντο συχνὰ εἰς τὴν μνήμην τῆς Ἀμέρσας, κ᾽ ἐπανῆλθον ἀκόμη καὶ κατὰ τὰς μακρὰς ὥρας τῆς νυκτός, τὰς ἑσπερινὰς καὶ ὀρθρίας, ὁπότε αὐτὴ ἔχανε τὸν ὕπνον της εἰς τὸν οἰκίσκον, πλησίον τῆς κοιμωμένης Κρινιῶς, τῆς μικρᾶς ἀδελφῆς, ἐνῷ ἡ μήτηρ των ἀποῦσα κατὰ τὰς αὐτὰς ὥρας ἠγρύπνει ἐπὶ νύκτας τώρα, εἰς τὸν θάλαμον τῆς λεχοῦς, εἰς τὴν οἰκίαν τῆς ἄλλης, τῆς μεγάλης κόρης της, καὶ ὅταν ἐπέστρεψεν εἰς τὸν οἰκίσκον μετὰ τὴν νυκτερινὴν ἔξοδον, τὴν ὁποίαν εἶχεν ἐπιχειρήσει, ὡς «ἀλαφροΐσκιωτη» ποὺ ἦτον, κατ᾽ ἀκολουθίαν τοῦ ὀνείρου ἐκείνου, εἶδεν εἰς τὸ ἀμυδρὸν φῶς τῆς κανδήλας, τῆς καιούσης ἐμπρὸς εἰς τὴν μικρὰν παλαιὰν καὶ μαυρισμένην εἰκόνα τῆς Παναγίας, εἶδεν ὅτι ἡ μικρὰ ἀδελφή της, τὸ Κρινιώ, ἐκοιμᾶτο ἀκόμη, καὶ δὲν ἐφαίνετο νὰ εἶχε σεισθῆ ἀπὸ τὴν θέσιν της. Μόνον, ἅμα εἰσῆλθεν ἡ Ἀμέρσα, ἡ Κρινιώ, ὡς νὰ ἤκουσε τὸν μικρὸν θροῦν ἀμυδρῶς μέσα εἰς τὸν ὕπνον της, ἐκινήθη ἠρέμα, ἐστέναξε, κ᾽ ἐγύρισεν ἀπὸ τὸ ἄλλο πλευρόν, χωρὶς ἄλλως νὰ ἐξυπνήσῃ.

Ἀλαφροΐσκιωτη! τῷ ὄντι. Ἡ λέξις τὴν ὁποίαν εἶχε προφέρει ἀρτίως ἡ μήτηρ της, τῆς ἐπανῆλθε πράγματι εἰς τὸν νοῦν, τὴν ὥραν καθ᾽ ἥν, μὲ τὸ τρίτον λάλημα τοῦ πετεινοῦ, ἐπέστρεψεν εἰς τὴν οἰκίαν, πλησίον τῆς κοιμωμένης μικρᾶς ἀδελφῆς της. Ἀλλ᾽ ἦτο ἆρα αὐτὴ πράγματι «ἀλαφροΐσκιωτη»; Αὐτὴ τῆς ὁποίας τὰ ὄνειρα, αἱ πλάναι καὶ αἱ παρακρούσεις πολλάκις συνέβη νὰ σημαίνωσιν, ἢ νὰ δηλῶσί τι ἢ ν᾽ ἀφήνωσι παράδοξον ἐντύπωσιν. Καὶ αὐτὰ τὰ ψεύματά της, ὅσα ἔλεγε, ἐγίνοντο ἀκούσιαι ἀλήθειαι δι᾽ αὐτήν. Ὅπως, φέρ᾽ εἰπεῖν, ὅταν, μετὰ τὸ μαχαίρωμα τὸ ὁποῖον εἶχεν ὑποστῆ ἀπὸ τὸν ἀδελφόν της, ἀπαντῶσα εἰς τὰς ἐταστικὰς ἐρωτήσεις τοῦ χωροφύλακος, ἔλεγεν: «Εἶχα πόνο καὶ ζάλη!» Καὶ συγχρόνως ἅμα τῷ λόγῳ αὐτῷ, τῆς ἤρχετο ἀληθὴς λιποθυμία, ὡσεὶ ἀνωτέρα τις, δαιμονία θέλησις νὰ ἤθελε νὰ καλύψῃ τὸ ψεῦδός της.

Ἡ Ἀμέρσα, κατεκλίθη ἐκ νέου πλησίον τῆς ἀδελφῆς της καὶ δὲν ἐκοιμήθη. Αἱ ἀναμνήσεις ἐξηκολούθουν νὰ τῆς ἔρχωνται, ραγδαῖα, καίτοι ὀλιγώτερον τυραννικαὶ καὶ μελανόπτεροι ἢ ὅσον εἰς τὴν μητέρα της. Καὶ κατὰ τὰς μακρὰς ἐκείνας ὥρας δὲν ἔπαυσε ν᾽ ἀναλογίζεται καθ᾽ ἑαυτὴν τὴν τύχην τοῦ ἀδελφοῦ της, τοῦ Μούρου, ὅστις εὑρίσκετο τώρα εἰς τὸ δεσμωτήριον τῆς Χαλκίδος.

Ε΄

Ἅμα ἀπῆλθεν ἡ Ἀμέρσα, ἡ Φραγκογιαννοῦ, ζαρωμένη πλησίον τῆς γωνίας, μεταξὺ τῆς ἑστίας καὶ τοῦ λίκνου, ἔχασεν ἐκ νέου τὸν ὕπνον της, καὶ ἤρχισε νὰ συνεχίζῃ τοὺς πικροὺς καὶ πόρρω πλανωμένους διαλογισμούς της. Όταν λοιπὸν ἐξενιτεύθησαν εἰς τὴν Ἀμερικὴν οἱ δύο μεγαλύτεροι υἱοί, καὶ ἡ Δελχαρὼ ἐμεγάλωσεν, ἀνάγκη ἦτο αὐτὴ ἡ μήτηρ νὰ φροντίσῃ διὰ τὴν ἀποκατάστασιν τῆς κόρης, καθότι ὁ γέρων, ὁ «Λογαριασμός», δὲν διέπρεπεν ἐπὶ δραστηριότητι. Λοιπὸν ἠξεύρει ὅλος ὁ κόσμος τί σημαίνει μία μήτηρ νὰ εἶναι συγχρόνως καὶ πατὴρ διὰ τὰς κόρας της, καὶ νὰ μὴν εἶναι τοὐλάχιστον μήτε χήρα. Ὀφείλει ἡ ἰδία καὶ νὰ ὑπανδρεύσῃ καὶ νὰ προικίσῃ καὶ προξενήτρια καὶ πανδρολόγισσα νὰ γίνῃ. Ὡς ἀνὴρ ὀφείλει νὰ δώσῃ οἰκίαν, ἄμπελον, ἀγρόν, ἐλαιῶνα, νὰ δανεισθῇ μετρητά, τὰ τρέξῃ εἰς τοῦ συμβολαιογράφου, νὰ ὑποθηκεύσῃ. Ὡς γυνή, πρέπει νὰ κατασκευάσῃ ἢ νὰ προμηθευθῇ «προῖκα», τουτέστι παράφερνα, ἤτοι σινδόνας, χιτώνια κεντητά, μεταξωτὰς ἐσθῆτας μὲ χρυσοΰφαντα ποδογύρια. Ὡς προξενήτρια πρέπει ν' ἀνιχνεύσῃ γαμβρόν, νὰ τὸν κυνηγήσῃ, νὰ τὸν ἁλιεύσῃ, νὰ τὸν ζωγρήσῃ. Καὶ ὁποῖον γαμβρόν!

Ἕνα ὡσὰν τὸν Κωνσταντήν, ὅστις ἐρρογχάλιζε τώρα, πέραν τοῦ μεσοτοίχου, εἰς τὸν πλαγινὸν θαλαμίσκον, ἄνθρωπον σπανόν, «ἀΐσκιωτον», ἄγαρμπον. Καὶ ὁ τοιοῦτος νὰ ἔχῃ «καπρίτσια», ἀπαιτήσεις, πείσματα· σήμερον νὰ ζητῇ τοῦτο καὶ αὔριον ἐκεῖνο· τὴν μίαν ἡμέραν νὰ ζητῇ τόσα, τὴν ἄλλην περισσότερα· καὶ συχνὰ «νὰ τὸν βάζουν στὰ λόγια» ἄλλοι ἰδιοτελεῖς ἢ φθονεροί, ν' ἀκούῃ ἐντεῦθεν κ' ἐκεῖθεν διαβολάς, ῥαδιουργίας, «μαναφούκια» καὶ νὰ μὴ θέλῃ «νὰ ταιριασθῇ». Καὶ νὰ ἐγκαθίσταται μετὰ τὸν ἀρραβῶνα στῆς πενθερᾶς τὸ σπίτι, καὶ νὰ «σκαρώνῃ» ἔξαφνα «πρωιμάδι». Κι ὅλον τὸν καιρὸν «κόττα-πίττα».

Κι αὐτὸν τὸν γαμβρόν, μὲ μυρίους κόπους, μὲ ἀνεκδιήγητα βάσανα, μόλις, μετὰ πολὺν καιρόν, νὰ τὸν πείθῃ τις νὰ στεφανωθῇ ἐπὶ τέλους. Κ᾽ ἡ νύφη νὰ καμαρώνῃ, φέρουσα στολισμὸν πολυτελῆ, καρπὸν πολλῆς νηστείας καὶ οἰκονομίας, κ᾽ ἡ νύφη νὰ μὴν ἔχῃ πλέον μέσην, διὰ ν᾽ ἀναδεικνύεται τὸ πάλαι λιγυρὸν ἀνάστημά της.

Καὶ τρεῖς μῆνας μετὰ τὸν γάμον νὰ γεννᾷ κόρην — μετὰ τρία ἀκόμη ἔτη ἕναν υἱόν — μετὰ δύο ἔτη πάλιν κόρην — αὐτὴν τὴν νεογέννητον, χάριν τῆς ὁποίας ἠγρύπνει τώρα τόσας νύκτας ἡ γηραιὰ μάμμη.

Καὶ δι᾽ ὅλ᾽ αὐτὰ τὰ θυγάτρια νὰ μέλλῃ νὰ ὑποφέρῃ ἡ μήτηρ των τόσα —κι ἄλλα τόσα— κι ἄλλα τόσα, ἀπὸ ὅσα ἔχει ὑποφέρει ἡ μάννα της δι᾽ αὐτήν.

Ἔμεινεν ἡ καημένη, ἡ ἀνδροκόρη, ἡ Ἀμέρσα, ἀνύπανδρη (ἃς ἔχῃ τὴν εὐχήν της). Εἶδε τὴν γλύκα. Τῷ ὄντι, φρόνιμη νέα. Τί θ᾽ ἀπήλαυεν ἀπὸ τὰ βάσανα τοῦ κόσμου; Καὶ οὔτ᾽ ἐζήλευε κἄν! Τί νὰ ζηλέψῃ; Ἔβλεπε τὴν μεγάλην ἀδελφήν της καὶ τὴν ἐλυπεῖτο — τὴν ἐκαίετο.

Ὅσον διὰ τὴν μικράν, τὴν Κρινιώ, ἄμποτε κι αὐτὴν ὁ Θεὸς νὰ τὴν φωτίσῃ! Ὅπως καὶ ἂν ἔχῃ, ἡ μάννα της δὲν ἔχει σκοπόν —δὲν βαστᾷ πλέον, δὲν ἀντέχει— νὰ ὑποφέρῃ διὰ νὰ τὴν ὑπανδρεύσῃ καὶ τὸ πολλοστημόριον ὅσων διὰ τὴν μεγάλην ἀδελφήν της ὑπέφερε. Ἀλλὰ σᾶς ἐρωτῶ, ἔπρεπε πράγματι νὰ γεννῶνται τόσα κοράσια; Καὶ ἂν γεννῶνται, ἀξίζει τὸν κόπον ν᾽ ἀνατρέφωνται; «Δὲν εἶναι», ἔλεγεν ἡ Φραγκογιαννού, «δὲν εἶναι χάρος, δὲν εἶναι βράχος;» Καλύτερα «νὰ μὴ σώνουν νὰ πᾶνε παραπάνω». «Σὰ σ᾽ ἀκούω γειτόνισσα!»

Μεγάλην καὶ ἱερὰν ἀνακούφισιν ᾐσθάνετο ἡ πολυπαθὴς γυνή, ὅταν συνέβαινε, μετὰ τῆς μικρᾶς πομπῆς τοῦ ἱερέως, προπορευομένου τοῦ Σταυροῦ, ν᾽ ἀκολουθῇ βαστάζουσα εἰς τὰς χεῖράς της ἡ ἰδία, ὡς φιλεύσπλαγχνος καὶ συμπονετικὴ ὁποὺ ἦτον, τὸ ἐν εἴδει λίκνου μικρὸν φέρετρον. Προέπεμπε τὸ θυγάτριον μιᾶς γειτόνισσας, ἢ μακρινῆς συγγενοῦς, μέχρι τοῦ τάφου. Δὲν ἠμποροῦσε νὰ καταλαμβάνῃ τί ἐμορμύριζεν ὁ ἱερεὺς μασῶν τὰς λέξεις μὲ τοὺς ὀδόντας του. «Οὐδέν ἐστι πατρὸς συμπαθέστερον, οὐδέν ἐστι μητρὸς ἀθλιώτερον... Πολλάκις γὰρ τοῦ μνήματος ἔμπροσθεν τοὺς μαστοὺς συγκροτοῦσι καὶ λέγουσιν· Ὦ υἱέ μου καὶ τέκνον γλυκύτατον, οὐκ ἀκούεις μητρός σου τί φθέγγεται; Ἰδοὺ καὶ ἡ γαστὴρ ἡ βαστάσασά σε. Ἵνα τί οὐ λαλεῖς ὡς ἐλάλεις ἡμῖν. Ἀλληλούια!» Καὶ πάλιν· «Ὦ τέκνον, τίς ποτε μὴ θρηνήσει βλέπων σου τὸ ἐμφανές, πρόσωπον εὐμάραντον, τὸ πρὶν ὡς ῥόδον τερπνόν!»

Ἀλλὰ μεγάλως εὐφραίνετο ὅταν ἡ μικρὰ πομπή, μετὰ δέκα λεπτῶν τῆς ὥρας δρόμον ἔφθανεν εἰς τὰ «Μνημούρια». Ὡραία ἐξοχή, παντοτινὴ ἄνοιξις, θάλλουσα βλάστη, ἀγριολούλουδα, ἐμύριζε κῆπος. Ἰδοὺ ὁ περίβολος τῶν νεκρῶν! Ὦ! ὁ Παράδεισος, ἀπ᾽ αὐτὸν τὸν κόσμον ἤδη, ἤνοιγε τὰς πύλας διὰ νὰ δεχθῆ τὸ μικρὸν ἄκακον πλάσμα, τὸ ὁποῖον ηὐτύχησε νὰ λυτρώσῃ τοὺς γονεῖς του ἀπὸ τόσα βάσανα. Χαρῆτε, ἀγγελούδια ποὺ πετᾶτε γύρω-τριγύρω μὲ τὰ φτερά σας τὰ χρυσόλευκα, καὶ σεῖς, ψυχαὶ τῶν Ἁγίων, ὑποδεχθῆτέ το!

Ὅταν ἐπέστρεφεν εἰς τὴν νεκρώσιμον οἰκίαν ἡ γραῖα Χαδούλα, διὰ νὰ παρευρεθῇ τὴν ἑσπέραν εἰς τὴν παρηγοριάν, — παρηγορίαν καμμίαν δὲν εὕρισκε νὰ εἴπῃ, μόνον ἦτο χαρωπὴ ὅλη κ᾽ ἐμακάριζε τὸ ἀθῶον βρέφος καὶ τοὺς γονεῖς του. Καὶ ἡ λύπη ἦτο χαρά, καὶ ἡ θανὴ ἦτο ζωή, καὶ ὅλα ἦσαν ἄλλα ἐξ ἄλλων.

Ἄ! ἰδού... Κανὲν πρᾶγμα δὲν εἶναι ἀκριβῶς ὅ,τι φαίνεται, ἀλλὰ πᾶν ἄλλο — μᾶλλον τὸ ἐναντίον.

Ἀφοῦ ἡ λύπη εἶναι χαρά, καὶ ὁ θάνατος εἶναι ζωὴ καὶ ἀνάστασις, τότε καὶ ἡ συμφορὰ εὐτυχία εἶναι καὶ ἡ νόσος ὑγίεια. Ἄρα ὅλαι αἱ μάστιγες ἐκεῖναι, αἱ κατὰ τὸ φαινόμενον τόσον ἄσχημοι, ὅσαι θερίζουν τὰ ἄωρα βρέφη, ἡ εὐλογιὰ κ' ἡ ὀστρακιὰ κ' ἡ διφθερῖτις, καὶ ἄλλαι νόσοι, δὲν εἶναι μᾶλλον εὐτυχήματα, δὲν εἶναι θωπεύματα καὶ πλήγματα τῶν πτερῶν τῶν μικρῶν Ἀγγέλων, οἵτινες χαίρουν εἰς τοὺς οὐρανοὺς ὅταν ὑποδέχωνται τὰς ψυχὰς τῶν νηπίων; Καὶ ἡμεῖς οἱ ἄνθρωποι, ἐν τῇ τυφλώσει μας, νομίζομεν ταῦτα ὡς δυστυχήματα, ὡς πληγάς, ὡς κακὸν πρᾶγμα.

Καὶ χάνουν τὸν νοῦν των οἱ ταλαίπωροι γονεῖς, καὶ πληρώνουν τόσον ἀκριβὰ τοὺς ἡμιαγύρτας ἰατροὺς καὶ τὰ τριωβολιμαῖα φάρμακα, διὰ νὰ σώσουν τὸ παιδί τους. Δὲν ὑποπτεύονται ὅτι, ὅταν νομίζουν ὅτι «σώζουν», τότε πράγματι «χάνουν» τὸ τεκνίον. Καὶ ὁ Χριστὸς εἶπεν, ὅπως εἶχεν ἀκούσει ἡ Φραγκογιαννοῦ νὰ τῆς ἐξηγῇ ὁ πνευματικός της, ὅτι ὅποιος ἀγαπᾷ τὴν ψυχήν του, θὰ τὴν χάσῃ, κι ὅποιος μισεῖ τὴν ψυχήν του, εἰς ζωὴν αἰώνιον θὰ τὴν φυλάξῃ.

Δὲν ἔπρεπε τῷ ὄντι, ἂν δὲν ἦσαν τυφλοὶ οἱ ἄνθρωποι, νὰ βοηθοῦν τὴν μάστιγα, τὴν διὰ πτερῶν Ἀγγέλων πλήττουσαν, ἀντὶ νὰ ζητοῦν νὰ τὴν ἐξορκίσουν; Ἀλλ' ἰδού, τ' Ἀγγελούδια δὲν μεροληπτοῦν οὔτε χαρίζονται, καὶ παίρνουν ἀδιακρίτως εἰς τὸν Παράδεισον ἀγόρια καὶ κοράσια. Περισσότερα μάλιστα ἀγόρια —πόσα χαδευμένα καὶ μοναχογέννητα!— ἀποθνήσκουν ἄωρα. Τὰ κορίτσια εἶν' ἐφτάψυχα, ἐφρόνει ἡ γραῖα. Δυσκόλως ἀρρωστοῦν, καὶ σπανίως ἀποθνήσκουν. Δὲν ἔπρεπεν ἡμεῖς ὡς καλοὶ χριστιανοί, νὰ βοηθῶμεν τὸ ἔργον τῶν Ἀγγέλων; Ὢ, πόσα ἀγόρια, καὶ ἀρχοντόπουλα μάλιστα, ἁρπάζονται ἄωρα. Ἀκόμη καὶ τ' ἀρχοντοκόριτσα εὐκολώτερον ἀποθνήσκουν —ἂν καὶ τόσον σπάνια μεταξὺ τοῦ φύλου— παρ' ὅσον τὰ ἀπειράριθμα θηλυκὰ τῆς φτωχολογιᾶς. Τὰ κορίτσια τῆς τάξεως ταύτης εἶναι τὰ μόνα ἑφτάψυχα! Φαίνονται ὡς νὰ πληθύνωνται ἐπίτηδες, διὰ νὰ κολάζουν τοὺς γονεῖς των, ἀπ' αὐτὸν τὸν κόσμον ἤδη. Ἀ! ὅσον τὸ συλλογίζεται κανείς, «ψηλώνει ὁ νοῦς του»!

Τὴν στιγμὴν ἐκείνην, ἄρχισε τὸ θυγάτριον νὰ βήχῃ καὶ νὰ κλαυθμυρίζῃ. Ἡ γραῖα ἀφοῦ εἶχε συλλογισθῆ ὅλα τ' ἀνωτέρω, ὅσον καὶ ἂν εἶχεν ἐξαφθῆ ἀπὸ τὰ κύματα τῶν ἀναμνήσεων, ᾐσθάνθη αἴφνης ζάλην, ἀπὸ τὸν σάλον οἰονεὶ καὶ τὴν ναυτίαν τῆς ζωῆς της, καὶ ἄρχισε νὰ ναρκώνεται, κ' ἐνύσταζεν ἀκρατήτως.

Τὸ μικρὸν κοράσιον ἔβηχε κ' ἔκλαιε κ' ἐθορύβει «ὡς νὰ ἦτον μεγάλος ἄνθρωπος». Ἡ μάμμη του ἐσκίρτησεν, ἐστράφη, κ' ἔχανε πάλιν τὸν ὕπνον της.

Ἡ λεχώνα ἐκοιμᾶτο βαθέως, καὶ οὔτε ἤκουσε τὸν βῆχα καὶ τὰ κλαύματα.

Ἡ γραῖα ἤνοιξε βλοσυρὰ ὄμματα, κ' ἔκαμε χειρονομίαν ἀνυπομονησίας καὶ ἀπειλῆς.

—Ἔ! θὰ σκάσῃς; εἶπε.

Τῆς Φραγκογιαννοῦς ἄρχισε πράγματι «νὰ ψηλώνῃ ὁ νοῦς της». Εἶχε «παραλογίσει» ἐπὶ τέλους. Ἑπόμενον ἦτο, διότι εἶχεν ἐξαρθῆ εἰς ἀνώτερα ζητήματα. Ἔκλινεν ἐπὶ τοῦ λίκνου. Ἔχωσε τοὺς δύο μακρούς, σκληροὺς δακτύλους μέσα εἰς τὸ στόμα τοῦ μικροῦ, διὰ νὰ «τὸ σκάσῃ».

Ἤξευρεν ὅτι δὲν ἦτο τόσον συνήθεια «νὰ σκάζουν» τὰ πολὺ μικρὰ παιδία. Ἀλλ' εἶχε «παραλογίσει» πλέον. Δὲν ἐνόει καλὰ τί ἔκαμνε, καὶ δὲν ὡμολόγει εἰς ἑαυτὴν τί ἤθελε νὰ κάμῃ.

Καὶ παρέτεινε τὸ σκάσιμον ἐπὶ μακρόν· εἶτα ἐξάγουσα τοὺς δακτύλους της ἀπὸ τὸ μικρὸν στόμα τοῦ ὁποίου εἶχε κοπῆ ἡ ἀναπνοή, ἔδραξεν ἔξωθεν τὸν λαιμὸν τοῦ βρέφους, καὶ τὸν ἔσφιγξεν ἐπ᾽ ὀλίγα δευτερόλεπτα. Αὐτὸ ἦτο ὅλον.

Ἡ Φραγκογιαννοῦ δὲν εἶχεν ἐνθυμηθῆ τὴν στιγμὴν ἐκείνην τὸ ὄνειρον τῆς Ἀμέρσας, τὸ ὁποῖον αὕτη ἐλθοῦσα πρὸ μιᾶς ὥρας, μεταξὺ τοῦ δευτέρου καὶ τοῦ τρίτου λαλήματος τοῦ πετεινοῦ, εἶχε διηγηθῆ εἰς τὴν μητέρα της!

Εἶχε «ψηλώσει» ὁ νοῦς της!

ΣΤ΄

Ἀφοῦ ἡ Ἀμέρσα εἶχε χάσει τὸν ὕπνον της, μετὰ τὴν ἐπάνοδον ἐκ τῆς οἰκίας τῆς λεχώνας καὶ εἶχε πλαγιάσει πάλιν, χωρὶς νὰ κοιμηθῆ, εἰς τὸ πλάγι τῆς μικρᾶς ἀδελφῆς της, ἐπὶ μακρὸν ἐξηκολούθησε νὰ σκέπτεται καὶ πάλιν τὸν ἀδελφόν της, τὸν δυστυχῆ καὶ ἔνοχον ἐκεῖνον. Ἔκτοτε, μετὰ τὸ πήδημα ἀπὸ τῆς κλαβανῆς καὶ τὴν ἀπόδρασίν του, δὲν τὸν εἶχεν ἰδεῖ πλέον. Οἱ χωροφύλακες τὸν κατεζήτουν ἐπὶ ἡμέρας, ἀλλ᾽ οὐδαμοῦ τὸν εὗρον.

Εὐθὺς τότε μετὰ τὰς ἐρωτήσεις τῶν χωροφυλάκων, εἰς τὰς ὁποίας ἀπήντησεν ὅπως ἀπήντησεν ἡ Ἀμέρσα, ἅμα ἔφθασεν ἡ μήτηρ εἰς τὴν οἰκίαν, ηὗρε τὴν κόρην τυλιγμένην εἰς τὸ πάπλωμα, κάτω νεύουσαν, καὶ πολὺ χλωμὴν ἐκ τῆς λιποθυμίας τὴν ὁποίαν εἶχε φέρει ἡ ῥοὴ τοῦ αἵματος.

Εἰς τὴν ἐρώτησιν τοῦ ἑνὸς χωροφύλακος, ἐκείνου τὸν ὁποῖον εἶχεν ἀνατρέψει φεύγων ὁ Μοῦρος, «γερόντισσα ποῦ εἶν᾽ ὁ γυιόκας σου», δὲν εἶχεν ἀπαντήσει ἡ Φραγκογιαννοῦ. Ἀλλ᾽ ὁ ἄλλος, ὅστις ἐφαίνετο ἀνθρωπινώτερος, μὲ ἤρεμον τόνον εἶπε:

—Κοίταξε κυρά, τί ἔχ᾿ ἡ κόρη σου. Μᾶς λέει πὼς εἶναι ἄρρωστη.

—Ἄρρωστη εἶναι! πῶς νὰ μὴν εἶναι! ἀπήντησε μεθ᾿ ἑτοιμότητος ἡ Φραγκογιαννοῦ. Ἐπῆρε φρίξη ἀπ᾿ τὰ καμώματα ἐκεινοῦ τοῦ προκομμένου, τοῦ γυιοῦ μου... Κοιτάξετε, παιδιά!... ἀνίσως τὸν πιάσετε, νὰ μὴν τὸν τυραγνήσετε πολύ...

— Τὸν εἶδες πουθενὰ νὰ τρέχῃ; Κατὰ ποῦ ἔκαμε;

— Τὸν εἶδ᾿ ἀπ᾿ ἀλάργα!... Ἔκαμε κατὰ τὰ Πηγάδια, πέρα στ᾿ Ἀλώνια.

Ἡ Φραγκογιαννοῦ ἐψεύδετο διπλᾶ. Δὲν εἶχεν ἰδεῖ τὸν Μοῦρον, ἀλλ᾿ ἦτο βεβαία ὅτι αὐτὸς θὰ ἐτράπη κατὰ τὴν διεύθυνσιν τὴν ἀντίθετον ἧς αὐτὴ ἔλεγε, κατὰ τὰ Κοτρώνια, ἄνωθεν τῆς οἰκίας, πρὸς ἀνατολάς, ἐκεῖ ὅπου ἦτον μαθημένος ἀπ᾿ τὰ μικρά του χρόνια νὰ κυνηγᾷ τὶς κουκουβάγιες.

Οἱ δύο ἄνδρες ἀπῆλθον δρομαῖοι. Ὁ εἷς, φεύγων, ἔρριψε τελευταῖον φιλύποπτον βλέμμα ὀπίσω διὰ τῆς ἡμιανοικτῆς θύρας.

Ἡ Χαδούλα ἔκλεισε τὴν θύραν. Συγχρόνως δὲ ἤνοιξε τὸ παράθυρον.

— Μ᾿ ἐμαχαίρωσε, μάννα! ἐστέναξε μετὰ πόνων ἡ Ἀμέρσα, αἰσθανθεῖσα τὸ ρεῦμα τοῦ ἀέρος τὸ εἰσρεῦσαν διὰ τοῦ ἀνοιχθέντος παραθύρου πλησίον της, καὶ συνελθοῦσα ἐκ τῆς λιποθυμίας.

Συγχρόνως δὲ ἀπέρριψε τὸ πάπλωμα, κ᾿ ἐφάνη αἱματωμένη ἡ φανέλα τὴν ὁποίαν ἐφόρει ἔξωθεν τοῦ ὑποκαμίσου.

—Ὤ! ἄχ! ὁ φονιάς!... ὁ Θεὸς κ᾿ ἡ γῆς νὰ τὸν εὕρῃ! κατηράσθη ἰδοῦσα τὸ αἷμα ἡ μάννα της.

Καὶ ἄρχισε νὰ ψαύῃ τὴν κόρην, καὶ νὰ ζητῇ νὰ σταματήσῃ τὸ αἷμα, καὶ νὰ ἐπιδέσῃ τὴν πληγήν. Ἀφῄρεσε τὴν φανέλαν, ἐξέσυρε τὴν χειρῖδα τοῦ ὑποκαμίσου, κ᾽ ἐφάνη ὁ δεξιὸς βραχίων τῆς Ἀμέρσας, ἰσχνὸς καὶ ὕπωχρος ἀλλὰ καλοδεμένος καὶ νευρώδης.

Τὸ τραῦμα ἦτο μᾶλλον ἐπιπόλαιον, ἀλλ᾽ οὐχ ἧττον τὸ αἷμα ἔρρεε. Ἡ Χαδούλα μετεχειρίσθη ὅ,τι ἴσχαιμον ἐγνώριζεν, ἴσως τὸν «αἱματοστάτην» ἂν εἶχε, κ᾽ ἐπέδεσε τὴν πληγήν. Μετ᾽ ὀλίγον ἔπαυσε τὸ αἷμα.

Ἡ Ἀμέρσα εἶχεν ἀδυνατήσει ὁπωσοῦν, ἀλλ᾽ ἦτο ἰσχυρά, θαρραλέα, καὶ δὲν ἐφοβεῖτο. Πράγματι μετ᾽ ὀλίγας ἡμέρας, χάρις εἰς τὰς φροντίδας τῆς μητρός της, ἐπουλώθη τὸ τραῦμα.

Ἡ Φραγκογιαννοὺ ποτὲ δὲν θὰ ἐκάλει τὸν ἰατρόν. Δὲν ἤθελε νὰ γνωσθῇ ὅτι ὁ υἱός της εἶχε μαχαιρώσει τὴν ἀδελφήν του. Εἰς ὅλας τὰς καλοθελητρίας μεταξὺ τῶν γειτονισσῶν, ὅσαι τὴν ἠρώτων, πότε μετὰ προσποιητῆς ἀγανακτήσεως, πότε μετὰ γέλωτος βεβιασμένου, διέψευσεν ὅτι ὁ Μοῦρος εἶχε τραυματίσει τὴν κόρην της. Ἐνδιεφέρετο πρὸ πάντων νὰ μάθῃ ἂν ὁ Μιχάλης θὰ ἐγλύτωνεν ἀπὸ τὰς χεῖρας τῶν χωροφυλάκων, καὶ ἂς ἐπήγαινεν εἰς τὸ ἔλεος τοῦ Θεοῦ!

Τῷ ὄντι, μετ᾽ ὀλίγας ἡμέρας ἐβεβαιώθη ὅτι ὁ υἱός της ἐμβαρκάρησε κρυφὰ τὴν νύκτα, μὲ ἕν πλοῖον, ὡς ναύτης, κ᾽ ἔφυγεν ἀπὸ τὴν νῆσον. Ὁ γραμματεὺς τοῦ Λιμεναρχείου ἦτον βολικὸς καὶ καλοπροαίρετος ἄνθρωπος, καὶ δὲν ἐδίστασε νὰ τὸν ναυτολογήσῃ. Ἦτο δὲ τότε ὁ Μοῦρος σχεδὸν εἰκοσαέτης, ἡ δὲ Ἀμέρσα ἦτο μόλις δεκαεπτὰ ἐτῶν.

Παρῆλθε χρόνος ἑωσότου ἡ οἰκογένεια λάβῃ εἰδήσεις περὶ τοῦ φυγάδος. Τέλος, μετὰ ἔτος καὶ πλέον, ἠκούσθη μία ἀόριστος φήμη, ὅτι ὁ Μῶρος διέπραξε φόνον ἐντὸς τοῦ πλοίου, μὲ τὸ ὁποῖον ἀρμένιζε. Αἱ ἀδελφαί του, ὅταν τὸ ἤκουσαν, εἰς τὸν κόσμον εἶπαν ὅτι δὲν ἠξεύρουν τίποτε, καὶ ὁλοψύχως ηὔχοντο νὰ ἦτο ψευδὴς ἡ φήμη. Ἀλλ᾽ ἡ μήτηρ ἐνδομύχως ἐπίστευεν εἰς τὸ ἀληθὲς τῆς εἰδήσεως.

Ὀλίγας ἡμέρας ὕστερον, ἔλαβον ἐπιστολὴν φέρουσαν τὴν ταχυδρομικὴν σφραγῖδα Χαλκίδος. Ὁ Μιχάλης ἔγραφεν ἀπὸ τῶν εἰρκτῶν τῆς πόλεως ἐκείνης. Κατὰ σχῆμα πρωθύστερον, ἐξετραγῴδει ἐν πρώτοις τὰ βάσανά του καὶ τὰ πάθη του εἰς τὰ βουδρούμια τοῦ βενετικοῦ φρουρίου. Εἶτα, μετὰ συντριβῆς καρδίας, ἀλλὰ μὲ διφορουμένας φράσεις καὶ οἱονεὶ μεταξὺ τῶν γραμμῶν, ἐξωμολογεῖτο ὅτι ἴσως νὰ ἐφόνευσε πράγματι τὸν ἄνθρωπον, τὸν γερο-Πορταΐτην, τὸν λοστρόμον τοῦ πλοίου, ἀλλὰ χωρὶς καλὰ νὰ τὸ ἐννοήσῃ, καὶ χωρὶς νὰ θέλῃ. (Πράγματι, δὲν θὰ ἤθελε νὰ τὸν εἶχε φονεύσει). Ὁ ἐχθρὸς τὸν ἔβαλεν, αὐτὸς δὲν ἔπταιε τίποτε, τὸ φονικὸ ἔγινε στὸν καυγὰν ἐπάνω. Αὐτὸς εἶχεν εὑρεθῆ «εἰς βρασμὸν ψυχῆς». Ἀπεδείχθη μάλιστα ὅτι ἡ μάχαιρα ἦτον «τοῦ παθόν». Ἴσως νὰ εἶχεν ἀποσπάσει, ἀλλὰ δὲν ἐνθυμεῖτο πῶς, τὴν μάχαιραν ἀπὸ τὴν μέσην τοῦ θύματος. Αὐτὸς ἐπίστευεν ὅτι τοῦ τὴν εἶχεν ἁρπάσει μᾶλλον ἀπὸ τὴν χεῖρα.

Εἶτα καὶ πάλιν ἐπανήρχετο εἰς τὰ βάσανά του, ὅσα ὑπέφερε δύο μῆνας τώρα, εἰς τὰς φυλακάς. Ἀκολούθως ἐπεκαλεῖτο τὴν φιλοστοργίαν τῆς μητρός του, καὶ τὴν ἐξώρκιζε «νὰ σηκωθῇ, —τὸ δίχως ἄλλο— νὰ πάῃ νὰ βρῇ τὴν Πορταΐτιναν», τὴν χήραν τοῦ φονευθέντος καὶ τὴν θυγατέρα του, καὶ νὰ τὰς παρακαλέσῃ μετὰ δακρύων, «νὰ κάμῃ νόμο-τρόπο» νὰ τὰς καταφέρῃ ὅπως αἱ ἴδιαι ζητήσουν τὴν ἀθώωσιν τοῦ φονέως!

«Νὰ σηκωθῇς, μάννα, νὰ μπαρκάρῃς, νὰ πᾶς πέρα, στὴν Πλατάνα, νὰ τὴν περικαλέσῃς, τὴν Πορταΐτιναν, ὡς καθὼς καὶ τὴν κόρη της, τὴν Καρίκλεια, νὰ τὶς καταφέρῃς νὰ ζητήσουν νὰ βγῶ ἀθῷος, κ' ἐγὼ νὰ γίνω παιδί τους, νὰ πάρω καὶ τὴν Καρίκλεια γυναῖκά μου, χωρὶς προῖκα, καὶ νὰ ζήσουμε καλὰ κι ἀγαπημένα ὅλοι μας... Καὶ νὰ δοῦν πῶς ἐγὼ θὰ τὴν ἀγαπῶ, τὴν Καρίκλεια, καὶ πῶς θὰ τὴν ἔχω τὴν πεθερά μου, νὰ δουλεύω σὰ σκλάβος νὰ τὶς ζωοθρέφω, μὲ πολλὰ καλά, γιατὶ ἐγὼ εἶμαι ἄξιος καὶ μπορῶ νὰ βγάλω λεπτά...» Περαίνων ὁ φονεύς, ἐπανήρχετο ἐκ τρίτου εἰς τὰ βάσανά του, καὶ ὑπέσχετο ὅτι, ἅμα ἐξέλθῃ τῶν φυλακῶν, θὰ φέρῃ πολλὰ ὡραῖα πράγματα καὶ στολίδια, διὰ νὰ προικίσῃ τὰς δύο ἀδελφάς του, ἀκόμη καὶ κοῦκλες καὶ παιγνίδια διὰ τὰ μικρὰ κοράσια τῆς μεγάλης ἀδελφῆς του, τῆς Δελχαρῶς.

Λοιπὸν δὲν εἶναι παράδοξον ἂν ἡ Φραγκογιαννοὺ δὲν ἐδίστασεν. Ἐχρεώθη ὀλίγα χρήματα, δοῦσα ἐνέχυρον ὅ,τι ἀσημικὸν εἶχε, κ' ἐμβαρκάρισε, κ' ἐπέρασε πέρα εἰς τὴν ἀντικρινὴν νῆσον, εἰς τὸ χωρίον Πλατάναν, κ' ἐπῆγε νὰ εὕρῃ τὴν Πορταΐταιναν. Ἀλλὰ παράδοξον εἶναι ὅτι, μὲ τὴν εὐγλωττίαν της τὴν περιπαθῆ, μὲ τὴν στωμυλίαν της τὴν γυναικείαν, μὲ τὰ χίλια ψεύματα ὅσα ἤξευρεν —ἦτο δὲ τότε ἡ Φραγκογιαννοὺ 55 ἐτῶν, ἀλλ' ἀκμαία γυνὴ καὶ μὲ ζωηροὺς χαρακτῆρας— κατώρθωσε νὰ πείσῃ τὴν γραῖαν, τὴν χήραν τοῦ φονευθέντος (σημειώσατε ὅτι ἡ μήτηρ καὶ ἡ κόρη ἔδωκαν καὶ ξενίαν ἀκόμη εἰς τὴν μητέρα τοῦ φονέως), νὰ τὴν πείσῃ, λέγω, καταβάλλουσα τὰ ἔξοδα τοῦ ταξιδίου αὐτή, ν' ἀπέλθωσιν ὁμοῦ εἰς τὴν Χαλκίδα, μὲ σκοπὸν νὰ ἐνεργήσωσιν ἀπὸ κοινοῦ πλησίον τῆς Εἰσαγγελίας, τοῦ Δικαστηρίου καὶ τῶν Ἐνόρκων ὑπὲρ τῆς ἀπαλλαγῆς ἢ τῆς ἀθῳώσεως τοῦ ὑποδίκου. Ὅσον ἀφορᾷ τὴν κόρην, «τὴν Καρίκλειαν», αὔτη ἐδήλωσεν ὅτι ἐκδίκησιν δὲν ἐπιζητεῖ, ἐπειδὴ «ὁ πατέρας της δὲν ἔρχεται πίσω», μόνον ποτὲ δὲν θὰ θελήσῃ τὸν φονέα ὡς ἄνδρα της· προτιμᾷ νὰ μένῃ ἀνύπανδρη εἰς τὸν αἰῶνα.

Ἐπῆγαν ὁμοῦ, αἱ δύο γραῖαι, κ᾽ ἔμειναν εἰς Χαλκίδα τρεῖς μῆνας, κατοικοῦσαι εἰς τρώγλην, εἰς ἕνα τουρκόσπιτον — κοντὰ εἰς τὰ Ἑβραίικα, παρὰ τὴν Ἄνω Πύλην τοῦ φρουρίου. Καὶ καθημερινῶς ἡ Χαδούλα ἐπήγαινεν εἰς τὰς εἱρκτάς, τὰς πρωινὰς ὥρας, κατὰ τὴν ἔξοδον τῶν φυλακισμένων, συνοδευομένη συνήθως ἀπὸ τὴν Πορταΐταιναν, ἥτις ὅμως ἐκάθητο ἀντικρὺ τῆς εἱρκτῆς κ᾽ ἐπερίμενε, μὴ θέλουσα νὰ ἴδῃ κατὰ πρόσωπον τὸν φονέα. Διερχόμεναι ἔξω ἀπὸ τὸν μέγαν καὶ ἄκομψον παλαιὸν ναὸν τῆς Ἁγίας Παρασκευῆς, ἔκαμναν τὸν σταυρόν των, καὶ ἡ μήτηρ ἔφερεν εἰς τὸν ὑπόδικον σιμίθια καὶ σῦκα καὶ σαρδέλες, καὶ καπνὸν διὰ τὴν πίπαν του. Καὶ μέσα εἰς τὴν βαθεῖαν τσέπην τοῦ φουστανιοῦ της, κρυφά, εἶχε χωμένην μικρὰν φιαλίδα μὲ ρώμι ἢ ρακί, πρὸς παρηγορίαν τοῦ φυλακισμένου.

Ἀλλὰ δὶς ἢ τρὶς τῆς ἑβδομάδος διὰ τῆς Ἄνω Πύλης τοῦ φρουρίου ἐξήρχοντο κ᾽ ἔβλεπαν κρεμάμενα ἐκεῖ, εἰς τὸν σκοτεινὸν πυλῶνα, τὴν κνήμην τοῦ «Ἕλληνος γίγαντος», καὶ τὸ «τσαρούχι του», τεραστίου μεγέθους, ἐπιφυλαττόμεναι, ὅταν θὰ ἐπανέκαμπτον μὲ τὸ καλὸν εἰς τὴν πατρίδα, νὰ διηγῶνται κ᾽ αἱ δύο τὸ πρᾶγμα εἰς τὰ ἐγγόνια των. Εἶτα διηυθύνοντο κατὰ τὴν συνοικίαν Σουβάλαν, ἢ κατὰ τὸν Ἅγιον Δημήτριον, κ᾽ ἐπεσκέπτοντο τὸν Εἰσαγγελέα, ὅστις διὰ τοῦ γραφέως του τὰς ἀπεδίωκε, καὶ τοὺς δικαστάς, οἵτινες ἐνίοτε κατεδέχοντο νὰ γελῶσι μαζί των.

Τέλος ὅταν ὡρίσθη ἡ δίκη, ἐζήτησαν νὰ πλησιάσουν τοὺς ἐνόρκους, οἵτινες εἶχον ἔλθει, ἄλλοι φουστανελάδες, ἀπὸ τὰ ὀρεινὰ χωρία, ἄλλοι βρακάδες, ἀπὸ τὰς νήσους καὶ τὰ παραθαλάσσια. Ἡ Φραγκογιαννοῦ ὑπέσχετο χίλιων λογιῶν δῶρα εἰς ὅλους, καὶ θὰ ἦτον ἱκανὴ νὰ τὰ δώσῃ, ἂν εἶχε· μοσχᾶτα κρασιά, ὡραῖα λάδια «κεχριμπάρι», ἀστακοουρές, παστὰ κεφαλόπουλα, αὐγοτάραχα, ξεροχτάποδα, ἐκλεκτὰ σῦκα, καὶ πᾶν ὅ,τι ἠδύνατο νὰ παράγῃ ἡ νῆσός της.

Εἰς ἕνα τῶν ἐνόρκων, ἄνθρωπον κίτρινον καὶ βήχοντα, ὅστις ἐφαίνετο νὰ πάσχῃ, ὑπεσχέθη αὐτὴ νὰ τὸν ἰατρεύσῃ, μ' ἕνα μαντζούνι ποὺ ἤξευρεν. Ὅλ' αὐτὰ δὲν ἴσχυσαν, καὶ ὁ φονεὺς κατεδικάσθη εἰς εἰκοσαετῆ δεσμά. Ἐναυάγησαν ὅλα τὰ σχέδια, ὡς καὶ αὐτὴ ἡ συμπεθεριὰ μεταξὺ τῆς μητρὸς τοῦ φονέως καὶ τῆς χήρας τοῦ θύματος.

Τώρα ἀνάγκη ἦτο νὰ ἐπιστρέψωσιν εἰς τὴν πατρίδα, ἀλλὰ τὰ ὀλίγα χρήματά των εἶχον ἐξαντληθῆ, καὶ ὅσα εἶχον κομίσει μεθ' ἑαυτῶν καὶ ὅσα εἶχε στείλει ἐν τῷ μεταξὺ ἡ Ἀμέρσα ξενοδουλεύουσα καὶ ὑφαίνουσα εἰς τὴν πατρίδα. Ἀφοῦ ἡ Φραγκογιαννοῦ μάτην παρεκάλεσεν ὅσα πλοῖα ἔβλεπεν ἑτοιμαζόμενα νὰ πλεύσωσι πρὸς τὸν Μαλιακὸν κόλπον ἢ πρὸς τὴν Ἱστιαίαν, νὰ παραλάβωσιν τοὐλάχιστον τὴν Πορταΐταιναν, ὡς γεροντοτέραν καὶ ἀσθενεστέραν —αὐτὴ διὰ τὸν ἑαυτόν της εἶχε τὸ σχέδιόν της— ὅταν εἶδεν ὅτι οἱ διάφοροι κυβερνῆται ἀπήτουν ὄχι μόνον τὸν ναῦλον, ἀλλὰ νὰ ἔχῃ καὶ τρόφιμα ἡ ἐπιβάτις, καὶ ἂν τὴν ἄφηναν εἰς τὴν Στυλίδα ἢ τοὺς Ὠρεούς, ἂς κάμῃ καλὰ νὰ εὕρῃ πλοῖον διὰ τὴν πατρίδα της — ἐξεμυστηρεύθη τὸ σχέδιόν της εἰς τὴν Πορταΐταιναν.

—Ἐγώ, εἶπεν, εἶμαι ἱκανὴ νὰ πάω στεριά, μὲ τὰ ποδάρια μου, ἀποδῶ ὡς τὴν Ἁγίαν Ἄνναν —λένε πῶς εἶναι δυὸ μέρες δρόμος— κ' ἐκεῖ θὰ βροῦμε τὸ ταχύπλο, τὸ δικό μας ποὺ θὰ μᾶς γνωρίσῃ ὁ καπετὰν Πετσερέλος, ὁ ταχυδρόμος, καὶ θὰ μᾶς πάρῃ. Τὰ ἔξοδά μου στὸ δρόμο θὰ τὰ οἰκονομήσω μαζεύοντας βότανα, χορτάρια, κι ἀγριολάχανα, κι ὅποια χριστιανὴ βρῶ κ' ἔχῃ τὸ παιδί της ἄρρωστο, ἢ τὸν ἄνδρα της, θὰ τῆς κάμω ψευτογιατρικὰ νὰ βοηθήσω τὸν ἄνθρωπό της, νὰ τὴν ὑποχρεώσω... Μπορεῖς ἐσύ; Βαστοῦν τὰ κότσια σου;

— Τί θὰ κάμω; μπορῶ, δὲν μπορῶ, ἀπήντησεν ἡ Πορταΐταινα. Καλύτερα νὰ πᾶμε συντροφιά, ὅπως ἤρθαμε.

Κ' ἐξεκίνησαν. Ἡ Χαδούλα ἔκαμεν ὅπως εἶπε, μόνον πὼς ἀργοπόρησαν περισσότερον εἰς τὸν δρόμον, ἕνεκα τῆς βραδυποδίας τῆς Πορταΐταινας. Κ' ἐπέτυχε μάλιστα ὑπὲρ τὰς ἐλπίδας της. Ὅταν, μετὰ μίαν ἑβδομάδα, ἔφθασεν εἰς τὴν πατρίδα, εἶχε καὶ περίσσευμα ἀπὸ τὴν ἐπιχείρησιν. Ἔφερεν εἰς τὴν οἰκίαν της, ἐξ ὅσων τῆς ἔδιδον δι' ἀμοιβὴν τῶν ἐκδουλεύσεών της, ἕνα σάκκον μὲ σῖτον, ὡς μίαν ὀκὰν τυρίου, δύο ὄρνιθας, ἕνα μάλλινο χράμι, τὸ ὁποῖον τῆς ἐχάρισαν, καὶ ὀλίγας δραχμὰς μετρητά. Ἐκ τούτων ἐπλήρωσε γενναιοφρόνως καὶ τὸν ναῦλον τῆς Πορταΐταινας, διὰ νὰ ὑπάγῃ κι αὐτὴ εἰς τὴν ἑστίαν της.

Ὅλα ταῦτα τὰ ἐνθυμεῖτο καλῶς ἡ Ἀμέρσα, ἐπειδὴ ἡ μάννα της δὲν εἶχε παύσει νὰ τὰ διηγῆται ἔκτοτε. Τώρα, εἶχον παρέλθει δώδεκα ἔτη, ὁ ἀδελφός της εὑρίσκετο ἀκόμη εἰς τὰς φυλακάς, ὁ πατήρ της πρὸ πολλοῦ εἶχεν ἀποθάνει, ὁ Σταθαρὸς κι ὁ Γιαλὴς δὲν ἐπανῆλθον ποτὲ ἀπὸ τὴν Ἀμερικήν, ὁ μικρὸς ὁ Γιωργάκης κ' ἐκεῖνος εἶχε πάρει μεγάλα πέλαγα, ἡ Κρινιὼ κι αὐτὴ εἶχε μεγαλώσει, ἡ Δελχαρὼ εἶχε γεννήσει καὶ πάλιν κόρην, κι αὐτή, ἡ Ἀμέρσα, εἶχε μείνει γεροντοκόρη.

Ζ΄

Ἄκρα σιγὴ καὶ ἡσυχία ἐπεκράτησεν ἐντὸς τοῦ σκοτεινοῦ θαλάμου, μετὰ τὸν τελευταῖον βῆχα καὶ τὸν κλαυθμυρισμὸν τοῦ θυγατρίου, τὰ ὁποῖα τόσον ἀποτόμως διεκόπησαν. Ἡ Φραγκογιαννοῦ εἶχε κύψει τὸ πρόσωπόν της, καὶ εἶχε στηρίξει μὲ τὰς δύο χεῖρας τὸ μέτωπον, καὶ εἶχε παύσει νὰ σκέπτεται. Τῆς ἐφαίνετο ὅτι δὲν ἔζη πλέον. Οὔτε ἡ πνοή της ἠκούετο. Πᾶς θόρυβος εἶχε παύσει. Οὔτε φλὸξ ἔβρεμεν εἰς τὴν ἑστίαν, οὔτε βόμβος ἠκούετο, καὶ τὸ ἡμίκαυστον φιτίλιον τοῦ λύχνου ἔφεγγε θλιβερῶς. Ἡ μικρὰ κανδήλα πρὸ πολλοῦ εἶχε σβήσει εἰς τὸ εἰκονοστάσιον, καὶ αἱ μορφαὶ τῶν ἁγίων δὲν ἐφαίνοντο πλέον.

Αἴφνης ἡ λεχώνα ἐξύπνησε μετὰ τιναγμοῦ, ἐν μέσῳ τῆς ἄκρας ἠρεμίας.

— Τ᾽ εἶναι, μάννα; εἶπε.

Ἡ μήτηρ της βλοσυρά, καὶ ὡς ἐν φρεναπάτῃ, τὴν ἐκοίταξεν εἰς τὸ φῶς τοῦ λυχναρίου.

— Τ᾽ εἶναι! εἶπε, τίποτα. Ξύπνησες;

— Μοῦ φάνηκε πῶς κάτι εἶπες... πῶς μ᾽ ἐφώναξες, μὲς στὸν ὕπνο μου.

—Ἐγώ;... ὄχι. Τ᾽ αὐτιά σου κάμανε.

— Τί ὥρα νὰ εἶναι, μάννα;

— Τί ὥρα; ξέρω 'γώ;... Τόσες φορὲς λάλησε καὶ ξαναλάλησε τ᾽ ὀρνίθι.

— Καὶ σὺ δὲν ἐκοιμήθης, μάννα;

—Ἐχόρτασα τὸν ὕπνο καλά... Τρύπησε τὸ πλευρό μου, εἶπεν ἡ Φραγκογιαννού, ἥτις δὲν εἶχε κλείσει ὄμμα. Ὅπου εἶναι θὰ φέξῃ.

Ἡ λεχώνα ἐχασμήθη, κ᾽ ἔκαμε τὸ σημεῖον τοῦ σταυροῦ ἐπὶ τοῦ στόματος. Συγχρόνως δὲ ὕψωσε τὸ βλέμμα πρὸς τὸ μικρὸν εἰκονοστάσιον, τὸ ὁποῖον ἀντίκρυζεν.

—Ἔχει σβήσει τὸ καντήλι, μάννα· δὲν τὸ ἄναβες;

— Δὲν τὸ ἀγροίκησα, θυγατέρα, εἶπεν ἡ γραῖα· ἐκοιμώμουν βαθιά.

— Καὶ τὸ παιδὶ κοιμᾶται, βλέπω, ἥσυχα. Πῶς τό 'παθε;

— Ἡσύχασε κι αὐτὸ τώρα πλιά, εἶπεν ἡ γραῖα.

— Κ' ἐμένα μοῦ πονεῖ τὸ βυζί μου, εἶπεν ἡ λεχώ· ἄρχισε νὰ κατεβάζῃ πολὺ τώρα. Ἤθελα νὰ ἦτον ξυπνητὸ νὰ τὸ βύζαινα.

— Ἔ! τί νὰ γίνῃ... Θὰ βροῦμε κανένα παιδί, εἶπεν ἡ γραῖα.

— Τί λές, μάννα;

Ἡ γραῖα δὲν ἀπήντησεν. Ἤθελε κάτι νὰ εἴπῃ. Δὲν ἤξευρε τί νὰ εἴπῃ.

— Δὲν κάνεις τὸν κόπο ν' ἀνάψῃς τὸ καντήλι, μάννα;

— Ἂν θέλῃς, σηκώσου σὺ κι ἄναψέ το· δὲν ἔχω χέρια...

— Πῶς!

— Πιάστηκε πλιὰ τὸ χεράκι μου.

— Τί λές; Σὲ καλό σου, μάννα· ἐγώ, ποὺ δὲν ἔχω πάρει εὐχή, κάνει ν' ἀνάψω τὸ καντήλι;

Τὴν στιγμὴν ἐκείνην, καθὼς εἶπε «πιάστηκε τὸ χεράκι μου», ἐπανῆλθε πρώτην φορὰν εἰς τὸν νοῦν τῆς γραίας τὸ ὄνειρον τῆς Ἀμέρσας.

Δὲν ἠδυνήθη νὰ κρατηθῇ, καὶ ἔπνιξεν εἰς τὰ στήθη της βαθὺν λυγμόν.

— Τί ἔχεις, μάννα;

Καὶ ἡ λεχὼ ἐπήδησε κάτω ἀπὸ τὴν χαμηλὴν κλίνην.

— Δὲν εἶναι καλά, τὸ παιδί;

Φωναὶ καὶ σπαραγμὸς καὶ κλαύματα ἠκούσθησαν. Ἡ μήτηρ εὕρισκε τὸ θυγάτριόν της νεκρὸν ἐντὸς τοῦ λίκνου.

Ἀπὸ τὸν θόρυβον, ἐξύπνησεν εἰς τὸ διπλανὸν χώρισμα ὁ Κωνσταντής, ὅστις εἶχε χορτάσει καλὰ τὸν ὕπνον.

— Τί εἶναι; ἔκραξε τρίβων τοὺς ὀφθαλμούς.

Ἐχασμήθη, ἐτανύσθη, ἐτινάχθη, κ᾽ ἔτρεξεν εἰς τὴν θύραν τοῦ θαλάμου.

— Βρέ! τί κάνετε σεῖς;... Θὰ σηκώσετε τὸν κόσμο στὸ ποδάρι... Μήγαρις μᾶς ἀφήνετε, μπάρεμ, νὰ πάρουμ᾽ ἕνα ὕπνο ἀπ᾽ τὶς φωνές σας;

Κανεὶς δὲν ἀπήντησεν εἰς τὰς διαμαρτυρίας τοῦ Κωνσταντῆ. Ἡ σύζυγός του ἔκυπτε, πνίγουσα τοὺς λυγμούς της, ἐπὶ τοῦ λίκνου. Ἡ πενθερά του ἐκάθητο, συνάπτουσα τὰς χεῖρας, αἰνιγματώδης, σφίγγουσα τοὺς ὀδόντας, μὲ ἀπλανὲς τὸ βλέμμα. Μετὰ τὸν πρῶτον ἀκούσιον λυγμόν της, δὲν εἶχεν ἐκβάλει πλέον ἄλλην φωνήν.

— Τί!... πέθανε τὸ παιδί; Βρέ!... ἔκαμεν ὁ Κωνσταντής, μείνας μὲ ἀνοικτὸν τὸ στόμα.

Εἶτα προσέθηκε:

— Γιὰ ταῦτο ἔβλεπα κάτι ἀνάποδα ὄνειρα, ζάβαλε!...

Ἡ Δελχαρώ, ἀνακύψασα πρὸς στιγμὴν ἀπὸ τοῦ λίκνου, συνέχουσα τοὺς λυγμούς της, εἶπε:

— Μάννα, δὲν θὰ φέρῃς τὰ ρουχάκια του, νὰ τ᾽ ἀλλάξουμε;... Ποῦ εἶν᾽ ἡ Ἀμέρσα;

Ἡ Φραγκογιαννοῦ δὲν ἀπήντησε.

—Ποῦ εἶναι ἡ Ἀμέρσα, μάννα; ἐπανέλαβε, ψαύσασα τὸν ἀγκῶνα τῆς μητρός της ἡ Δελχαρώ.

Ἡ Φραγκογιαννοὺ ἀνετινάχθη ὡς νὰ τὴν ἔθιξεν ἄκανθα ἢ κέντρον νάρκης.

— Ἡ Ἀμέρσα, ποῦ εἶναι; στὸ σπίτι μας… ἀπήντησε.

—Δὲν εἶχεν ἔρθει ᾽δῶ ἡ Ἀμέρσα; Μοῦ φάνηκε πὼς ἄκουσα τὴ φωνή της μὲς στὸν ὕπνο μου, εἶπεν ἡ λεχώνα.

—Ἂς πάῃ νὰ τὴν φωνάξῃ, εἶπεν ἡ γραῖα, νεύουσα μὲ τὸν κανθὸν τοῦ ὄμματος πρὸς τὸν γαμβρόν της.

—Κωσταντή, πᾶς νὰ φωνάξῃς τὴν Ἀμέρσα; εἶπεν ἡ λεχὼ πρὸς τὸν σύζυγόν της.

—Πάω. Ἀκοῦς, λέει!… Ὤχ! κρῖμα, ζάβαλε!… Καλὰ ποὺ τὸ βαφτίσαμε κιόλας.

Ὁ Νταντὴς ἔκυψεν εἰς τὸ πάτωμα τοῦ μικροῦ προδόμου εἰς τὸ σκότος, ψηλαφῶν νὰ εὕρῃ τὰ παλιοπάπουτσά του νὰ τὰ φορέσῃ. Ἔκαμνε μικρὸν θόρυβον, κρούων διάφορα ζεύγη παλαιῶν τσοκάρων πρὸς ἄλληλα καὶ ἐπὶ τῶν σανίδων τοῦ πατώματος.

—Ποῦ εἶναι τὰ παλιοκατσάρια μου; εἶπε.

Τέλος ἐφόρεσεν ἓν ζεῦγος πατημένων γυναικείων ἐμβάδων, τὰς ὁποίας εὗρε, καὶ αἵτινες ἐκάλυπτον μόνον τοὺς δακτύλους τῶν ποδῶν καὶ μέρος τοῦ ταρσοῦ, ἀφήνουσαι ἔξω ὅλην τὴν πτέρναν. Ἄλλον θόρυβον ἔκαμε διὰ ν᾽ ἀνοίξῃ τὴν θύραν, μὴ εὑρίσκων εἰς τὸ σκότος τὸν σύρτην οὔτε τὸ μάνδαλον. Ἀφοῦ ἤνοιξε τὴν θύραν, ἐπανῆλθεν αἴφνης ὀπίσω.

—Ἀκοῦς, Δελχαρώ, εἶπε, τῆς Ἀμέρσας μονάχα νὰ πῶ νὰ ᾽ρθῇ, ἢ νὰ ᾽ρθῇ καὶ τὸ Κρινιὼ μαζί; Τί λὲς ἐσύ, πεθερά;

Καὶ ἡ Φραγκογιαννοῦ ἀνυπόμονος:

—Πήγαινε τώρα, τί φέρνεις γῦρο; εἶπε. Ἂς ἐρθῇ ὅποιος ἐρθῇ!

Ἡ Δελχαρὼ ἐθρήνει ἠρέμα κύπτουσα ἐπὶ τοῦ λίκνου. Ὁ Νταντὴς πρὶν ἐξέλθῃ, ἔρριψε βλέμμα εἰς τὸ λίκνον καὶ εἰς τὴν σύζυγόν του.

—Ἄχ! κρῖμα, ζάβαλε! εἶπε... Κ᾽ ἔβλεπα κάτι ὄνειρα!... βρέ, παιδιά!

Κ᾽ ἐξῆλθε δρομαῖος.

Η΄

Τὴν ἑβδομάδα τῶν Βαΐων, μίαν πρωίαν, ἀπῆλθεν ἡ Φραγκογιαννοῦ ὁλομόναχη εἰς τὴν ἐξοχήν, πρὸς τῆς Μαμοῦς τὸ ρέμα. Ἤθελε νὰ ἐπισκεφθῇ τὸν μικρὸν ἐλαιῶνα, τὸν ὁποῖον ὡς «ψυχομοίρι» εἶχε λάβει ἀπὸ μίαν εὔπορον ὁπωσοῦν κουμπάραν της, ἀποθανοῦσαν ἄκληρον, καὶ εἰς τὴν ὁποίαν εἶχε προσφέρει ἐκδουλεύσεις. Τὸ ἥμισυ τοῦ ἐλαιῶνος τούτου εἶχε δώσει ὡς προῖκα εἰς τὴν Δελχαρώ, τὸ ἄλλο ἥμισυ κατεῖχεν ἀκόμη ἡ γραῖα.

Ὀλίγαι ἑβδομάδες εἶχον παρέλθει ἀπὸ τὰ γεγονότα τὰ ὁποῖα διηγήθημεν. Οὐδεὶς δυσανάλογος θόρυβος εἶχε γίνει διὰ τὸ μικρὸν θυγάτριον τῆς Δελχαρῶς τῆς Τραχήλαινας, τὸ ὁποῖον ἔθαψαν τὴν αὐτὴν ἡμέραν. Ἡ μήτηρ τοῦ βρέφους, ἂν καὶ εἶδε μέλανά τινα σημεῖα περὶ τὸν λαιμὸν τοῦ μικροῦ παιδίου, δὲν θὰ ἐτόλμα ποτὲ νὰ κάμῃ λόγον, οὔτε ἄλλος θὰ ἐπίστευε τὸ ἔγκλημα τῆς μητρός της. Προφανῶς τὸ παιδίον εἶχεν ἀποθάνει ἀπὸ τὸν κοκκίτην.

Ὁ μόνος ἰατρός, ὅστις ὑπῆρχεν ἀπὸ χρόνων εἰς τὸ χωρίον, ὁ φιλάνθρωπος Βαυαρὸς Β., ἔτυχεν ἀπών. Εἶχεν ἀκουσθῆ καὶ πάλιν χολέρα εἰς τὴν Αἴγυπτον, καὶ τὸ ὑπουργεῖον τῶν

Ἐσωτερικῶν συνήθιζε ν᾽ ἀποστέλλῃ κατ᾽ ἐκλογὴν τὸν ἰατρὸν τοῦτον εἰς τὴν διεύθυνσιν τοῦ ἐν Δήλῳ λοιμοκαθαρτηρίου.

Ἀντ᾽ αὐτοῦ ἡ κυβέρνησις εἶχε στείλει προσωρινῶς ὡς ὑγειονόμον γηραιόν τινα ἰατρόν, τὸν κ. Μ., ὅστις δὲν εἶχε φθάσει ἀκόμη. Ἐν τῷ μεταξὺ ὑπῆρχεν εἷς ἀπόφοιτος τῆς ἰατρικῆς, διατρίβων ἐν τῇ νήσῳ. Οὗτος κληθεὶς ὑπὸ τῆς δημοτικῆς ἀστυνομίας ὅπως βεβαιώσῃ τὸν θάνατον, ἐκοίταξεν ἐπιπολαίως τὸ πρόσωπον τοῦ νεκροῦ βρέφους, παρεπονέθη διατί νὰ μὴν τὸν φωνάξουν ἐνόσῳ τοῦτο ἔζη κ᾽ ἔδωκε τὸ «ἐνταφιαστήριον», γράψας «ἐκ σπασμώδους βηχός».

Ἡ γραῖα Χαδούλα ἀπὸ τῆς ἡμέρας ἐκείνης ἔζησε ζωὴν τύψεων, ἀνησυχίας, καὶ μ᾽ ἐξωτερικὸν σχῆμα ὡς νὰ εἶχε τέφραν ἐπὶ τῆς κόμης τῆς ψαρᾶς, τόσον ἐλαφρῶς κυπτὴν καὶ ἀκίνητον ἐτήρει τὴν κεφαλήν της, καὶ ὡς νὰ ἐφόρει τὴν μακρὰν μαύρην μανδήλαν της ὡς σάκκον μετανοίας. Ὅταν ἐμβῆκεν ἡ Μεγάλη Σαρακοστή, ἄρχισε νὰ συχνάζῃ εἰς τὴν ἐκκλησίαν, ἔκαμνε πολλὰς καὶ βαθείας γονυκλισίας, ἐμελέτα νὰ ἐξομολογηθῇ, καὶ ἀνέβαλλεν. Ἐνήστευεν ἄνευ ἐλαίου ξηροφαγοῦσα τὰς πέντε ἡμέρας ἑκάστης ἑβδομάδος, καὶ εἶχε βαστάξει «τρίμερο» τὴν πρώτην ἑβδομάδα καὶ τὸ μεσοσαράκοστον. Ἐντρέπετο νὰ βλέπῃ τὴν κόρην της, τὴν Δελχαρώ, καὶ ἀπέφευγε ν᾽ ἀντικρύσῃ τὸ βλέμμα της.

Τὴν ἡμέραν λοιπὸν ἐκείνην, τῆς ἑβδομάδος τῶν Βαΐων, ἔφθασεν ἡ Φραγκογιαννοῦ λίαν πρωὶ εἰς τὴν κορυφὴν τοῦ ὑψηλοῦ πετρώδους λόφου, τοῦ ἀντικρύζοντος ἐκ δυσμῶν τὴν πολίχνην, καὶ ὁπόθεν μελαγχολικὸν πίπτει τὸ βλέμμα ἐπὶ τοῦ μικροῦ κοιμητηρίου, ἁπλουμένου κάτω, ἐπὶ ὑψηλῆς θαλασσοπλήκτου λωρίδος γῆς, μὲ τὰ λευκὰ μνήματα, καὶ εὐθὺς φεύγει ζητοῦν φαιδρότητα καὶ ζωὴν εἰς τὰ γαλανὰ κύματα, εἰς τὸν εὐρὺν τριπλοῦν λιμένα, καὶ εἰς τὰ χλοερά, χαρίεντα νησίδια, τὰ φράττοντα τοῦτον ἐξ ἀνατολῶν καὶ μεσημβρίας. Ἐπάνω τῆς κορυφῆς ἐκείνης ἵστατο ἐρημικόν, ἄποπτον, ὡς φανὸς τὴν ἡμέραν λάμπων, τὸ ἐξωκκλήσιον τοῦ Ἁγίου Ἀντωνίου. Ἡ Φραγκογιαννοῦ διῆλθεν ἔξωθεν, ποιοῦσα τὸ σημεῖον τοῦ Σταυροῦ, κ᾽ ἐνῷ εἶχε σκοπὸν νὰ εἰσέλθῃ, τὴν τελευταίαν στιγμὴν ἐδίστασε, κ᾽ ἐξηκολούθησε τὸν δρόμον της. «Δὲν εἶμαι ἄξια», εἶπε μέσα της, «νὰ μπῶ σ᾽ ἕνα ξωκκλήσι ποὺ τόσο συχνὰ λειτουργιέται... Ἄς πάω καλύτερα στὸν Ἀι-Γιάννη τὸν Κρυφό».

Μετὰ τοῦτο ἔφθασε εἰς τὸν ἐλαιῶνα, ἐπεθεώρησεν ἓν πρὸς ἓν ὅλα τὰ ἐλαιόδενδρα διὰ νὰ ἰδῇ ἂν ἦσαν φουσκωμένα ἤδη. Ἦτο ἤδη περὶ τὰ μέσα Ἀπριλίου, τὸ δὲ Πάσχα ἤρχετο ὄψιμον. Παρεκάλει μέσα της τὸν Χριστὸν «νὰ δώσῃ λαδάκι, γιὰ ν᾽ ἀναπλέψ᾽ ἡ φτώχεια». Ἀπὸ δύο ἐτῶν, τῷ ὄντι, δὲν εἶχαν καρπίσει οἱ ἐλιές, εἶχε δὲ ἀναφανῆ καὶ μία ὕπουλος ἀσθένεια, φθείρουσα τὸν καρπόν, καὶ μαυρίζουσα τοὺς κλῶνας τῶν δένδρων.

Ἀφοῦ ἔμεινεν ἐπ᾽ ὀλίγον εἰς τὸν ἐλαιῶνα, ἐσηκώθη, στρέφουσα πολλάκις τὴν κεφαλὴν ὀπίσω, ὡς διὰ ν᾽ ἀποχαιρετίσῃ τὰ ἐλαιόδενδρα καὶ ἀπεμακρύνθη. Ἔφθασε κάτω εἰς τὸ ῥεῦμα καὶ ἤρχισε νὰ τὸ ἀνέρχεται, καθὼς πολλάκις συνήθιζε. Φέρουσα τὸ καλάθιόν της ὑπὸ τὸν ἀριστερὸν ἀγκῶνα, κρατοῦσα τὸ μαχαιράκι της μὲ τὴν χεῖρα τὴν δεξιάν, ἔκυπτε παντοῦ, εἰς ὅσα μέρη αὐτὴ ἐγνώριζε, κ᾽ ἔψαχνε νὰ εὕρῃ καυκαλῆθρες καὶ ζοχάρια καὶ μυρόνια καὶ ἄνηθον διὰ νὰ γεμίσῃ τὸ καλαθάκι της, νὰ κάμῃ πίτταν τὸ Σάββατον τοῦ Λαζάρου, νὰ φάγῃ αὐτὴ κ᾽ αἱ θυγατέρες της, ἀλλὰ νὰ προσφέρῃ κ᾽ εἰς τὶς γειτόνισσες, ἀπὸ τὰς ὁποίας χάσιμον δὲν εἶχεν.

Ἐκτὸς τῶν ἀγριολαχάνων τούτων, τὰ ὁποῖα ὅλαι ἐγνώριζον νὰ συλλέγουν, ἡ Χαδούλα ἤξευρεν ἄλλα βότανα, χρήσιμα ὡς φάρμακα διὰ τοὺς ἀσθενεῖς, τὸ τρίμερο, καὶ τὴν δρακοντιὰ καὶ τὴν ἀγριοκρομμύδα, ἀνάμεσα εἰς τὰς κομάρους καὶ τὰς πτέριδας, καὶ παρὰ τὰς ῥίζας τῶν ἀγρίων δένδρων, καὶ τοὺς μύκητας καὶ τὰς ἀκάνθας καὶ τὰς κνίδας, καθὼς καὶ τὸ πολυτρίχι εἰς τοὺς μικροὺς καταρράκτας τοῦ ῥεύματος — τὸ ὁποῖον λέγουν ὅτι εἶναι φάρμακον διὰ τὰς λεχοὺς τὰς πυρεσσούσας.

Ἀφοῦ συνέλεξεν ἱκανὰ βότανα καὶ ἐκ τοῦ εἴδους τῶν ἰαματικῶν τούτων, τὰ ὁποῖα ἐτύλιξεν εἰς χωριστὸν μανδήλι ἐντὸς τοῦ καλαθίου, καὶ ἡ ὥρα ἔκλινεν ἤδη πρὸς τὸ δειλινόν, καὶ ὁ ἥλιος ἐπλησίαζεν εἰς τὴν κορυφὴν τοῦ βουνοῦ· ἐντὸς τοῦ ῥεύματος βαθεῖα ἦτο ἡ σκιά, καὶ ὁ θροῦς τῶν βημάτων της ἀντήχει ὡς δοῦπος σκληρὸς εἰς τὸ βάθος τῆς ψυχῆς της.

Ἡ γραῖα ἀνήρχετο ἤδη ὑψηλότερα, πρὸς τὴν ἀπότομον κορυφὴν τοῦ ῥεύματος. Κάτω ἐχαράττετο βαθὺ τὸ ποτάμιον, τ' Ἀχειλᾶ τὸ ῥέμα, καὶ ὅλην τὴν βαθεῖαν κοιλάδα μετὰ ἠρέμου μορμυρισμοῦ διέτρεχε τὸ ῥεῦμα, κατὰ τὸ φαινόμενον ἀκινητοῦν, λιμνάζον, ἀλλὰ πράγματι ἀενάως κινούμενον ὑπὸ τὰς μακρὰς βαθυκόμους πλατάνους· ἀνάμεσα εἰς βρύα καὶ θάμνους καὶ πτέριδας, ἐφλοίσβιζε μυστικά, ἐφίλει τοὺς κορμοὺς τῶν δένδρων, ἕρπον ὀφιοειδῶς κατὰ μῆκος τῆς κοιλάδος, πρασινωπὸν ἀπὸ τὰς ἀνταυγείας τὰς χλοεράς, φιλοῦν καὶ ἅμα δάκνον τοὺς βράχους καὶ τὰς ῥίζας, νᾶμα μορμύρον, ἀθόλωτον, βρῖθον ἀπὸ μικρὰ καβουράκια, τὰ ὁποῖα ἔτρεχον νὰ κρυβῶσιν εἰς τὸ θόλωμα τῆς ἄμμου, ἅμα κανὲν βοσκόπουλον, ἀφῆνον τὰς ὀλίγας ἀμνάδας νὰ βόσκουν εἰς τὴν δροσερὰν χλόην, ἤρχετο νὰ κύψῃ εἰς τὸ ῥεῦμα, καὶ ἀνεσήκωνε πέτραν τινὰ διὰ νὰ τὰ κυνηγήσῃ. Τὸ λάλον, ἀσίγητον κελάδημα τῶν κοσσύφων ἀντήχει ἁρμονικὸν εἰς τὸ δάσος, τὸ περιστέφον ὅλην τὴν δυτικὴν κλιτύν, καὶ ἀνέρπον εἰς τὴν κορυφὴν τοῦ Ἀναγύρου, ἕως τὴν Ἀετοφωλιὰν ἐπάνω — ὅπου ἐλέγετο ὅτι εἷς θαλασσαετὸς εἶχε κατοικήσει ἐπὶ τρεῖς γενεὰς ἀνθρώπων ἐκεῖ, καὶ τέλος ἐξέλιπε χωρὶς ν᾽ ἀφήση ἀετόπουλα. Εἰς τὴν ἐρημωθεῖσαν φωλεάν του εὑρέθη ὁλόκληρον μουσεῖον ἀπὸ τεράστια κόκκαλα θαλασσίων ὄφεων, φωκῶν, καρχαριῶν καὶ ἄλλων ἐναλίων θηρίων, τὰ ὁποῖα εἶχε ξεφαντώσει κατὰ καιροὺς ὁ μέγας καὶ κραταιὸς ὄρνις τῶν θαλασσῶν, μὲ τὸ γρυπὸν ράμφος του τὸ κυανωπόν, καὶ μὲ τὸ τεφρὸν μεγαλοπρεπὲς πτέρωμα.

Ἐπάνω, εἰς τὴν κορυφὴν τοῦ ρεύματος, εἰς ἕνα ζυγὸν σχηματιζόμενον μεταξὺ δύο βουνῶν, ἀνάμεσα εἰς τοῦ Κονόμου τὰ ρόγγια καὶ εἰς τὸν Μικρὸν Ἀνάγυρον, ἐκεῖ εὑρίσκετο ἀπὸ παλαιὸν καιρὸν τὸ ἀρχαῖον, ἔρημον μονύδριον, ὁ Ἅις Γιάννης ὁ Κρυφός. Ἦτο πράγματι κρυφός, κείμενος ὄπισθεν τοῦ μικροῦ αὐχένος, καλυπτόμενος ἀπὸ τὰ δύο βουνά, καὶ ἀπὸ πυκνὴν λόχμην. Εἴτε ἐκ τοῦ βορείου μέρους ἤρχετό τις, ὅπως τώρα ἡ Φραγκογιαννοῦ ἀπὸ τ᾽ Ἀχειλᾶ τὸ ρέμα, εἴτε ἐκ τοῦ μεσημβρινοῦ, ἐκ τῆς τοποθεσίας τῆς καλουμένης τοῦ Κονόμου τὰ ρόγγια, καὶ ἂν ἐγγύτατα διήρχετο πλησίον τοῦ παλαιοῦ σεβάσματος, ἦτο ἀδύνατον νὰ ὑποπτεύση τὴν ὕπαρξίν του, ἂν δὲν ἐγνώριζε καλῶς τὰ μέρη, ὅπως τὰ ἐγνώριζεν ἡ Φραγκογιαννοῦ.

Ὁ περίβολος καὶ τὰ ὀλίγα κελλία ἦσαν ἐρείπιον ἀπὸ πολλοῦ. Ὁ ναΐσκος ὠρθοῦτο ἀκόμη, ἀλλ᾽ ἦτον ἔρημος καὶ ἀλειτούργητος. Τὸ καθολικὸν ἐστεγάζετο ἀκόμη, ἀλλ᾽ εἰς τὸ ἅγιον βῆμα ἡ στέγη εἶχε καταρρεύσει πρὸς τὸ βόρειον, αἱ δὲ πλάκες τῆς σκεπῆς καὶ τὰ συντρίμματα εἶχον καλύψει τὸ θυσιαστήριον· ὑπῆρχε ξύλινον τέμπλον, πάλαι ποτὲ γλυπτὸν καὶ χρυσωμένον, ἐφθαρμένον καὶ δυσγνώριστον, ἀλλ᾽ αἱ εἰκόνες ἔλειπον. Αἱ ὀλίγαι τοιχογραφίαι εἶχον φθαρῆ ἀπὸ τὴν ὑγρασίαν, καὶ τὰ πρόσωπα τῶν Ἁγίων δὲν διεκρίνοντο πλέον.

Μόνον δεξιόθεν τοῦ χοροῦ ὑπῆρχε μία τοιχογραφία παριστῶσα τὸν Ἅγιον Ἰωάννην τὸν Πρόδρομον μαρτυροῦντα τὸν Χριστόν· «Ἴδε ὁ Ἀμνὸς τοῦ Θεοῦ, ὁ αἴρων τὴν ἁμαρτίαν τοῦ κόσμου». Τὸ πρόσωπον καὶ ἡ χεὶρ τοῦ Βαπτιστοῦ, τεινομένη καὶ δεικνύουσα, διεκρίνοντο ὁπωσοῦν καλῶς. Τὸ πρόσωπον τοῦ Σωτῆρος λίαν ἀμυδρῶς ἐφαίνετο ἐπὶ τοῦ ὑγροῦ τοίχου.

Τὸν Ἁι-Γιάννην τὸν Κρυφὸν ἐπεκαλοῦντο τὸν παλαιὸν καιρὸν ὅλοι ὅσοι εἶχον «κρυφὸν πόνον» ἢ κρυφὴν ἁμαρτίαν. Ἡ γραῖα Χαδούλα ἐγνώριζε τὴν δοξασίαν ἢ τὸ ἔθιμον τοῦτο, καὶ διὰ τοῦτο ἐνθυμήθη νὰ ἔλθῃ σήμερον εἰς τὸν παλαιόν, ἔρημον ναΐσκον, ὅπως προσφέρῃ τὰς ἱκεσίας της. Προέκρινε τὸν ναὸν τὸν ἀλειτούργητον, ἀφοῦ καὶ εἰς τὴν ἐνοριακὴν ἐκκλησίαν, ὅπου ἐσύχναζεν ὅλην τὴν σαρακοστήν, ἐτόλμα μόνον νὰ εἰσέρχεται μᾶλλον εἰς τὸν νάρθηκα, ὄπισθεν τοῦ ἑνὸς φύλλου τῆς γυναικείας πύλης, τοῦ κλεισμένου μὲ τὸν σύρτην — ὡς νὰ ᾐσθάνετο τὴν ἀνάγκην νὰ εἶν' ἑτοίμη πρὸς φυγήν, ἅμα τὴν ἐδίωκέ τις! Καὶ δὲν ἐφοβεῖτο τόσον μὴ τὴν διώξῃ ὁ Παπανικόλας, ὁ αὐστηρὸς καὶ ἀσκητικὸς ἐφημέριος, ἢ ὁ κὺρ Δημητρὸς ὁ ἐπίτροπος, ὅστις πάντοτε ἐγόγγυζε καὶ ἦτο τραχὺς πρὸς τὰς γραίας, αἵτινες ἐπέμενον μὴ θέλουσαι ν' ἀνέρχωνται εἰς τὸν γυναικωνίτην, καὶ ἀπήτουν νὰ ἔχουν διαρκῶς μικρόν, περίφρακτον μὲ σειρὰς στασιδίων διαμέρισμα, εἰς τὴν βορειοδυτικὴν γωνίαν τοῦ ναοῦ· ἀλλ' ἐφοβεῖτο τὸν Ἀρχάγγελον, τὸν ἀγριωπόν, ὅστις ἦτο ζωγραφισμένος μεγαλωστὶ ἐπὶ τῆς βορείας πύλης τοῦ ναοῦ, μὲ τὴν ρομφαίαν του τὴν φλογίνην εἰς τὴν χεῖρα.

Εἰσῆλθεν εἰς τὸν ἔρημον ναΐσκον, ἄναψεν ἓν κηρίον, τὸ ὁποῖον εἶχεν εἰς τὸ καλάθι της μαζὶ μὲ ὀλίγα πυρεῖα, κ' ἔκαμε τρεῖς στρωτὰς γονυκλισίας ἔμπρὸς εἰς τὴν τοιχογραφίαν τὴν ἡμιεφθαρμένην. Εἶτα, ἀνακυκλοῦσα εἰς τὸν νοῦν τὴν ἔμμονον ἰδέαν, ἥτις τῆς εἶχε κολλήσει, χωρὶς νὰ τὴν ἐκφράζῃ μεγαλοφώνως, εἶπε μὲ φωνήν, τὴν ὁποίαν θὰ ἠδύνατο ν᾽ ἀκούσῃ τις, ἂν παρίστατο μάρτυς τῆς σκηνῆς ἐκείνης: «Ἂν ἔκαμα καλά, Ἁι-Γιάννη μου, νὰ μοῦ δώσῃς σημεῖο σήμερα... νὰ κάμω μιὰ καλὴ πράξη, ἕνα ψυχικό, γιὰ νὰ γαληνιάσ᾽ ἡ ψυχή μου κ᾽ ἡ καρδούλα μου!...»

Θ´

Ἀφοῦ εἶχε γεμίσει τὸ καλάθι της, καὶ ὁ ἥλιος ἔκλινε πολὺ χαμηλά, καθὼς ἐξῆλθε τοῦ ἐρήμου ναΐσκου, ἡ γραῖα Χαδούλα ἐκίνησε νὰ ἐπιστρέψῃ εἰς τὴν πολίχνην. Κατῆλθε πάλιν τὸ ῥέμα-ῥέμα εἰς τὰ ὀπίσω, ἐστράφη δεξιά, ἄρχισε ν᾽ ἀνηφορίζῃ πρὸς τὸν λόφον τοῦ Ἁγ. Ἀντωνίου, ὁπόθεν εἶχεν ἔλθει. Μόνον πρὶν φθάσῃ ἀκόμη εἰς τὴν κορυφὴν τοῦ λόφου, ἐφ᾽ οὗ ἵσταται τὸ παρεκκλήσιον, καὶ ὁπόθεν ἀνοίγεται μεγάλη θέα πρὸς τὸν λιμένα καὶ τὴν πόλιν, εἶδεν ἐκεῖ δεξιά της χαμηλὰ εἰς τὸ βάθος μικρᾶς κοιλάδος, ἥτις καλεῖται τῆς Μαμοῦς τὸ ῥέμα, καὶ τέμνει κατ᾽ ἀμβλεῖαν γωνίαν τὴν ἄλλην βαθεῖαν κοιλάδα τοῦ Ἀχειλᾶ, τὸν εὐρὺν καὶ καλῶς καλλιεργημένον κῆπον τοῦ Γιάννη τοῦ Περιβολᾶ, καὶ εἶπε μέσα της:

«Ἂς πάω στὸν μπαχτσὲ τοῦ Γιάννη, νὰ τοῦ γυρέψω κανένα μάτσο κρομμύδια, ἢ κανένα μαρούλι, νὰ μὲ φιλέψῃ... Τί θὰ χάσω;» Συγχρόνως, ἀνεπόλησεν τὴν στιγμὴν ἐκείνην, ὅ,τι πρὸ ἡμερῶν εἶχεν ἀκούσει· ὅτι ἡ γυναῖκα τοῦ Γιάννη τοῦ Περιβολᾶ ἦτον ἄρρωστη. Ἠγνόει ἂν αὐτὴ εὑρίσκετο τώρα εἰς τὴν καλύβην τὴν ἐντὸς τοῦ κήπου, παρὰ τὴν εἴσοδον, ἢ ἂν ἐνοσηλεύετο εἰς τὴν πόλιν. Ἀλλ᾽ ἐπειδὴ ὁ κηπουρὸς ὁ ἴδιος θὰ εὑρίσκετο ἐξ ἅπαντος ἐδῶ, (συνεπέρανεν, ἐπειδὴ ἔβλεπε μακρόθεν ἀνοικτὴν τὴν θύραν τοῦ περιβόλου) ἐσυλλογίσθη νὰ τοῦ πουλήσῃ δούλευσιν, μὲ τὰ βότανα πού εἶχε στὸ καλαθάκι της, ὑποσχομένη αὐτῷ «μαντζούνια» πρὸς ἴασιν τῆς γυναικός του. Εἶτα εὐθὺς πάλιν εἶπε καθ᾽ ἑαυτήν:

«Τί δούλεψη νὰ κάμη κανεὶς στὴ φτώχεια!... Ἡ μεγαλύτερη καλωσύνη ποὺ μποροῦσε νὰ τοὺς κάμη θὰ ἦτον νὰ εἶχε κανεὶς στερφοβότανο νὰ τοὺς δώσῃ. (Θέ μ᾽, σχώρεσέ με!) Ἂς ἦτον καὶ παλληκαροβότανο! ἐπέφερε. Γιατὶ κάνει ὅλο κοριτσάκια, κι αὐτὴ ἡ φτωχιά!... Θαρρῶ πὼς ἔχει πέντ᾽ ἕξι ὣς τώρα. Δὲν ξέρω ἂν τῆς ἔχῃ πεθάνει κανένα... ἀπ᾽ αὐτὰ τὰ ἑφτάψυχα!»

Εἶχεν ἐρευνήσει, τῷ ὄντι, ἐπὶ χρόνους πολλούς, εἰς τὰ βουνὰ καὶ τὰς φάραγγας, ὅπως εὕρῃ «παλληκαροβότανο» διὰ τὴν κόρην της, ἀλλ᾽ ἐκεῖνο τὸ ὁποῖον τῆς εἶχε δώσει δὲν ἐπέτυχεν· ἐξ ἐναντίας, ἐνήργησε μᾶλλον ὡς «κοριτσοβότανο». Καὶ ὅμως εἰς αὐτὴν ἄλλοτε, ὅταν τῆς τὸ ἔδωκεν ἡ ἀνδραδέλφη της, εἶχε τελεσφορήσει, διότι ἔκαμε τέσσαρας υἱούς, καὶ μόνον τρεῖς θυγατέρας. Ὅσον ἀφορᾷ τὸ «στερφοβότανο», ὁ πνευματικὸς τῆς εἶχεν εἰπεῖ πρὸ χρόνων ὅτι εἶναι μεγάλη ἁμαρτία.

Πρὶν φθάσῃ εἰς τὴν θύραν τοῦ κήπου, καθὼς κατήρχετο τὸν δρομίσκον τῆς κλιτύος, εἶδεν ὅτι ὁ Γιάννης ὁ Περιβολᾶς δὲν εὑρίσκετο ἐντὸς τοῦ κήπου, ἀλλ᾽ ἦτο τὴν στιγμὴν ἐκείνην εἰς τὸν γειτονικὸν ἀγρόν, τὸν ὁποῖον εἶχε φαίνεται ἐνοικιάσει ὡς κολλήγας ἀπὸ τὸν γείτονα. Ὁ ἀγρὸς ἦτον σπαρμένος κριθὴν λίαν χλοάζουσαν καὶ σπιθαμιαίαν ἤδη, ἔκειτο δὲ ἐπὶ χαμηλοτέρου ἀπὸ τὸν κῆπον ἐπιπέδου, εἰς ὕψος γόνατος. Ὁ Γιάννης, σκυμμένος εἰς μίαν ἄκρην τοῦ ἀγροῦ, ὡς φαίνεται, ἐβοτάνιζεν, ἤτοι ἐξερρίζωνε τ᾽ ἄσχημα χόρτα καὶ τὰ ζιζάνια ἀνάμεσα εἰς τὸ σπαρτόν, ἐνόσῳ ἦτο ἀκόμη ἐνωρίς, καὶ ὁ ἥλιος ἔδυεν ἤδη. Εὑρίσκετο πέραν τῆς ἄλλης ἄκρας τοῦ κήπου, καὶ ὅταν ἡ Γιαννοῦ ἐπλησίασεν εἰς τὴν θύραν τοῦ περιβόλου, δὲν τὸν ἔβλεπε πλέον, κρυπτόμενον ὄπισθεν τοῦ πυκνοῦ φράκτου, εἰς ἱκανὴν ἀπόστασιν, ὥστε δὲν ἡμπόρεσε νὰ τοῦ φωνάξῃ μακρόθεν τὴν καλησπέραν. Ἐκεῖνος, κύπτων, ὅλος ἔκδοτος εἰς τὴν ἐργασίαν του, οὔτε τὴν εἶδεν.

Ἡ γραῖα Χαδούλα εἰσῆλθε. Πλησίον τῆς θύρας ἦτον ἡ καλύβη, ἱκανῶς λευκάζουσα, μὲ ἐξωτερικὸν ὄχι πολὺ ἀκμαῖον οὔτε καθάριον. Ἐφαίνετο ὅτι πρὸ πολλοῦ χρόνου δὲν εἶχεν ἀσβεστωθῆ, κ᾽ ἐμαρτύρει περὶ τῆς ἀρρωστίας τῆς οἰκοκυρᾶς. Ἀταξία ἐργαλείων, χόρτων καὶ δεμάτων ὑπῆρχεν ἔμπροσθεν ταύτης. Ἡ θύρα ἦτο κλειστή. Τὰ δύο παράθυρα κλειστά. Μόνον εἷς φεγγίτης μὲ ὕαλον ὑπῆρχε πρὸς τὰ ἄνω, ἀλλὰ διὰ νὰ φθάσῃ ὣς ἐκεῖ ἐπάνω ἡ Φραγκογιαννού, διὰ νὰ στηλώσῃ τὸ ἀνάστημά της καὶ ἴδῃ ἂν ἦτον ἄνθρωπος μέσα, ἔπρεπε ν᾽ ἀνέλθῃ τὰς δύο ἢ τρεῖς βαθμίδας, καὶ νὰ φθάσῃ εἰς τὸ μικρόν, ἄφρακτον σανίδωμα, τὸ καλούμενον «χαγιάτι».

Ἐνῷ ἐδίσταζεν, ἂν ἔπρεπε οὕτω νὰ κάμῃ, ἢ μᾶλλον ν᾽ ἀνέλθῃ ἁπλῶς εἰς τὸ χαγιάτι καὶ νὰ κρούσῃ τὴν θύραν, ἤκουσε φωνὰς μικρῶν κορασίων. Ὀλίγον παρέκει ἦτον τὸ πηγάδι μὲ τὸν μάγγανον, καὶ δίπλα, ἡ στέρνα, χαμηλή, βαθεῖα, μὲ τὰς ὄχθας μόλις ἀνεχούσας ὑπεράνω τῆς ἐπιφανείας τῆς γῆς. Ἐπάνω εἰς αὐτὴν τὴν κτιστὴν ὄχθην, παρὰ τὸ χεῖλος τῆς στέρνας, ἐκάθηντο δύο μικρὰ κοράσια, τὸ ἓν ὣς πέντε ἐτῶν, τὸ ἄλλο ὣς τριῶν ἐτῶν, καὶ ἔπαιζαν μὲ μίαν καλαμιὰν καὶ μὲ σπάγγον καὶ ἓν καρφίον δεμένον εἰς τὴν ἄκρην, ὡς νὰ ἐψάρευαν τάχα ἐντὸς τῆς στέρνας.

—Νά!... μοῦ ἔδωκε τὸ σημεῖο ὁ Ἅις-Γιάννης, εἶπε μέσα της, σχεδὸν ἀκουσίως ἡ Φραγκογιαννού, ἅμα εἶδε τὰ δύο θυγάτρια... Τί λευθεριὰ θὰ τῆς ἔκαναν τῆς φτωχιᾶς, τῆς Περιβολοῦς, ἀνίσως ἔπεφταν μὲς στὴ στέρνα κ᾽ ἐκολυμποῦσαν!... Νὰ ἰδοῦμε, ἔχει νερό;

Πλησιάσασα, ἔκυψε, καὶ εἶδεν ὅτι ἡ στέρνα ἦτον σχεδὸν γεμάτη· ὡς δύο τρίτα ὀργυιᾶς νεροῦ.

— Τί τ᾿ ἀφήνει ἐδῶ, κεῖνος ὁ πατέρας τους, μικρὰ κορίτσια, εἶπε πάλιν ἡ Φραγκογιαννού. Τάχα δὲν μποροῦν νὰ πέσουν καὶ μοναχά τους μέσα;...

Ἔστρεψεν ἀνήσυχον βλέμμα πρὸς τὴν καλύβην. Ἀλλ᾿ αὐτὴ εἶχε τὴν ὄψιν ὅτι δὲν ὑπῆρχεν ἄνθρωπος μέσα.

Ἐκοίταξε μετὰ περιεργείας τὰ δύο κοράσια. Τὸ μεγαλύτερον τούτων ὡραῖον, ξανθόν, ἂν καὶ σχεδὸν ἄνιπτον, ἔκαμνεν ὡραίαν ἐντύπωσιν. Τὸ μικρότερον, χλωμόν, κακονδυμένον, ἐφαίνετο μᾶλλον νὰ πάσχῃ ἀπὸ «ζούραν», ἤτοι παιδικὸν μαρασμόν.

— Κοριτσάκια, εἶπεν ἡ Φραγκογιαννού, τί ἐκάνετ᾿ δῶ;... Ποῦ εἶν᾿ ἡ μάννα σας;

Τὸ μεγαλύτερον κοράσιον ἀπήντησε:

— Πίτι.

— Στὸ σπίτι, ἡρμήνευσεν ἡ γραῖα. Μὰ ποῦ στὸ σπίτι; Ἐδῶ ἢ στὸ χωριό;

— Ζὲν εἶναι ζῶ, εἶπε πάλιν τὸ μικρόν.

Φαίνεται ὅτι ἐξετέλει ἐντολὴν τοῦ πατρός της, μὴ θέλοντος νὰ ἐνοχλῶσιν οἱ διαβάται τὴν ἄρρωστην. Αὕτη, ἄλλως, εὑρίσκετο πράγματι ἐντὸς τῆς καλύβης, καίτοι τὰ παράθυρα ἦσαν κλειστά, ἴσως διὰ νὰ μὴ τὴν βλάπτῃ ὁ ἑσπερινὸς ἀὴρ τοῦ ῥεύματος. Φαίνεται ὅτι ὁ σύζυγός της πρὸ ὀλίγου μόνον εἶχε κατέλθει εἰς τὸν γειτονικὸν ἀγρόν, πρὸς μικρὰν συμπληρωτικὴν ἐργασίαν, καὶ εἶχεν ὀκνήσει ἢ νομίσει περιττὸν νὰ κλείσῃ καὶ τὴν θύραν τοῦ περιβόλου τοῦ λαχανοκήπου.

Ἡ γραῖα Χαδούλα ἠρώτησε καὶ πάλιν:

—Κ᾽ εἶναι στὸ χωριό, ἡ μάννα σας; Καὶ σεῖς πῶς εἶστε 'δῶ μοναχά σας;

—Εἶναι πατέλας ζῶ, εἶπεν ἡ μικρά.

—Ποῦ;

—Ἐκεῖ κάτω, ἔδειξεν ἡ μικρά.

—Καὶ τί κάνει;

Ἡ παιδίσκη ἔσειε τοὺς ὤμους. Δὲν ἤξευρε τί νὰ εἴπῃ. Τέλος ἐπρόφερεν:

—Ἔχει ζ'λειά· (ἔχει δουλειά).

—Πῶς σὲ λένε, κορίτσι μου;

—Μένα; Μ'σούδα (Μυρσούδα).

—Καὶ τὴν ἀδερφή σου;

—Τούλα (Ἀρετούλα).

Ἡ Φραγκογιαννοῦ ἐσκέφθη:

«Θὰ φωνάξουν, τάχα;... Θ᾽ ἀκουστῇ; Ποῦ ν᾽ ἀκουστῇ!... Πρέπει νὰ κάμω γλήγορα, προσέθηκε μέσα της. Αὐτός, ὅπου εἶναι, τώρα σὲ λίγο, θὰ 'ρθῃ δῶ, γιατὶ θὰ σουρουπώσῃ, καὶ δὲ θὰ βλέπῃ νὰ κάνῃ δουλειὰ ἐκεῖ κάτω... Καὶ πρέπει νὰ φεύγω τὸ γληγορώτερο, χωρὶς νὰ μὲ ἰδῇ, ὅπως δὲν μὲ εἶδε ὡς τώρα».

Ἐδίστασε πρὸς στιγμήν. Ἠσθάνθη μέσα της φοβερὰν πάλην. Εἶτα εἶπε, σχεδὸν μεγαλοφώνως: «Καρδιά!... αὐτὸ εἶναι μιὰ ἀπόφαση».

Καὶ δράξασα μὲ τὰς δύο χεῖρας τὰ δύο κοράσια, τὰ ὤθησε μὲ μεγάλην βίαν.

Ἠκούσθη μέγας πλαταγισμός.

Τὰ δύο πλάσματα ἔπλεαν εἰς τὸ νερὸν τῆς στέρνας.

Ἡ μεγαλυτέρα κορασὶς ἔρρηξεν ὀξεῖαν κραυγήν, ἥτις ἀντήχησεν εἰς τὴν μοναξιὰν τῆς ἑσπέρας.

— Μᾶ…!

Ἐξ ἐμφύτου ὁρμῆς, ἡ Φραγκογιαννοῦ ἔστρεψε τὸ πρόσωπον πρὸς τὴν λευκὴν καλύβην, ὅπου μέχρι τοῦδε εἶχεν ἐστραμμένα τὰ νῶτα.

Καὶ συγχρόνως ἡτοιμάζετο νὰ φύγῃ, καὶ συνάμα ἔστρεφε τὸν κανθὸν τοῦ ὄμματος πρὸς τὴν στέρναν, διὰ νὰ ἰδῇ ἂν διήρκει ἡ ἀγωνία.

Ἀνέλαβε τὸ καλάθι της, τὸ ὁποῖον εἶχεν ἀποθέσει καταγῆς, καὶ ἀπεμακρύνθη δύο βήματα.

Τὰ δύο μικρὰ πλάσματα ἤσπαιρον μέσα εἰς τὸ νερόν. Ἡ μικρὰ εἶχε βυθισθῆ ἤδη. Ἡ μεγαλυτέρα ἐπάλαιε.

Μετ᾽ ὀλίγα δευτερόλεπτα, ἡ γραῖα ἤκουσεν ὄπισθέν της κρότον θύρας ἀνοιγομένης, καὶ ἀσθενῆ φωνήν.

Ἐστράφη. Ἡ θύρα τῆς καλύβης εἶχεν ἀνοιχθῆ. Ἡ ἄρρωστη γυνή, ἡ μήτηρ τῶν δύο κορασίων, ὠχρά, καὶ τυλιγμένη μὲ μαλλίνην σινδόνα, ὁμοία μὲ φάντασμα, ἵστατο εἰς τὸ χάσμα τῆς θύρας.

— Τί εἶναι; εἶπε μετὰ τρόμου ἡ πάσχουσα γυνή.

Τότε ἡ Φραγκογιαννού, μὲ μεγάλην ἑτοιμότητα, καθὼς ἵστατο ὀρθία, δύο βήματα πρὸς τὴν στέρναν, ἔρριψε τὸ καλάθι της κάτω, τὸ ὁποῖον εἶχεν ἀναλάβει ἀρτίως, καὶ ἄρχισε νὰ τρέχῃ, νὰ πηδᾷ, καὶ νὰ φωνάζῃ:

— Τὰ κορίτσια!... Τὰ κορίτσια!... Πέσανε μέσα!... Κοίταξε!... Δὲν ἔχετε τὸ νοῦ σας, χριστιανοί;... Πῶς κάμανε;... Καὶ τ᾽ ἀφήνετε μοναχά τους, κοντὰ στὴν στέρνα, νερὸ γεμάτη!... Καλὰ ποὺ βρέθηκα!... Νά, τώρα πέρασα κ᾽ ἐγώ... Ὁ Θεὸς μ᾽ ἔστειλε!

Κ᾽ ἐν τῷ ἅμα κύψασα, καὶ ἀφαιρέσασα ἐν ἀκαρεῖ τὴν φουστάνα της, μείνασα μὲ τὴν λεγομένην «μαλλίναν», τὴν ἐν εἴδει μεσοφορίου, ἀπορρίπτουσα τὰς πατημένας χονδρὰς ἐμβάδας, μείνασα μὲ τὰς κάλτσας τὰς τρυπημένας εἰς τὴν πτέρναν, ἐρρίφθη βαρεῖα, μετὰ πατάγου μέσα εἰς τὸ νερὸν τῆς στέρνας.

Ἡ γυνὴ ἡ ἄρρωστη εἶχεν ἀφήσει βραχνὴν κραυγήν, κ᾽ ἔτρεξε νὰ κατέλθῃ τὰ δύο ἢ τρία λίθινα σκαλοπάτια τῆς εἰσόδου, παραπατοῦσα καὶ μόλις δυναμένη νὰ βαδίζῃ ἐκ τῆς ἀδυναμίας. Πρὶν αὕτη φθάσῃ πλησίον τῆς στέρνας, ἡ Γιαννοὺ εἶχε πιάσει τὸ μικρότερον κοράσιον, τὸ ὁποῖον τῆς ἐφαίνετο μᾶλλον πνιγμένον ἤδη, καὶ τὸ ἔσυρε βραδέως πρὸς τὰ ἔξω, μὲ τὴν κεφαλὴν πάντοτε ἐπίστομα εἰς τὸ νερόν. Εἶτα σηκώσασα τὸ μικρὸν σῶμα, ἀφοῦ ἀπέθεσε τοῦτο ἐπὶ τῆς λιθίνης κρηπίδος, ἔκυψε κ᾽ ἔπιασε τὴν ἄλλην κορασίδα, τὴν μεγαλυτέραν. Τὴν ἔδραξεν ἀπὸ τὸ κράσπεδον τοῦ φορέματός της, καὶ ἀπὸ τὸν ἕνα πόδα, κ᾽ ἐνῷ ἐτράβα πρὸς τὰ ἄνω τὸ σῶμα, ἡ κεφαλὴ ἔμενε κάτω, ὅσον τὸ δυνατὸν μακροτέραν ὥραν ἐντὸς τοῦ νεροῦ.

Τέλος ἡ μήτηρ εἶχε φθάσει πλησίον τῆς σκηνῆς, καὶ ἡ Φραγκογιαννοὺ ἔσυρεν ἀποφασιστικῶς τὸ σῶμα πρὸς τὰ ἔξω. Ἀπέθηκε τοῦτο πλησίον τοῦ ἄλλου σώματος.

Τὰ δύο μικρὰ πλάσματα ἐφαίνοντο ἀναίσθητα.

Ἡ Φραγκογιαννοὺ μετὰ προσπαθείας, ψάξασα μὲ τοὺς πόδας εἰς τὸ νερόν, ἀνεῦρεν ἐπὶ τῆς μεσημβρινῆς πλευρᾶς τὸ στόμιον τῆς στέρνας, τὸ φραγμένον διὰ πλατείας σανίδος μὲ ὑψηλὴν ὡς κοντάριον λαβήν, καὶ πατήσασα τὸν ἕνα πόδα ἐπὶ τῆς ἐσοχῆς ἐκείνης τοῦ τοίχου ἀνῆλθε μετὰ κόπου εἰς τὴν κρηπῖδα ὅλη στάζουσα.

— Εἶδες! Δὲν τὸ ἐσυλλογίστηκα! ἀνέκραξεν ἐπιδεικτικῶς ἡ Φραγκογιαννού. Τάχα δὲν ἔπρεπε νὰ τραβήξω τὸν κόπανο ἐπάνω, νὰ ξεφράξω τὴ μπούκα, γιὰ ν᾽ ἀδειάσῃ μονομιᾶς ἡ στέρνα, πρὶν πνιγοῦν τὰ κοριτσάκια, τὰ καημένα!

Ἦτο ἀληθές, ἄλλως, ὅτι δὲν τὸ εἶχε σκεφθῆ. Πλὴν ὑπάρχει ὑποκρισία καὶ ἐν τῇ εἰλικρινείᾳ.

Ἡ Φραγκογιαννού ἐτίναξε τὰ κράσπεδα τῶν ἐνδυμάτων της, τὰ διάβροχα, καὶ ῥίπτουσα βλέμμα ἐπὶ τὰ δύο ἀναίσθητα σώματα, ἤρχισεν ἐν βίᾳ καὶ σπουδῇ νὰ λέγῃ:

— Κρέμασμα ἀνάποδα θέλουνε... Χτύπημα μὲ τὸ καλάμι, γιὰ νὰ ξεράσουν μαθές!... Καλὰ ποὺ εἶναι γλυκὸ τὸ νερό... Ποῦ εἶναι ὁ ἄνδρας σου, χριστιανή μου;... Ἔτσι τ᾽ ἀφήνουν, μικρὰ κορίτσια, μοναχά τους, νὰ παίζουν μὲ τὸ νερὸ τῆς στέρνας;... Καλὰ ποὺ ἦρθα! Ὁ Θεὸς μ᾽ ἔστειλε... Ἀπὸ τὸν Ἀνάγυρο ἔρχομαι, ἀπ᾽ τὸν ἐλιώνα... Καλὰ ποὺ ἦτον ἡ πόρτα τοῦ μπαχτσὲ ἀνοικτή!... Ποῦ ᾽ναι ὁ ἄνδρας σου; Ποῦ ᾽ν᾽ τος; Ὅ,τι μπῆκα ἀπ᾽ τὴν πόρτα, ἀκούω μπλούμ! Τρέχω... Τί νὰ ἰδῶ! Δὲν πρόφθασα... Οὔτε ἤξευρα πῶς εἶσ᾽ ἐδῶ. Σὲ εἶχα στὸ χωριὸ πῶς βρίσκεσαι... Εἶχα μάθει πῶς ἤσουν ἄρρωστη... Τὴν τρομάρα ποὺ πῆρα!... Τώρα, κρέμασμα ἀνάποδα, καὶ γλήγορα... Δὲν πιστεύω νὰ εἶναι καλὰ πνιγμένα... Ποῦ ᾽ναί... τος ὁ ἄνδρας σου; Ποῦ ᾽ν᾽ τος;

Καὶ δράξασα μετὰ βίας τὸ ἓν σῶμα, τὸ μικρότερον, περὶ τοῦ ὁποίου ἦτο σχεδὸν βεβαία ὅτι ἦτο νεκρὸν ἤδη, τὸ μετέφερε πλησίον ἑνὸς δένδρου, διὰ νὰ τὸ κρεμάσῃ ἀνάποδα, ὡς ἔλεγε.

—Ποῦ εἶν᾽ ἕνα σκοινάκι;... Νά, βλέπω ἕνα σπάγγον μὲ καλαμιά! Καλά, θὰ χρειαστῇ.

Ἔνευεν ἀνυπομόνως εἰς τὴν ἄρρωστην γυναῖκα, νὰ τῆς φέρῃ πλησίον τὴν καλαμιά, μὲ τὴν ὁποίαν ἔπαιζαν πρὸ μικροῦ αἱ δύο κορασίδες.

Ἡ γυνή, ζαλισμένη, παραλογισμένη, συμπλέκουσα τὰς χεῖρας ἐν ἀπορίᾳ, ἐν τρόμῳ, ἐν ἀγωνίᾳ, μὲ ἀσθενῆ φωνὴν εἶπε:

—Μὰ ποῦ ΄ναι ὁ πατέρας τους;

—Ἐμένα ρωτᾷς; εἶπεν ἡ Γιαννού.

— Δὲν φωνάζεις;... Δὲν μπορῶ νὰ σκούξω, δὲν ἔχω καρδίτσα, χριστιανή μου... Ἴσως νὰ εἶναι ἀποκάτω, στὸ χωράφι.

Ἡ Φραγκογιαννού, ἀποθέσασα πρὸς ὥραν τὸ μικρὸν σῶμα καταγῆς, εἶχε τρέξει δύο βήματα, καὶ λύσει τὴν καλαμιὰν μὲ τὸν σπάγγον, κ᾽ ἐπροσπάθει νὰ τὸν λύσῃ ἢ τὸν κόψῃ, ὅπως δέσῃ δι᾽ αὐτοῦ τοὺς πόδας τῆς μικρᾶς πνιγμένης εἰς τὸν κλῶνα τῆς κερασέας, καὶ κρεμάσῃ τὸ σῶμα κατὰ κεφαλῆς.

Συγχρόνως, ἀπαντῶσα εἰς τὴν ἐπίκλησιν τῆς γυναικός, ἐφώναξε μὲ ἀγρίαν, ἀλλόκοτον φωνήν:

— Γιάννη!... Γιάννη!

Ἡ κραυγὴ ἀντήχησεν ἀνὰ τὴν κοιλάδα. Ἀλλ᾽ ὁ Γιάννης δὲν ἐφαίνετο. Ἡ Γιαννού ἔδεσε τοὺς πόδας τῆς μικρᾶς, κ᾽ ἐπροσπάθει νὰ τὴν κρεμάσῃ, συγχρόνως δὲ ἐπανέλαβε τὴν κραυγήν της:

— Γιάννη !... Ποῦ εἶσαι;... Ἔλα!... Τὰ κορίτσια πέσανε μὲς στὴν στέρνα!...

«Καλύτερα ποὺ ἀργεῖ», ἔλεγε μέσα της.

— Δὲν ἀκούει, θὰ πῶ, αὐτὸς ὁ χριστιανός; Τόσο ταμάχι, στὴ δουλειά! Τώρα νύκτωσε πλιά... Γιάννη! Γιάννη!...

Συγχρόνως συνησθάνθη ὅτι σχεδὸν ἐπροδίδετο, καθότι ἡ γυνὴ ῥητῶς δὲν τῆς εἶχεν εἰπεῖ ὅτι ὁ Γιάννης εἰργάζετο στὸ χωράφι, ἀλλὰ μόνον ἡ ἰδία τὸν εἶχεν ἰδεῖ, καὶ ἂν τῆς τὸ εἶπέ τις, ἡ πνιγεῖσα παιδίσκη τῆς τὸ εἶπεν. Ὅθεν ἐπέφερε:

— Μὰ ποῦ εἶναι;... Στὸ χωράφι, εἶπες; Καὶ τί κάνει;... Ποιὸς νὰ τρέξῃ, χριστιανή μου, ὣς ἐκεῖ;... Σὺ εἶσαι ἄρρωστη γυναίκα... Γιάννη!... Ποῦ εἶσαι, Γιάννη;

Τέλος ἠκούσθη φωνή, πέραν τοῦ ἀκρινοῦ φράκτου, ἀπὸ τὴν ἐσχατιὰν ἐρχομένη.

— Τί εἶναι;... Ποιὸς φωνάζει;

— Τρέξε, Γιάννη!... Τὰ κορίτσια πνιγήκανε! ἔκραξε μὲ μέγαν κόπον ἡ ἄρρωστη γυνή.

Μετὰ ἓν λεπτὸν ἔφθασε τρέχων ὁ Γιάννης.

Ἡ Φραγκογιαννοῦ ἐν τῷ μεταξὺ εἶχε κρεμάσει τὸ μικρὸν σῶμα, εἶτα ἐσήκωσε καὶ τὸ σῶμα τὸ ἄλλο, τῆς μεγαλυτέρας παιδίσκης, καὶ τὸ ἐψηλάφει μὲ τὰς δύο χεῖρας, ζητοῦσα νὰ βεβαιωθῇ ἂν ἦτο νεκρὸν ἤδη. Καὶ συγχρόνως ἔρριπτε λοξὸν ὕπουλον βλέμμα πρὸς τὴν δύστηνον μητέρα, τὴν ὠχρὰν καὶ ῥιγοῦσαν ὑπὸ τὴν λευκήν, μαλλίνην σινδόνα της, κ' ἔσεισε τὴν κεφαλήν, ἀκουσίως οἰκτείρουσα τὴν γυναῖκα ἐκείνην.

Ὅταν εἶδε μακρόθεν τὸν πατέρα, τὸν κηπουρόν, νὰ τρέχῃ πρὸς τὰ ἐδῶ, ἐγύρισε τὸ σῶμα μὲ τὴν κεφαλὴν κάτω, καὶ τὸ ἐκράτει προσωρινῶς οὕτω διστάζουσα καὶ ἔντρομος.

— Τί εἶναι;... Τί τρέχει; ἔκραξεν ἐν ἄκρᾳ ἀπορίᾳ ὁ Γιάννης.

— Νά! καλὰ ποὺ βρέθηκα! ἐφώναξε πρὸς τοῦτον ἡ Φραγκογιαννού... Ἠρχόμουν ἀπὸ τὸν Ἀνάγυρο, μὲ τὸ κοφίνι μου. Ἔλεγα νὰ σοῦ δώσω κανένα βότανο, ἀπ᾽ αὐτὰ ποὺ μάζωξα σήμερα στὸ ρέμα, γιὰ νὰ κάμετε ματζούνι γιὰ τὴν γυναῖκά σου!... ἐπειδὴ εἶχα μάθει πὼς ἦτον ἄρρωστη... Καλὰ ποὺ βρέθηκε ἡ πόρτα ἀνοιχτή!... Μπαίνω μέσα... Ἀκούω, μπλούμ! τὴν τρομάρα ποὺ πῆρα! Τὰ δυὸ κορίτσια, καθὼς ἔπαιζαν μὲ τὴν καλαμιά, ἔπεσαν στὴ στέρνα... Κατὰ πῶς φαίνεται, ὅσο μπόρεσα νὰ καταλάβω, εἶχαν πιάσει καυγὰ ποιὰ νὰ κρατῇ τὴν καλαμιά, γιὰ νὰ βγάλῃ τάχα τὰ ψάρια... Ἡ μικρὴ ἤθελε ν᾽ ἁρπάξῃ τὴν καλαμιὰ ἀπ᾽ τὴ μεγάλη... Σπρώχνοντας ἡ μεγάλη τὴ μικρή, τὴν ἔρριξε μὲς στὸ νερό, καὶ πιάνοντας ἡ μικρὴ τὴ μεγάλη, κατὰ πῶς φαίνεται, τὴν ἐτράβηξε μαζί της μὲς στὴ στέρνα. (Ἡ Φραγκογιαννοὺ εἶχε αὐτοσχεδιάσει τὴν ἑρμηνείαν ταύτην ἐκ τοῦ προχείρου, καὶ ἐξ ἐμπνεύσεως.) Ἄχ! τὴν τρομάρα ποὺ πῆρα! Ἀκούω ἕνα μπλούμ! Καλὰ ποὺ βρέθηκα! Ὁ Θεὸς μ᾽ ἔστειλε... Ἀμμή, ἔτσι ἀφήνουνε, χριστιανοί μου, μικρὰ κορίτσια, νὰ παίζουν μοναχά τους κοντὰ στὴ στέρνα, γεμάτη νερό!...

Ὁ Γιάννης, ἰδὼν τὰ δύο ἀναίσθητα σώματα εἰς τὰς ὠχρὰς ἀκτῖνας τῆς ἀμφιλύκης, τραβῶν τὰ μαλλιά του, δάκνων τοὺς ἁρμοὺς τῶν δακτύλων του, ἀπήντησεν:

— Ὤ!... τί ἁμαρτίες!... ἔχεις δίκιο, χριστιανή μου! Ἄχ!... καὶ τί ἦτον αὐτό!... Κ᾽ ἐγὼ ἤμουν κάτω στὸ χωράφι, κ᾽ ἔβγαζα τὰ χορτάρια... καὶ δὲν μποροῦσα νὰ ἡσυχάσω, τὸ ἔρμο!... Ἕνα σαράκι μ᾽ ἔτρωγε!... Καὶ δὲν ἐσυλλογίστηκα πὼς ἡ στέρνα ἦτον γεμάτη. Κ᾽ εἶχα ἕνα φόβο, μιὰν ὑποψία... ἔλεγα ν᾽ ἀφήσω τὸ βοτάνισμα, νὰ 'ρθω, νὰ τρέξω, στὸν μπαχτσὲ πίσω... Κ᾽ ἔλεγα, ὁ ἐξαποδῶ κάτι μοῦ σκαρώνει, κάτι μοῦ μαγειρεύει... Καὶ δὲ μοῦ 'κανε καρδιά, ν' ἀφήσω τὴ δουλειά, τὸ ἔρμο! Ὤχ! δίκιο ἔχεις, ὅ,τι καὶ νὰ πῆς, χριστιανή μου. Ἄχ! ἄχ! τί ἁμαρτίες;

Καὶ ἐν πολλῇ ἀγωνίᾳ, ὁ κηπουρὸς συνειργάσθη εἰς τὰ πρόχειρα ἐναντίον τοῦ πνιγμοῦ μέσα, τὰ ὁποῖα συνίστα ἡ πολύπειρος Φραγκογιαννοῦ.

Ἡ γραῖα Χαδούλα ἐξ ἀνάγκης ἔμεινε καθ' ὅλην ἐκείνην τὴν νύκτα εἰς τὴν καλύβην, ὅπου ἐδοκίμασεν ὅλα τὰ σπάνια καὶ ἀπερίγραπτα συναισθήματα τῆς φόνισσας μεταβαλλομένης αἴφνης εἰς ἰάτρισσαν τῶν ἰδίων θυμάτων της. Μὲ ὅλα τὰ κρεμάσματα καὶ τὰς ἐντριβάς, τὰ ὁποῖα ἐφήρμοσεν αὕτη, τὰ δύο κοράσια ἀπέθαναν. Τὸ πρωὶ ἔτρεξεν ὁ Γιάννης εἰς τὴν πολίχνην διὰ νὰ δώσῃ εἴδησιν εἰς τὰς ἀρχάς, ἐνῷ ἡ Φραγκογιαννοῦ μείνασα ὀπίσω ἐσυντρόφευε τὴν ἄρρωστην μητέρα, κλαίουσαν καὶ ὀδυρομένην, ἐξασκοῦσα καὶ τὸ ἔργον τῆς παρηγορητρίας, σιμὰ εἰς τὸ ἐπάγγελμα τῆς ἰάτρισσας.

Ὁ εἰρηνοδίκης καὶ ὁ «ἐκπληρῶν τ' ἀστυνομικὰ» πάρεδρος ἦλθον ἐπὶ τόπου. Ἡ Φραγκογιαννοῦ ἀνακρινομένη διηγήθη τὴν χθεσινὴν ἐκδρομήν της, καὶ τὴν τυχαίαν διέλευσίν της ἀπὸ τὸν λαχανόκηπον. Εἶτα ἐπανέλαβε σχεδὸν κατὰ λέξιν ὅσα εἶχεν εἰπεῖ εἰς τὸν πατέρα τῶν δύο κορασίων: «Ἡ μικρότερη ἤθελε ν' ἁρπάξῃ τὴν καλαμιὰ ἀπ' τὴν μεγαλύτερη. Σπρώχνοντας ἡ μεγάλη τὴν μικρὴ τὴν ἔρριξε μέσα στὸ νερό, καὶ πιάνοντας ἡ μικρὴ τὴν μεγάλη, κατὰ πῶς φαίνεται, τὴν ἐτράβηξε μαζί της μὲς στὴ στέρνα». Ταῦτα ἐξέφερε μᾶλλον ὡς συμπερασμοὺς ἡ ἀνακρινομένη· διότι μόλις ἐπάτησε τὸ κατώφλιον τῆς θύρας, ἔλεγε, κι ἄκουσε ἕνα μπλούμ! καὶ δὲν ἐπρόφθασε νὰ προλάβῃ τὴν καταστροφήν, μόνον ἐπῆρε «μεγάλη τρομάρα».

Ὁ παρεπιδημῶν ἰατρός, κ. Μ., ἦλθεν, εἶδε τὰ πτώματα καὶ συνέταξε τὴν ἔκθεσίν του· ἀπεφάνθη ὅτι τὰ δύο κοράσια ἐπνίγησαν ἐκ πτώσεως εἰς τὸ ὕδωρ.

Οὐδεμία ἔνδειξις οὔτε ὑποψία ὑπῆρχε κατὰ τῆς Φραγκογιαννοῦς. Τὰ δύο μικρὰ πλάσματα τὰ ἐδιάβασεν εἷς ἱερεὺς ἐλθών, εἰς τὸν ναΐσκον τοῦ Ἁγ. Ἀντωνίου, καὶ τὰ ἔθαψαν ἐκεῖ ἔξω, μεταξὺ σχοίνων καὶ θάμνων, πλησίον εἰς τὴν βορείαν πλευρὰν τοῦ ναΐσκου.

Ι´

Παρῆλθον αἱ ἑορταὶ τοῦ Πάσχα. Τὴν ἑβδομάδα τοῦ Θωμᾶ, ἡ γραῖα Χαδούλα, βοηθουμένη ἀπὸ τὴν μικρὰν κόρην της, τὴν Κρινιώ, ἔπλυνεν ἐντὸς τῆς εὐρείας αὐλῆς τοῦ κὺρ Ἀλεξάνδρου τοῦ Ροσμαῆ, γέροντος προκρίτου, ὅστις ἦτο σύντεκνός της, καὶ τῆς εἶχε βαπτίσει σχεδὸν ὅλα τὰ τέκνα. Εἰς τὸ ὑπόστεγον μέρος τῆς αὐλῆς τὸ καλούμενον λαδαρειό, δίπλα εἰς τὴν πελωρίαν ξυλίνην καρούταν, ὁμοιάζουσαν πολὺ μὲ τὴν Κιβωτὸν τοῦ Νῶε, ὅπως τὴν ζωγραφίζουν, πλησίον εἰς τὸ φρέαρ, καὶ ὅπου ἡ ἀναθάλλουσα τεραστία μορέα ἐξέτεινε τοὺς μεγάλους καταπρασίνους κλῶνάς της, ὡς χιαστὴν εὐλογίαν διδομένην σταυροειδῶς εἰς ἀξίους καὶ ἀναξίους, ὁ μικρὸς κῆπος φραγμένος μὲ δρύφακτα ἐξεδίπλωνε πολύχρωμα μεθυστικὰ ἄνθη εἰς δρόσον γλυκασμοῦ καὶ τρυφὴν ὀμμάτων δι᾽ ὅλα τοῦ Θεοῦ τὰ πλάσματα· δίπλα εἰς τὴν μικρὰν κάμινον μὲ τὴν κτιστὴν στέρναν τῶν στεμφύλων, εἶχεν ἡ Φραγκογιαννοῦ τὴν μεγάλην, βαθεῖαν σκάφην της, παραπλεύρως ταύτης ἄλλην σκάφην ἡ Κρινιώ, καὶ ἀκούραστοι αἱ δύο ἀπὸ δύο ἡμερῶν ἔπλυνον, ἐμπουγάδιαζαν, ἐξέβγαιναν, ἅπλωναν, ἐστέγνωναν, ἐμάζευαν, καὶ ἀκόμα δὲν εἶχον τελειώσει τὴν καλήν των ἐργασίαν.

Τὴν δευτέραν ἡμέραν ἡ Φραγκογιαννοῦ εἶχεν ἐνοχληθῆ μεγάλως ἀπὸ τὰ τρεξίματα, τοὺς θορύβους, καὶ τὰ καμώματα ἑνὸς σμήνους μικρῶν παιδίων καὶ κορασίων, τὰ ὁποῖα εἰσήλαυνον ἐντὸς τῆς αὐλῆς κ᾽ ἐθορύβουν. Σχεδὸν ὅλα τὰ παιδιὰ τῆς γειτονιᾶς, δέκα ἢ δεκαπέντε τὸν ἀριθμόν, εἰσέβαλλον εἰς τὴν αὐλήν, ἔτρεχαν ἐδῶ-ἐκεῖ, ἐχοροπηδοῦσαν, ἐκυνηγοῦντο γύρω γύρω εἰς τὴν καρούταν, ἔπαιζον τὸ κρυφτάκι, ἔκυπταν εἰς τὸ φρέαρ, Νάρκισσοι διὰ νὰ ἰδοῦν τὴν σκιάν των εἰς τὸ ὕδωρ, μὲ κίνδυνον νὰ πέσουν μέσα, ἐξέβαλλον μεγάλας, ἀνάρθρους φωνάς, ὡς Ἠχοί, θυγάτρια κρυπτόμενα ὄπισθεν τῆς καρούτας, εἰς τὰ σκοτεινὰ στενώματα, ὅπου τὰ ἔθελγεν ὁ παιγνιώδης φόβος — καὶ ὅλα ταῦτα μὲ μεγάλην παιδικὴν ἀδιακρισίαν καὶ φορτικότητα, μὴ ἀφήνοντα τὴν φίλεργον γραῖαν καὶ τὴν κόρην της νὰ κάμουν ἥσυχαι τὴν ἐργασίαν των.

Δύο πύλας εἶχεν ἡ εὐρεῖα αὐλή, τὴν μεγάλην καὶ τὴν μικράν. Καὶ τὰς δύο τὰς εἶχε κλείσει ἐπανειλημμένως ἡ Γιαννοῦ μὲ τὸν μοχλόν, ἢ μὲ τὸ μάνδαλον, ἐλπίζουσα νὰ εὕρη ἡσυχίαν· κ᾽ αἱ δύο εὑρίσκοντο μετ᾽ ὀλίγον ἀνοικταὶ ἑκάστοτε· τοῦτο διότι καὶ οἱ ἔνοικοι ἐλάμβανον συχνὰ ἀνάγκην νὰ εἰσέλθουν ἢ νὰ ἐξέλθουν, καὶ ἄλλοι ἐκτὸς τῶν παιδίων ἔξωθεν ἤρχοντο, συγγενεῖς ἢ φίλοι τῆς οἰκίας. Ἔκαμε παραστάσεις εἰς τὴν σεβασμίαν γερόντισσαν, τὴν οἰκοκυράν, ἥτις ἐπανειλημμένως ἐμάλωσε τὰ παιδία, ὅλως ἀλυσιτελῶς. Παρεπονέθη εἰς δύο γειτόνισσες, μητέρας τινῶν ἐκ τῶν θορυβούντων παιδίων. Αὗται τῆς ἀπήντησαν ὅτι «νὰ κοιτάζη τὴ δουλειά της, καὶ νὰ μὴν κάνη κουμάντο σὲ ξένο βιό».

Κοντὰ τὸ μεσημέρι, ἡ Γιαννοῦ ἔστειλε τὴν Κρινιὼ στὸ σπίτι, διὰ νὰ φέρη ψωμὶ καὶ φάβα, τὴν ὁποίαν εἶχεν εἰπῆ ὅτι θὰ ἔβραζεν ἡ Ἀμέρσα —ἥτις εἶχε πάντοτε τὸν ἐργαλειόν της εἰς τὸ σπίτι, καὶ δὲν συνήθιζε νὰ λαμβάνῃ μέρος εἰς τὴν πλύσιν καὶ ἄλλας ἐξωτερικὰς ἐργασίας— διὰ νὰ γευματίσουν.

Ἡ Φραγκογιαννοῦ ἔμεινε πρὸς ὥραν μόνη, ἐξακολουθοῦσα νὰ πλύνῃ. Τὴν ὥραν ἐκείνην ὑπῆρχον ἐντὸς τῆς αὐλῆς μόνον δύο ἢ τρία κοράσια, τὰ ὁποῖα δὲν ἐθορύβουν κι αὐτὰ ὀλιγώτερον ἀπὸ τὰ παιδία. Ἀφότου μάλιστα εἶχεν ἰδρυθῆ εἰς τὸ χωρίον σχολεῖον τῶν θηλέων, τὰ κοράσια εἶχον μεγάλως ξυπνήσει. Ἡ κυρὰ δασκάλα πολλὰ γράμματα δὲν τὰ ἐδίδασκεν, ἀκόμη ὀλιγώτερα χειροτεχνήματα, ἀλλὰ μόνον τὰ ἐμάνθανε «νὰ λάβουν θάρρος» καὶ νὰ μὴν κάνουν «σὰν σκιασμένα» καὶ σὰν «βουνίσια», καὶ ἐκήρυττεν ὅτι ἦτο καιρὸς πλέον νὰ «χειραφετηθῶσιν».

Ἡ Φραγκογιαννοῦ τὰ ἐμάλωσεν ἐπανειλημμένως, ἀλλ᾿ αὐτὰ δὲν ἄκουαν. Τὸ ἓν μάλιστα θυγάτριον, μόλις ἑπτὰ ἐτῶν, τῆς γειτόνισσας τῆς Προπαντίνας, ἡ Ξενούλα, ἄρχισε νὰ περιγελᾷ τὴν γραῖαν μὲ μιμικὰς κινήσεις τῶν χειρῶν καὶ τοῦ στόματος.

Στιγμήν τινα, τὰ δύο ἄλλα κοράσια ἔτρεξαν ἔξω τῆς αὐλῆς, ἡ δὲ Ξενούλα, μείνασα, ἔκυπτεν εἰς τὸ φρέαρ, κ᾿ ἐζητοῦσε, μὲ μίαν βέργαν, νὰ φθάσῃ καὶ ταράξῃ τὸ νερόν. Ἔκυπτεν ἐπιμόνως, ἀλλ᾿ ἡ βέργα ἦτο πολὺ κοντὴ καὶ δὲν ἔφθανε.

—Ἔ! Θέ μου, καὶ νὰ ᾿πεφτες μέσα, Ξενούλα! εἶπε μὲ ἀλλόκοτον γέλωτα ἡ Φραγκογιαννοῦ. Τί λευθεριὰ θὰ ᾿κανες τῆς μάννας σου!

—Ἔ! Σέ μου, τσαὶ νά ᾿μπεμπες μπέσα! ἐμιμήθη παρῳδοῦσα τὴν φωνὴν ἡ Ξενούλα! Τσὶ λελυγιὰ τσάκαλες τσῆ μπάμιας σου!

Εἶχεν ἀνασηκωθῆ ὀλίγον, καὶ πάλιν ἔκυψε βαθύτερον ἢ πρίν.

Τὸ στόμιον τοῦ πηγαδιοῦ, τετράγωνον, ἦτο φραγμένον μὲ σανίδας ἀνίσου πλάτους, ὥστε αἱ πλευραὶ δὲν εἶχον τὸ αὐτὸ ὕψος. Ἡ μικρὰ σανίς, ἐφ᾿ ἧς ἔκυπτεν ἡ Ξενούλα, ἦτο χαμηλοτέρα τῶν ἄλλων τριῶν, φθαρμένη, ὀλισθηρά, φαγωμένη ἀπὸ τὴν προστριβὴν τοῦ σχοινίου τοῦ κουβᾶ, δι᾽ οὗ ἤντλουν ὕδωρ, μὲ σκουριασμένα καρφία, σαπρὰ καὶ κινουμένη. Καθὼς ἔκυψεν ἡ παιδίσκη, ἐστηρίχθη ὅλη, μὲ τὸ βάρος τοῦ σώματος ἐπὶ τῆς ἀριστερᾶς χειρός, ἐπάνω εἰς αὐτὴν τὴν σανίδα, ἐγλίστρησεν, ἡ σανὶς ἐνέδωκεν, ἐξεκόλλησεν ἀπὸ τὴν μίαν ἄκραν, καὶ ἡ Ξενούλα ἔπεσε κατακέφαλα μέσα εἰς τὸ χάσκον στόμα τοῦ φρέατος. Ἠκούσθη πνιγμένη κραυγή, κτύπος, καὶ εἶτα μέγας παταγισμὸς εἰς τὸ ὕδωρ.

Ἡ ἐπιφάνεια τοῦ νεροῦ ἦτο μίαν καὶ ἡμίσειαν ὀργυιὰν κάτω τοῦ στομίου, τὸ δὲ βάθος τοῦ νεροῦ πρέπει νὰ ἦτο μιᾶς ὀργυιᾶς.

Ἐξ ἐμφύτου ὁρμῆς, ἡ Φραγκογιαννοῦ ἠθέλησε νὰ φωνάξῃ καὶ νὰ τρέξῃ εἰς βοήθειαν. Ἀλλὰ τὴν μὲν κραυγήν της ἡ ἰδία ἔπνιξεν εἰς τὸν λάρυγγα, πρὶν τὴν ἐκβάλῃ, αἱ δὲ κινήσεις παρέλυσαν καὶ τὸ σῶμά της ἐπάγωσεν. Ἀλλόκοτος στοχασμὸς τῆς ἐπῆλθεν εἰς τὸν νοῦν. Ἰδοὺ ὅτι μόλις σχεδὸν ὡς ἀστεϊσμὸν εἶχεν ἐκφέρει τὴν εὐχήν, νὰ ἔπιπτεν ἡ παιδίσκη μέσα στὸ πηγάδι, καὶ ἰδοὺ ἔγινεν! Ἄρα ὁ Θεὸς (ἐτόλμα νὰ τὸ σκεφθῇ;) εἰσήκουσε τὴν εὐχήν της, καὶ δὲν ἦτο ἀνάγκη νὰ ἐπιβάλῃ πλέον χεῖρας, ἀλλὰ μόνον ἤρκει νὰ ηὔχετο, καὶ ἡ εὐχή της εἰσηκούετο.

Μετὰ μίαν στιγμήν, ἔλαβεν ἀπόφασιν νὰ ἔλθῃ μέχρι τοῦ στομίου τοῦ φρέατος, νὰ κύψῃ καὶ νὰ ἰδῇ εἰς τὸ βάθος. Εἶδε τὴν ἀγωνίαν τῆς μικρᾶς κόρης, ἀσπαιρούσης μέσα εἰς τὸ νερόν, εἶπε καθ᾽ ἑαυτὴν ὅτι, καὶ ἂν ἤθελε, δὲν θὰ ἠδύνατο νὰ τὴν σώσῃ. Ἀλλὰ βεβαίως, ἂν ἐπνίγετο... αὐτὴν θὰ κατηγόρουν! Νὰ κράξῃ τώρα βοήθειαν, ἦτο ἀργά. Ἀργὰ ἴσως θὰ ἦτο διὰ νὰ σωθῇ ἡ μικρά, ἀλλὰ πιθανῶς δὲν θὰ ἦτο ἀργὰ διὰ νὰ δείξῃ αὐτὴ τὴν ἀθῳότητά της. Καὶ ὅμως δὲν ἀπεφάσισε νὰ κράξῃ. Καλύτερον θὰ ἦτο, ἂν ἀμέσως τὸ εἶχε κάμει. Ἀλλ᾽ ὁποία κακὴ τύχη! Πῶς τὴν ἐπαίδευεν ἡ ἁμαρτία! Ἂν ἦτον τώρα ἡ Κρινιὼ ἐδῶ, πόσον εὐκταῖον θὰ ἦτο! Ἐκείνη βεβαίως θὰ ἦτον ἱκανὴ νὰ κατέλθῃ ξυπόλυτη εἰς τὸ νερόν —διότι τὸ πηγάδι, ὅπως συνήθως συμβαίνει, εἶχε πατήματα εἰς τοὺς ἐσωτερικοὺς τοίχους, ἐσοχὰς ἐντὸς τοῦ κτιρίου τῶν λίθων, ἂν καὶ ἴσως πολὺ ἐπικινδύνους καὶ ὀλισθηράς— καὶ πιθανὸν ἦτο νὰ κατώρθωνεν ἡ Κρινιὼ νὰ σώσῃ τὴν μικρὰν κορασίδα. Τώρα ὅμως ἦτο ἀπελπισία καὶ θάνατος!

Εἰς αὐτὰς τὰς στιγμάς, ἡ Φραγκογιαννοὺ εἶχε λησμονήσει τὴν πρώτην ἰδέαν της — ὅτι ὁ Θεὸς ἠθέλησε νὰ εἰσακουσθῇ ἡ εὐχὴ της καὶ νὰ πνιγῇ ἡ παιδίσκη. Εἶτα εὐθὺς πάλιν ὁ λογισμὸς οὗτος τῆς ἐπανῆλθεν εἰς τὸν νοῦν — καὶ ἀκουσίως ἐγέλασε πικρὸν γέλωτα.

Ἐν ῥιπῇ ὀφθαλμοῦ ἀπεφάσισε τί ἔπρεπε νὰ κάμῃ.

«Ἂς πάω στὸ σπίτι, εἶπε μέσα της. Θὰ προφασισθῶ, ἐπειδὴ τὸ Κρινιὼ ἀργεῖ νὰ ἔλθῃ —ἴσως νὰ μὴν εἶν᾽ ἕτοιμο τὸ φαΐ— πῶς πείνασα τάχα πολύ, κ᾽ ἐπροτίμησα νὰ φᾶμε ὅλοι στὸ σπίτι, γιὰ νὰ βγάλω ἀπ᾽ τὸν κόπο καὶ τὸ Κρινιώ, νὰ κουβαλᾷ». Καὶ ἐν ἀκαρεῖ, ἀφοῦ ἐτοποθέτησε τὴν σκάφην μὲ ὅσα ροῦχα εἶχε μισοπλυμένα ἀκόμη ὄπισθεν τῆς καρούτας, εἰς μέγα ξύλινον ἀμπάριον, τὸ ὁποῖον ἐκλείδωσε, κ᾽ ἔβαλε τὸ κλειδίον στὴν τσέπην της, ἐξῆλθε τρέχουσα ἀπὸ τὴν αὐλήν, διὰ τῆς μικρᾶς πύλης, τὴν ἔκλεισεν ἔξωθεν μὲ τὸ μάνδαλον, καὶ ἀπῆλθεν.

ΙΑ΄

Ἀφοῦ τὸ σῶμα τῆς Ξενούλας ἀνεσύρθη ἀπὸ τὸ φρέαρ, πνιγμένον καὶ νεκρόν, ἡ γραῖα Χαδούλα δὲν ἦτο πλέον ἥσυχη, κρυερὸς φόβος ἤρχισε νὰ τὴν κατατρύχῃ... Ἔλεγεν ὅτι τώρα, ἂν καὶ δὲν ἔπταιε, δὲν θὰ ἐγλύτωνε πλέον.

Αλέξανδρος Παπαδιαμάντης, Η Φόνισσα

Τῷ ὄντι, ἡ ἐξουσία εἶχεν ἀρχίσει νὰ συλλαμβάνῃ ὑποψίας. Ἡ σύμπτωσις ὅτι ἡ γραῖα ἐκείνη εἶχεν εὑρεθῆ δευτεραγωνιστοῦσα εἰς τὸν πνιγμὸν τῶν δύο κορασίων τοῦ Γιάννη τοῦ Περιβολᾶ, εἰς τῆς Μαμοῦς τὸ ῥέμα ὅπου ὅλη ἡ ὑπόθεσις, καίτοι δὲν προέκυψαν στοιχεῖα ἐνοχῆς ἢ καὶ νύξεις πρὸς ὑποψίαν, εἶχέ ⟨τι⟩ τὸ παράδοξον καὶ τὸ ἀλλόκοτον, καὶ ὅτι αὐτὴ πάλιν ἡ γραῖα εὑρίσκετο εἰς τὴν αὐλὴν τοῦ γέροντος Ροσμαῆ, κατὰ τὰς ὥρας περίπου ὅτε ἐπνίγετο εἰς τὸ φρέαρ ἡ μικρὰ Ξενούλα, ἡ θυγάτηρ τοῦ Προπαντῆ, παρεῖχε νύξεις τινὰς ὑποψίας εἰς τὸν εἰρηνοδίκην, ὅστις ἐπέσυρε τὴν προσοχὴν τοῦ παρέδρου, τοῦ «ἐκπληροῦντος τ᾽ ἀστυνομικά». Καὶ τότε ὁ πάρεδρος, ὅστις ὡς δημόσιος κατήγορος περιωρίζετο μόνον ν᾽ ἀγορεύῃ κατὰ τὰς συνεδριάσεις τῶν ποινικῶν, λέγων: «Κατὰ τς μαρτυρίες ποὺ εἶπαν οἱ μαρτύροι, φαίνεται νὰ ἔκαμε, ἢ φαίνεται νὰ μὴν ἔκαμε τὴν πρᾶξιν», ὅλον δὲ τὸν ἄλλον καιρὸν δὲν ἐλάμβανεν ἀφορμὴν ν᾽ ἀναπτύξῃ τὴν δραστηριότητά του ἢ νὰ τροχίσῃ τὴν γλῶσσάν του, ἁπλῶς ἀπήντησεν ὅτι «ἀφοῦ ἔτσι τὸ λέει ὁ εἰρηνοδίκης, ἔτσι θὰ εἶναι, κ᾽ ἔτσι μοῦ φαίνεται». Καὶ τότε οἱ δύο ἀπεφάσισαν ν᾽ ἀνακρίνωσιν αὐστηρότερον τὴν Χαδούλαν, χήραν Ἰωάννου Φράγκου, κ᾽ ἐν ἀνάγκῃ νὰ τὴν προσωποκρατήσωσι.

Κατὰ τὴν πρώτην ἀνάκρισιν, ἥτις εἶχε γίνει ἐπὶ ποδὸς κ᾽ ἐπιτοπίως —τότε ὁ εἰρηνοδίκης καὶ ὁ ἀστυνόμος δὲν εἶχον συλλάβει ἀκόμη ῥητὰς ὑποψίας, ἢ δὲν τὰς εἶχον ἀνακοινώσει πρὸς ἀλλήλους (ὁπότε διὰ τῆς συνεπινεύσεως τοῦ ἑνὸς ἡ πεποίθησις τοῦ ἄλλου, ὡς πάντοτε συμβαίνει, ἐδεκαπλασιάζετο)— ἡ Φραγκογιαννοῦ ἐν ἀταραξίᾳ εἶχε καταθέσει τὰ γνωστὰ ἤδη γεγονότα, ἄνευ τῆς ἐσωτερικῆς ψυχολογίας των· ὅτι δηλ, αὐτή, ἐκεῖ ποὺ ἔπλυνε, «σὰν ἀπέρασε τὸ μεσημέρι, κ᾽ ἐπείνασε, κ᾽ ἡ κόρη της ἡ Κρινιὼ εἶχεν ὑπάγει στὸ σπίτι νὰ φέρῃ τὸ φαΐ, καὶ σὰν ἀργοῦσε, κι αὐτὴ εἶχε παραπεινάσει

— καὶ τὴν εἶχαν καταζαλίσει τὸ πλῆθος ἐκεῖνο τὰ παιδιὰ καὶ τὰ κορίτσια, ποὺ ἐχαλνοῦσαν τὸν κόσμον μὲ τὰ παιγνίδια καὶ τὶς ἀταξίες τους μὲς στὴν αὐλή, καὶ γύρω-γύρω στὸ λαδαρειό, καὶ γύρω-τριγύρω στὴν καρούτα, καὶ στὸ πηγάδι σιμά· εἰς τὰς φρονίμους νουθεσίας της αὐτά, κακομαθημένα, τὴν ἐπεριγελοῦσαν καὶ τὴν ἠρέθιζαν, καὶ τὴν ἔκαμνον νὰ χάσῃ τὴν ὑπομονήν —ὅλα τ' ἀνωτέρω ἐπεβεβαίωσε κ' ἡ Κρινιώ, ἡ κόρη της— τότε αὐτή, καταζαλισμένη καὶ μὴ δυναμένη νὰ σταθῇ στὰ πόδια της ἀπ' τὴν πεῖνα, ἀπεφάσισε νὰ ὑπάγῃ στὸ σπίτι, διὰ νὰ φάγουν ὅλοι μαζὶ ἐκεῖ, ν' ἀπαλλάξῃ καὶ τὴν Κρινιὼ ἀπὸ τὸν περισσὸν κόπον τῆς μεταφορᾶς τοῦ φαγητοῦ, κι αὐτὴ νὰ ἡσυχάσῃ πρὸς ὥραν καὶ νὰ ξαποστάσῃ. Ἐξῆλθε λοιπὸν τῆς αὐλῆς, κ' ἔκλεισε τὴν θύραν μὲ τὸ μάνδαλον. Ὅταν, μετὰ τὸ γεῦμα, ὡς μίαν ὥραν ἀργότερα, ἐπέστρεψαν εἰς τὴν αὐλήν, μαζὶ μὲ τὴν Κρινιώ, κατ' ἀρχὰς δὲν ὑπώπτευσαν τίποτε, κ' ἐπανέλαβον τὴν ἐργασίαν των. Ὁ θόρυβος τῶν παιδίων εἶχε κοπάσει πρὸς ὥραν τότε. Ὅταν ὅμως μετ' ὀλίγον ἐχρειάσθη ν' ἀντλήσουν νερὸν ἀπὸ τὸ φρέαρ, τότε τὸ «γιουρδέλι», ἤτοι τὸ ἄντλημα τῆς Κρινιῶς, προσέκρουσεν εἰς στερεὸν σῶμα ἐντὸς τοῦ ὕδατος, κι αὐτὴ ἐν ἐκπλήξει καὶ φόβῳ ἔκραξε τὴν μητέρα της. Τότε αἱ δύο ὁμοῦ ἀνεκάλυψαν τὸ σῶμα τῆς μικρᾶς κόρης ἐπιπλέον, ἢ μᾶλλον βυθισμένον ἤδη ἐντὸς τοῦ ὕδατος».

Ἡ Κρινιὼ ἦτον ἐντελῶς εἰλικρινὴς βεβαιοῦσα τ' ἀνωτέρω. Ὁ εἰρηνοδίκης ἤκουσεν εὐμενῶς τὴν κατάθεσιν ταύτης. Ἀλλ' ὅμως ἔκαμε μορφασμὸν εἰς τὴν μητέρα της. Ἐκεῖνος ὁ μορφασμός —ἐκεῖνα τὰ «μοῦτρα» τοῦ εἰρηνοδίκου— δὲν τῆς ἤρεσαν, τῆς Φραγκογιαννοῦς, ἥτις ἦτο λίαν πεπειραμένη, καὶ τότε μεγάλη ἀγωνία τὴν ἐκυρίευσεν.

Εἰς τὴν οἰκίαν τῆς Τραχήλαινας τῆς κόρης της, ὅπου εὑρίσκετο μικρὸν πρὸ τῆς δύσεως τοῦ ἡλίου, δὲν ἔπαυε νὰ κοιτάζῃ ἀνήσυχος ἀπὸ τὸ παράθυρον. Διεύθυνε τὸ βλέμμα πρὸς τὴν ἰδίαν της μικρὰν οἰκίαν, ἥτις καίτοι μὴ ἀντικρύζουσα, ἀλλὰ πλαγίως κειμένη, ἦτο ὁρατή, ἐπειδὴ ἐξεῖχε πέραν τῶν ὀλίγων μεσολαβουσῶν οἰκιῶν, δύο ἢ τρεῖς πῆχες πρὸς τὸν δρόμον. Ἡ Γιαννού, ἂν καὶ συχνὰ ἐκοίταζε, δὲν ἔβλεπε τίποτε. Ἡ κόρη της ἡ Δελχαρώ, εἶδε τὴν ἀνησυχίαν της, κι ἄρχισε νὰ κοιτάζῃ ὅπως ἡ μήτηρ της, καὶ αὐτή. Τὴν ὥραν τῆς δύσεως τοῦ ἡλίου, αἴφνης μετὰ κρυφίου φόβου τὴν ἔκραξε:

— Μάννα! Μάννα!

— Τί εἶναι;

— Ἔλα νὰ ἰδῇς!

— Τί;

— Δυὸ ταχτικοί στέκονται καὶ κοιτάζουν ἔξω ἀπ᾽ τὴν αὐλή, στὸ σπίτι σας...

Ἡ γραῖα Χαδούλα ἐσηκώθη, καὶ εἶδεν ἐκεῖνο τὸ ὁποῖον ἐφοβεῖτο. Δύο «ταχτικοί», ἤτοι χωροφύλακες, ὅπως εἰς τοὺς χρόνους τοῦ υἱοῦ της, τοῦ Μώρου —ὁπότε οὗτος, πρὸ δεκαπέντε ἐτῶν περίπου εἶχε σύρει ἐκ τῆς κόμης ἐπὶ τοῦ λιθοστρώτου τῆς ὁδοῦ τὴν μητέρα του, καὶ εἶχε μαχαιρώσει τὴν ἀδελφήν του— ἵσταντο παραμονεύοντες, κοιτάζοντες ἀπλήστως πρὸς τὴν οἰκίαν.

Ἡ Φραγκογιαννοὺ εἶδε καὶ ἐπείσθη ὅτι μέγας καὶ ἐπικείμενος κίνδυνος τὴν ἠπείλει.

— Πρέπει νὰ πάρω τὰ βουνά, δυχατέρα! εἶπεν αἴφνης. Ἂν προφτάσω!

— Γιατί, μάννα; εἶπεν ἐν ἀγωνίᾳ ἡ Δελχαρώ.

— Γιατὶ... μὲ γυρεύουν γιὰ νὰ μὲ φυλακώσουν.

—Ἀλήθεια;... Ἐσὺ τὸ ἔρριξες, μάννα, τὸ κορίτσι στὸ πηγάδι;!

—Ὄχι, μάρτυς μου ὁ Θεός!... Αὐτὸ δὲν τὸ ἔκαμα, εἶπεν ἡ Φραγκογιαννού.

— Τότε;...

— Σιώπα!

— Ἡ ἁμαρτία σὲ κυνηγᾷ, μάννα, εἶπε δειλῶς ἡ Δελχαρώ.

— Σιώπα! Μουρλάθηκες; εἶπε βλοσυρὰ ἡ μάννα της, ὑποπτεύσασα ὑπαινιγμόν τινα εἰς τὸν τόνον μεθ᾽ οὗ ὡμίλει ἡ κόρη της.

— Τί νὰ πῶ κ᾽ ἐγώ, ἡ καημένη! εἶπε συμπλέκουσα τὰς χεῖρας ἐν ἀμηχανίᾳ, ἡ Δελχαρώ.

—Ἄ! αὐτὸ μὴν τὸ λές! ὄχι! Δὲν κάνει νὰ τὸ λές!

Καὶ τρομερά, κατῆλθε τὴν σκάλαν νὰ φύγῃ.

— Ποῦ πᾷς, μάννα;

— Στὰ βουνά, σοῦ εἶπα!... Δῶσέ μου λίγο παξιμάδι.

Ἡ Δελχαρώ ἔτρεξε ν᾽ ἀνοίξῃ τὸ ἐρμάριον, κ᾽ ἔλαβεν ἐκεῖθεν ὀλίγα παξιμάδια.

— Δῶσέ μου καὶ τὸ καλάθι μου... κ᾽ ἕνα μαχαιράκι, ἐπανέλαβεν ἐν ἄκρᾳ βίᾳ ἡ Φραγκογιαννού... Βάλε μου κ᾽ ἕνα χράμι μάλλινο μέσα... καὶ τὴ μανδήλα μου... τὰ παλιοτσόκαρά μου... Δῶσέ μου καὶ τὸ ραβδί μου... ψάξε νὰ τὸ βρῇς!

Ἡ Δελχαρώ, ἐν ἄκρᾳ σιγῇ καὶ ὑπομονῇ, ἐπροσπάθει νὰ ἐκτελέσῃ ὅλας τὰς ἑτοιμασίας ταύτας.

—Ποῦ θὰ πᾶς, μάννα; ἐπανέλαβε κλαίουσα. Ὤ! καίετ᾿ ἡ καρδιά μου!

—Μὴν κλαῖς!… Κάπου θὰ κρυφτῶ, σὲ καμμιὰ τρύπα… Ἡσυχία, ἐσεῖς, φρόνιμα! ὣς ποὺ νὰ περάσῃ ἡ ὀργὴ τοῦ Κυρίου!

Καὶ λαβοῦσα τὸ καλάθιον καὶ τὸ ῥαβδίον της, κατῆλθε σιγά. Ἔκαμε τὸν σταυρόν της.

Αἴφνης ἐκοντοστάθη εἰς τὴν τρίτην βαθμίδα τῆς σκάλας, καὶ στραφεῖσα πρὸς τὴν Δελχαρώ, τῆς εἶπε:

—Ξέρεις τί νὰ κάμῃς;… Θὰ πάω ἀπ᾿ τὸν ἀπάνω δρόμο, γιὰ νὰ γλυτώσω, νὰ μὴ μὲ ἰδοῦν, τὰ σκυλιά… Καὶ σύ, αὐτὴν τὴ στιγμή, νὰ τρέξῃς στὸ σπίτι… νὰ καμωθῇς πὼς δὲν τοὺς βλέπεις, τοὺς ταχτικούς… καὶ νὰ φωνάξῃς τῆς Ἀμέρσας ἀποκάτ᾿ ἀπ᾿ τὸ δρόμο: «Ἀμέρσα, εἶναι ἀπάνω ἡ μάννα;»…

…Ὄχι, μὴ λὲς «εἶν᾿ ἀπάνω ἡ μάννα»… μόνο νὰ πῇς: «Ἀμέρσα, πῶς εἶναι ἡ μάννα, εἶναι καλύτερα; ἔχει σηκωθῆ;… Στὸ στρῶμα εἶν᾿ ἀκόμα;» Γιὰ νὰ πιστέψουν πὼς βρίσκομαι ἀπάνω στὸ σπίτι, καὶ πὼς εἶμαι ἄρρωστη… Γιὰ νὰ μὴν ὑποπτευθοῦν τίποτα, καὶ μὲ κυνηγήσουν τὰ σκυλιά!… Τρέξε, γλήγορα!

Εἶτα προσέθηκε:

—Ἔχετε γειά… καὶ καλὴ ἀντάμωση!

Εὐθὺς ὕστερον ἐξῆλθε κ᾿ ἡ Δελχαρώ, τρέχουσα, μ᾿ ἐλαφρὸν βῆμα, καὶ διευθύνθη πρὸς τὴν μητρικήν της οἰκίαν, νὰ ἐκτελέσῃ τὴν ἐντολήν.

Ἡ Φραγκογιαννοῦ ἐπῆρε τὸν ἀπάνω δρόμον, κατὰ τὰ Κοτρώνια, μὲ δρομαῖον βῆμα. Εἰς τὴν τελευταίαν ἀπήχησιν τοῦ «καλὴ ἀντάμωση», τὸ ὁποῖον εὐχήθη εἰς τὴν κόρην της, ἀκουσίως προσέθηκε καθ᾿ ἑαυτὴν μετὰ πικρᾶς εἰρωνείας: «Ἡ ἐσᾶς θ᾿

ἀνταμώσω ἐδῶ — ἤ, τὸν ἀδελφό σας στὴν φυλακὴ θὰ πάω ν᾽ ἀνταμώσω — ἤ, στὸν ἄλλο κόσμο θ᾽ ἀνταμώσω τὸν πατέρα σας... κι αὐτὸ εἶναι ἀπ᾽ τὰ τρία τὸ σιγουρότερο!»

Καθὼς ἀνέβαινεν ἀσθμαίνουσα τὸν πετρώδη λόφον, «Ἔλα, Παναγία μου, ἔλεγε μέσα της, ἂς εἶμαι κι ἁμαρτωλή». Εἶτα εἰς τὰ ἐνδόμυχα τῆς ψυχῆς της εἶπε: «Δὲν τὸ ἔκαμα γιὰ κακό».

Μόλις ἐπροχώρησεν ὀλίγα βήματα, καὶ εἰς τοὺς τελευταίους σποραδικοὺς οἰκίσκους τῆς πολίχνης, ἐπάνω στοὺς βράχους, καθὼς ἐκατηφόριζε νὰ φθάσῃ στὸν αἰγιαλόν, βλέπει τὸν Κυριάκον, τὸν κλήτορα τῆς ἀστυνομίας, μὲ τὸ φέσι του μὲ τὴν κοντὴν φούνταν, ἢ «γαλίπαν» ὅπως τὴν ἔλεγαν, μὲ τὸν καστανόν του στριμμένον μύστακα, καὶ κρατοῦντα εἰς τὴν χεῖρα τὸ κοντὸν ῥόπαλόν του, πέριξ τοῦ ὁποίου ἐφαίνετο σκυταλοειδῶς ἡ ἐπιγραφὴ «Ἰσχὺς τοῦ Νόμου». Οὗτος, συνοδευόμενος ἀπὸ ἕνα γέροντα ἀπόμαχον, μὲ στρατιωτικὴν στολήν, ἤρχετο ἀπὸ ἕνα πλάγιον δρομίσκον, διευθυνόμενος εἰς τὸν αἰγιαλόν, ὅπου κατήρχετο καὶ ἡ Φραγκογιαννού, καὶ μετὰ μικρὸν ἐξ ἅπαντος θὰ τὴν ἔφθανον, ἢ θὰ τῆς ἔπαιρνον τὰ νῶτα.

Ἴσως ἡ παρουσία τοῦ Κυριάκου ἐκεῖ, μαζὶ μὲ τὸν ἀπόμαχον, νὰ ἦτο τυχαία. Ἀλλ᾽ ἡ ἔνοχος γυνή, ὡς τοὺς εἶδεν, ἐταράχθη, κ᾽ ἐτάχυνε τὸ βῆμα. Τῆς ἐφάνη δὲ ὅτι κ᾽ ἐκεῖνοι τὸ αὐτὸ ἔκαμαν.

Τότε ἡ Γιαννού, καθὼς ἔφθασεν εἰς τὸν αἰγιαλόν, κατ᾽ ἀγαθὴν συγκυρίαν, αἴφνης εἶδεν ἐνώπιόν της ἀνοικτὴν τὴν θύραν μιᾶς οἰκίας, λίαν γνωρίμου εἰς αὐτήν, καὶ οὐδὲ στιγμὴν ἐδίστασε νὰ ὑπερβῇ τὸ κατώφλιον. Ἅμα εἰσῆλθε, τεταραγμένη, ἔβαλε τὸ μάνδαλον καὶ τὸν σύρτην.

—Μαρουσώ, εἶσ᾽ ἐπάνω; ἔκραξε μὲ σιγανήν, ἀλλὰ συριστικὴν φωνήν, ἀνερχομένη τὴν σκάλαν.

Μία γυνὴ κοντούλα, ῥοδοκόκκινη, ἐξῆλθεν ἀπὸ τὴν θύραν ἑνὸς θαλάμου, κ᾽ ἐπαρουσιάσθη μειδιῶσα, ἀλλὰ καὶ ἀνήσυχος τὸ βλέμμα.

— Ποῦ σ᾽ αὐτὸν τὸν κόσμο, θεια-Χαδούλα; ἠρώτησε.

— Μὴν τὰ ρωτᾶς, παιδί μου... Μεγάλη συφορὰ μοῦ ἐπενέβηκε, ἤρχισε νὰ λέγη ἡ Γιαννού.

Εἶτα ἀνήσυχος ἠρώτησε:

— Μὴν εἶν᾽ ἐδῶ ὁ κὺρ Ἀναγνώστης;

— Ὄχι, δὲν εἶν᾽ ἐδῶ· τόσο νωρὶς δὲν ἔρχεται, εἶναι στὸν καφενέ... Ἄχ! θεια-Χαδούλα κ᾽ ἐγὼ ἔλεγα πῶς νὰ κάμω νὰ ᾽ρθῶ στὸ σπίτι νὰ σοῦ πῶ τὰ τρέχοντα...

— Ἔμαθες τίποτα;

— Τὰ ἔλεγαν τώρα τὸ ἀπόγευμα, ὁ ἀφέντης μου, μαζὶ μὲ τὸν κουμπάρο μας τὸν Ἀιμερίτη, ποὺ ἦρθε γιὰ νὰ φουμάρῃ ἕνα τσιμπούκι καὶ νὰ κουβεντιάσουν, ὅπως συνηθίζουν.

— Καὶ τί λέγανε;

— Ὁ ῥηνοδίκης μαζὶ μὲ τὸν ἀστυνόμο, θέλουν νὰ σὲ συλλάβουν... Ἔλεγαν νὰ στείλουν τοὺς χωροφύλακες... Σ᾽ ἔχουν ὕποπτη γιὰ τὸ κοριτσάκι ποὺ πνίγηκε χθὲς μὲς στὸ πηγάδι.

— Ὤ! τρομάρα μου...

— Κ᾽ ἔλεγα νὰ ᾽ρθῶ νὰ σοῦ πῶ, γιὰ νὰ κρυφτῇς, ἂν μπορέσῃς... Μὰ πῶς βρέθηκες ἐδῶ;

Ἡ Φραγκογιαννοῦ διηγήθη ὅτι, ἀφοῦ, μετὰ τὴν χθεσινὴν ἀνάκρισίν της, ἐκατάλαβεν ὅτι ὁ εἰρηνοδίκης ἄρχισε νὰ τὴν ἔχῃ «στὴν μπούκα τοῦ τουφεκιοῦ», ἠσθάνθη κι αὐτὴ φόβον μὴ κακοπέσῃ ἄδικα, καὶ ὅτι ἀπὸ τὸ σπίτι τῆς κόρης της, τῆς

Δελχαρῶς, ὅπου ἔτυχε νὰ εὑρίσκεται σήμερον τὸ δειλινόν, εἶχεν ἰδεῖ τοὺς χωροφύλακας νὰ κατασκοπεύουν τὸ δικό της τὸ σπίτι· ὅτι ἀπεφάσισε νὰ φύγη στὰ βουνά· ὅτι, καθὼς ἔτρεχεν ἐδῶ κάτω, κατὰ τὸν αἰγιαλόν, σκοπεύουσα νὰ πάρη τὸ κρυφὸν μονοπάτι τοῦ βουνοῦ, ὀπίσω ἀπὸ τὰ Κοτρώνια, εἶδε τὸν Κυριάκον τὸν κλήτορα μαζὶ μ᾽ ἕνα γερο-ταχτικόν, νὰ ἔρχωνται κατόπιν της, ἀλλ᾽ ὅτι κατὰ θείαν νεῦσιν, εὑρέθη κοντὰ στὸ σπίτι τῆς Μαρουσῶς, ἡ ὁποία ξεύρει καλὰ ἀπὸ παλαιὸν καιρὸν «τὰ πάθια της», ἐφρόντισε νὰ προσθέση, καὶ ἰδοῦσα τὴν θύραν ἀνοικτήν, ἔσπευσε νὰ εἰσέλθη, ὅπως εὕρη ἄσυλον.

—Ἔχω κλειδώσει τὴν πόρτα ἀπὸ μέσα παιδάκι μου... ἀπ᾽ τὸ σαστισμό μου, τί νὰ κάμω! Μοῦ ἤτανε γραφτὸ νὰ πάθω, τά 'παθα. Ἔτσι νά 'χης πολὺ καλό, Μαρουσώ μου, δὲν κοιτάζεις κρυφά, κρυφὰ ἀπὸ τὸ παντζούρι ἐκεῖνο;... νὰ ἰδῆς ἂν εἶναι ὁ Κυριάκος κάτω ἢ ἔχει τραβήξει;

Ἡ Μαρουσὼ ἦλθε πρὸς τὸ ὑποδειχθὲν παράθυρον, κ᾽ ἐκοίταξε κατὰ τὸν δρόμον. Εἶτα ἐπιστραφεῖσα εἶπεν:

—Εἶναι παραπέρα, ἐκεῖ... Στέκονται στὸ δρόμο μαζὶ μ᾽ ἕνα γέρο ἀπόμαχον... Ἔχουν πιάσει κουβέντα μὲ τὸν γείτονά μας τὸν ψαρά, τὸν Φραγκούλη.

—Καὶ κοιτάζουν κατὰ δῶ;

—Κοιτάζουν στὴν ἀμμουδιά, πέρα.

Ἡ γραῖα ἦτο ἔμφοβος, κ᾽ ἔφερε τὰς χεῖρας περὶ τὸ πρόσωπον, ὡς διὰ νὰ τραβήξη τὰ τσουλούφια της, ἢ νὰ σχίση τὰ μάγουλά της.

Ἡ Μαρούσα τὴν ᾤκτειρε.

— Δὲν κάθεσαι, θεια-Χαδούλα;... Μὴ φοβᾶσαι... Ὅ,τι εἶναι, θὰ περάσῃ... Κάθισε, νὰ σοῦ κάμω καφεδάκι νὰ πιῇς.

Ἡ Γιαννοῦ μετὰ δισταγμοῦ ἐρρίφθη ἐπί τινος χαμηλοῦ σκαμνίου, εἰς τὰ πρόθυρα τοῦ μαγειρείου, ὅπου ἐγίνετο ὁ διάλογος.

Ἡ οἰκία ἐφαίνετο εὐπορούσης οἰκογενείας, καὶ εἶχε πολλὰ χωρίσματα, κ᾽ ἐπίπλωσιν εὐπρεπῆ.

— Δὲ θυμᾶσαι τὰ δικά μου, θεια-Χαδούλα;... εἶπε μυστηριωδῶς ἡ Μαρούσα, καὶ τὸ πρόσωπόν της ἀφ᾽ ὅ,τι ἦτο ἔγινεν ἀκόμη ἐρυθρότερον... Θυμήσου τί τρομάρες, τί βάσανα πέρασα τότε κ᾽ ἐγώ! Κι ἂς εἶσαι καλά, πόσο μ᾽ ἐβοήθησες! Ἔτσι θὰ περάσουν καὶ τὰ δικά σου.

— Γιατί εἶπα ἐγὼ πὼς ἐσὺ ξέρεις τὰ πάθια μου! ἐπανέλαβεν ἡ Φραγκογιαννοῦ μετριόφρων.

— Ἐκεῖνα ποὺ λές, ἦταν πάθια δικά μου, διώρθωσε φιλαλήθης ἡ Μαρουσώ.

Ἔψησε τὸν καφὲν καὶ τὸν ἐκένωσε.

— Ὁ ἀφέντης μου, ὅπου εἶναι, θά ᾽ρθῃ... Πιὲ τὸν καφέ σου. Βούτηξε καὶ τὸ ψωμάκι, προσέθηκε κόπτουσα μεγάλην φέταν ψωμίου.

Ἡ γραῖα ἄρχισε νὰ βουτᾷ τὸ ψωμὶ καὶ νὰ τὸ μασᾷ χωρὶς ὄρεξιν.

— Πολὺ καλὸ νά ᾽χῃς, ἔλεγε. Δὲν πάει κάτω, παιδί μου... Ἀπ᾽ τὸ χολοσκασμὸ ποὺ ἔχω... Φαρμάκι βγάζ᾽ ὁ οὐρανίσκος μου.

Εἶτα ἐπέφερε:

— Δὲν κάνεις τὸν κόπο νὰ κοιτάξης πάλι ἀπ' τὸ παραθυράκι, ἔξω;.. Εἶναι ἀκόμη ὁ Κυριάκος κάτω;

Ἡ Μαρούσα ὑπήκουσεν.

—Ἐκεῖ εἶναι θεια-Χαδούλα... Ἔπιασαν μεγάλην κουβέντα μὲ τὸν Φραγκούλη.

— Καὶ τώρα, ποῦ νὰ πάω;... Σὰν ἔρθ' ὁ πατέρας σου;... Βασίλεψ' ὁ ἥλιος... σουρούπωσε... θὰ νυχτώσῃ.

Ἡ Μαρούσα ἐσκέφθη ἐπὶ στιγμήν, εἶτα εἶπεν:

—Ἐγὼ ἔχω μεγάλην ὑποχρέωση σὲ λόγου σου, θεια-Χαδούλα... Πῶς νὰ τὸ ξεχάσω!

— Θυμᾶσαι; εἶπεν ἀκουσίως μειδιῶσα ἡ γραῖα.

— Καὶ μπορῶ νὰ τ' ἀστοχήσω;... Ὅ,τι μπορέσω νὰ κάμω, θὰ κάμω γιὰ σένα.

—Ἄς εἶσαι καλά.

— Μοῦ φαίνεται πῶς τὸ καλύτερο εἶναι νὰ σὲ κρύψω ἐδῶ τὴν νύχτα, τώρα, πρὶν ἔλθῃ ὁ ἀφέντης μου.

— Ποῦ;

— Κάτω, στὸ μικρὸ κατωγάκι, στὸ σοφά... ξέρεις;

—Ἄ! εἶπεν ἡ Φραγκογιαννοῦ, ὡς νὰ τῆς ἦλθε μία ἀνάμνησις.

— Καὶ τὰ μεσάνυκτα, σὰν λαλήσῃ τ' ἀρνίθι...

—Ἔ;...

— Κοντὰ νὰ φέξῃ, ὅ,τι ὥρα νοιώσῃς...

— Καλά!

—Ἄν θέλῃς, σηκώνεσαι, καὶ πᾶς στὸ καλό, ὅπου σὲ φωτίσῃ ὁ Θεός.

—Ἄς εἶναι! εἶπε μετὰ στεναγμοῦ ἡ γραῖα.

—Τὴν ἄλλη νύχτα πάλι, ἀνίσως καὶ δὲν εὕρῃς ἄλλο καταφύγιο εἰς μέρος πλιὸ κρυφό, καὶ πλιὸ σίγουρο, ἔρχεσαι, καὶ μοῦ ρίχνεις ἕνα πετραδάκι σ᾽ αὐτὸ τὸ παράθυρο, ἢ στὸ μικρὸ μπαλκονάκι κατὰ τὸ γιαλό, κατεβαίνω, σοῦ ἀνοίγω, καὶ σὲ κρύφτω πάλι στὸ κατωγάκι.

—Καλά!... Μά, γιὰ κοίταξε, ἔφυγε ὁ Κυριάκος;

Ἡ Μαρούσα ἐπῆγε πέραν τοῦ μεσοτοίχου, εἰς τὸ παράθυρον πρὸς τὸν δρόμον, ἀργοπόρησεν ὀλίγον, ἴσως διότι εἶχε σκοτεινιάσει πλέον καὶ δὲν διέκρινε καλῶς ἔξω, καὶ ἐπανῆλθε,

—Δὲν ἔφυγαν... ἐκεῖ εἶναι κ᾽ οἱ τρεῖς.

—Τώρα ἕνα πρᾶμα δὲν ξέρω, εἶπε σύννους ἡ Φραγκογιαννού. Δὲν ξέρω ἂν μὲ εἶδε ὁ Κυριάκος νὰ ᾽μβαίνω ἐδῶ, ἢ ὄχι... Ἂν δὲν μ᾽ ἔχῃ ἰδεῖ, καὶ δὲν μοῦ κάνει καρτέρι, καλύτερα ἔχω νὰ φύγω, νὰ σᾶς σηκώσω τὸ βάρος ἀπὸ τώρα.

Ἔλεγε τοῦτο εἰλικρινῶς. Ἐστενοχωρεῖτο, ἐπόθει τὸν ἀέρα τοῦ βουνοῦ. Ἐκεῖ ἠσθάνετο ὅτι θὰ εὕρισκεν ἄνεσιν, ἤλπιζε δὲ καὶ ἀσφάλειαν.

—Ὅ,τι κι ἂν εἶναι, δὲν πρέπει νὰ φύγῃς ἀπόψε, εἶπε προθυμοτέρα γινομένη ἡ Μαρούσα, καθ᾽ ὅσον ἐθερμαίνετο ἐκ τῆς ἀναμνήσεως. Κάθισε, θεια-Χαδούλα, ἀπόψε, στὸ κατωγάκι, γιὰ νὰ μὲ κάμῃς νὰ θυμηθῶ τὰ παλιά μου βάσανα. Θὰ μοῦ ἔρθουν, τάχα, σὰν ὄνειρο στὸν ὕπνο μου;

—Ἔτσι τὰ θυμᾶται, πλιό, κανείς, παιδάκι μου, εἶπε μὲ πονηρὰν ἀφέλειαν ἡ γραῖα. Ἄχ! κάθε ἁμαρτία ἔχει καὶ τὴ γλύκα της.

—Ἀλήθεια!... καὶ πόση πίκρα φέρνει στὸ τέλος! συνεπλήρωσε μελαγχολικῶς ἡ Μαρουσώ.

Ἡ οἰκία ἦτο διπλῆ. Ἐκτὸς τοῦ κυρίως κτιρίου, εἶχε μικρὸν παράρτημα πρὸς βορρᾶν, ὅπου ἦτο τὸ μαγειρεῖον, καὶ ὑπὸ τὸ μαγειρεῖον εὑρίσκετο «τὸ μικρὸ κατωγάκι». Ἐκεῖ διὰ τῆς καταπακτῆς καὶ μικρᾶς σκάλας ὡδήγησεν ἡ Μαρούσα τὴν ξένην της, πρὶν ἔλθῃ ὁ κὺρ Ἀναγνώστης, ὁ οἰκοδεσπότης. Τῆς ἔφερεν ἄρτον, τεμάχιον κρύου βραστοῦ, ὑπόλοιπον τοῦ γεύματος, τυρίον, νερόν, ποτήριον οἴνου, καὶ τὴν ἐγκατέστησεν ἐπάνω εἰς τὸν σοφᾶν τοῦ μικροῦ κατωγείου, τοῦ χρησιμεύοντος ὡς ἀποθήκη διαφόρων οἰκιακῶν σκευῶν. Τῆς ἔστρωσεν ἕνα παλαιὸν κιλίμι, μίαν τριμμένην τσέργαν, ἕνα μικρὸν σινδόνι, τῆς ἔβαλε μίαν προσκεφαλάδα σκληράν, μὲ γέμισμα ἀπὸ λινόξυλα, καὶ τῆς εὐχήθη καλὴν νύκτα καὶ «ὕπνον ἐλαφρόν».

Ἐλαφρὸς ἢ βαρύς, ὁ ὕπνος τῆς Φραγκογιαννοῦς δὲν ἦτο δυνατὸν νὰ ἦτο εὔκολος οὔτε εὐάρεστος, εὑρισκομένης εἰς τοιαύτην ταραχὴν καὶ τοιοῦτον τρόμον. Ἀλλὰ τὸ περιβάλλον τὴν ἔκαμε πρὸς ὥραν νὰ λησμονῇ σχεδὸν τὰ ἐνεστῶτα καὶ τὴν ἰδίαν τρομερὰν θέσιν της, καὶ ν᾽ ἀναπολῇ τὰ παρελθόντα. Ἐκεῖνο τὸ ὁποῖον μετριοφρόνως ἡ Γιαννοῦ εἶχεν ὀνομάσει δὶς «τὰ πάθια της», ἡ δὲ Μαρούσα εἰλικρινῶς εἶχεν ἀναγνωρίσει μᾶλλον ὡς «πάθια» καὶ «βάσανα» ἰδικά της, εἶχε συμβῆ πρὸ ὀκτὼ ἢ δέκα ἐτῶν.

Ὁ κὺρ Ἀναγνώστης Μπενίδης, ἄτεκνος, εἶχε λάβει ὡς ψυχοκόρην τὴν Μαρούσαν, καὶ τὴν εἶχεν ἀναθρέψει ὅσον αὐστηρὰ ἠδυνήθη ἡ σύζυγός του, ἥτις ἦτον ἀποθαμένη πρὸ δέκα πέντε ἐτῶν. Ὁ κ. Μπενίδης ἦτον εἰς τὸν καιρόν του τὸ σημαντικώτερον πρόσωπον τοῦ τόπου του. Εἶχε διατελέσει δημογέρων πρὸ τοῦ Ἀγῶνος, πληρεξούσιος εἰς τὰς πρώτας

Συνελεύσεις Τροιζῆνος, Προνοίας, Ἄργους, κτλ., δήμαρχος πρὸ τοῦ Συντάγματος. Εἶτα μετὰ τὸ Σύνταγμα διετέλεσεν ὡς ἀνώτερος ὑπάλληλος εἰς πολλὰ μέρη. Τὴν Μαρούσαν, Ἑβραιοπούλαν, ἢ κατ' ἄλλους Τουρκοπούλαν, εἶχε προσλάβει εἰς ἡλικίαν σχεδὸν βρεφικήν, καὶ τὴν εἶχε βαπτίσει.

Εἶτα, ὅταν κατὰ τὰ τελευταῖα ἔτη, ὡς συνταξιοῦχος ἀπεσύρθη εἰς τὸν τόπον του, τὴν ὑπάνδρευσε μ' ἕνα ἀνεψιόν του, καὶ τῆς ἔδωκεν ὡς προῖκα τὸ μικρὸν αὐτὸ κολλητὸν σπιτάκι, εἰς τὸ ἰσόγειον τοῦ ὁποίου εὑρίσκετο τώρα ἡ Φραγκογιαννού, ἱκανὰ ἀγροτικὰ κτήματα, καὶ ὀλίγα μετρητά, ὑποσχεθεὶς νὰ τῆς ἀφήσῃ ὡς κληρονομίαν καὶ τὴν κυρίως οἰκίαν, καὶ ὅ,τι ἄλλο ἤθελεν εὑρεθῆ παρ' αὐτῷ μετὰ θάνατον.

Ὁ γαμβρός, ἀφοῦ ἀπέκτησεν ἓν τέκνον, ἔλειπεν ὅλον τὸν καιρόν. Ἐταξίδευε λοστρόμος μὲ τὰ καράβια. Ἦτον φημισμένος ναυτικός, ἀλλὰ σπάταλος κι ἀξένοιαστος. Τώρα τελευταῖα, εἶχεν ἀργήσει τρία ἔτη νὰ ἔλθη εἰς τὸν τόπον. Ἐν τῷ μεταξὺ ὁ γηραιὸς κὺρ Ἀναγνώστης εἶχε χηρεύσει, καὶ ἡ ψυχοκόρη, κατὰ τὴν ἀπουσίαν τοῦ συζύγου ὑπηρέτει διαρκῶς εἰς τὴν οἰκίαν τὸν θετὸν πατέρα της, ὅπως καὶ παιδιόθεν ἦτο συνηθισμένη. Ὁ σύζυγος ἔγραφεν ἀπὸ καιροῦ εἰς καιρὸν ἐπιστολάς, ὑποσχόμενος ὅτι θὰ ἔλθη, ἀλλὰ δὲν ἤρχετο. Τὸ θυγάτριον τῆς Μαρούσας ἦτο ἤδη τεσσάρων ἐτῶν, καὶ οὔτε ὁ πατὴρ εἶχεν ἰδεῖ ποτὲ τὸ τέκνον, οὔτε αὐτὸ ἐγνώριζε τὴν ὄψιν τοῦ πατρός.

Κατ' ἐκεῖνον τὸν καιρόν, μαζὶ μὲ τὴν ἀνάπτυξιν τοῦ ἐμπορίου καὶ τῆς συγκοινωνίας, εἶχαν ἀρχίσει νὰ ξανοίγουν κάπως καὶ τὰ ἤθη εἰς τὸν μικρόν, ἀπόκεντρον τόπον. Ξένοι ἐρχόμενοι ἀπὸ τὰ ἄλλα μέρη τῆς Ἑλλάδος, τὰ «πλέον πολιτισμένα», εἴτε ὑπάλληλοι τῆς κυβερνήσεως, εἴτε ἔμποροι, ἐκόμιζον νέας, ἐλευθέρας θεωρίας περὶ ὅλων τῶν πραγμάτων. Οὗτοι τὴν αἰδῶ καὶ τὴν συστολὴν ὠνόμαζον βλακείαν, τὴν ἐγκράτειαν καὶ τὴν σωφροσύνην εὐήθειαν. Τὴν διαφθορὰν καὶ τὴν λαγνείαν ὠνόμαζον «φυσικὰ πράγματα». Ἡ δύστηνος Μαρούσα, ἥτις δὲν εἶχε γεννηθῆ εἰς τὸν τόπον, ἀρχῆθεν δὲν ἦτο πολὺ αὐστηρὰ οὔτε σεμνοπρεπής, εἶχε δὲ μικρὰν δόσιν ἐλαφρότητος.

Τὸν καιρὸν ἐκεῖνον εὑρίσκοντο εἰς τὴν νῆσον ἕνας γραμματεὺς τοῦ εἰρηνοδικείου, ἄγαμος, φουστανελάς· ἕνας γραμματεὺς τοῦ Λιμεναρχείου, βρακάς, ἀξιωματικὸς τοῦ οἰκονομικοῦ Ν. κλάδου, γεροντοπαλλήκαρο· ἕνας ἐνωμοτάρχης κομψευτής, μὲ λιγνὴν μέσην καὶ ἀγκιστροειδῆ μύστακα· ἕνας τελωνοφύλαξ ἔχων τριπλάσιον εἰσόδημα ἀπὸ τὸν μισθόν του, καὶ δύο ἢ τρεῖς πράκτορες ξένων ἐμπορικῶν οἴκων ἢ ἄλλοι μέτοικοι. Ὅλοι οὗτοι εἶχον παντοτινὴν συντροφίαν μὲ δύο ἢ τρεῖς ἄλλους νεαροὺς ἐμπορευομένους, κομψευομένους, μ᾿ «ἑλληνικοῦρες» πολλὲς εἰς τὴν γλῶσσαν καὶ μὲ πολλὰς «προσρήσεις». Μὲ τοὺς τελευταίους τούτους ἠναγκάζοντο νὰ ἔρχωνται συχνὰ εἰς ἐπαφὴν πολλαὶ γυναῖκες, καὶ σώφρονες ἄλλως, τοῦ τόπου, χάριν τῶν ἀφεύκτων καὶ ἀτελειώτων ὀψωνισμάτων, ἀπὸ τὰ ὁποῖα ἀδύνατον ν᾿ ἀπαλλαγῇ ποτὲ ὁ γυναικεῖος κόσμος.

Ἀπὸ τὰ τόσα βρόχια, τὰ ὁποῖα τῆς εἶχαν ρίψει εἰς τὸν δρόμον της, ἀπὸ τὰς τόσας ἑλεπόλεις, τὰς ὁποίας τῆς εἶχον στήσει περὶ τοὺς τοίχους της ὅλοι οἱ εἰρημένοι ἐπιχειρηματίαι, δὲν ἠδυνήθη νὰ γλυτώσῃ ἡ Μαρούσα· καὶ μετ᾿ ὀλίγον καιρὸν αὕτη, ἐν ἀπουσίᾳ τοῦ συζύγου, εὑρέθη ἔγκυος. Καὶ τὸ ἐνόησεν ὅτε ἦτο ἤδη δύο μηνῶν. Ἀλλὰ πρὶν τὸ ἀνακαλύψῃ αὕτη, ὅλη ἡ γειτονιά, ὡς εἰκός, τὸ ἤξευρεν, ἴσως καὶ προτοῦ νὰ συμβῇ τὸ πρᾶγμα. Μόνον ὁ κὺρ Ἀναγνώστης εὑρίσκετο ἐν ἀγνοίᾳ. «Ὁ κόσμος», ὅπως εἶπε τότε ἡ πονηρὴ Κοκκίτσα, μία γειτόνισσα, «τό 'χε τούμπανο, κι αὐτὸς κρυφὸ καμάρι».

Ὑπῆρξαν κ' αἱ κακαὶ γλῶσσαι, αἵτινες εἶπον ἄνευ τῆς ἐλαχίστης πιθανότητος, ὡς εἰκός, ὅτι ὁ κὺρ Ἀναγνώστης ἐφήρμοζε τὴν παλαιὰν μέθοδον τοῦ Δαβίδ, καὶ ὅτι διὰ νεαρᾶς πνοῆς καὶ θερμοῦ αἵματος ἐζήτει νὰ «ξανανιώσῃ». Ἀλλ' ἡ εἰρημένη Κοκκίτσα καὶ δύο ἢ τρεῖς ἄλλαι γειτόνισσαι, αἵτινες τὰ ἔλεγον σιγανά, κ' ἐγέλων συριστικὰ μεταξύ των, ἰσχυρίζοντο ὅτι, δῆθεν «ἀπ' τὸ παιδὶ ἔχουν πολλοὶ μερδικό»· ὅτι τὸ κεφάλι πρέπει νὰ εἶναι τοῦ γραμματικοῦ, τοῦ φουστανελᾶ μὲ τὸ τεράστιον φέσι καὶ τὴν μακροτάτην φοῦντα, ἡ μέση, θὰ εἶναι βέβαια τοῦ νωματάρχη, τοῦ σεβταλῆ, τὸ ἕνα τὸ ποδάρι (στὸ λάκκο!) τοῦ γερο-κολασμένου, τοῦ βρακᾶ, τὸ ἕνα χέρι (μακρὺ χέρι!) τοῦ τελωνοφύλακα, καὶ τὸ ἄλλο χέρι (παστρικὸ χέρι!) τοῦ ψιλικατζῆ, μὲ τὶς Ἑλληνικοῦρες.

Πρώτη ἡ ρηθεῖσα Κοκκίτσα εἶχε προσκληθῆ μυστηριωδῶς ἀπὸ τὴν Μαρούσαν (σημειωτέον ὅτι αὕτη, ὅσον καὶ ἂν ἐφαίνετο ἀπονήρευτη, εἶχεν ἐννοήσει ὅτι ἡ Κοκκίτσα τὴν ὑπωπτεύετο πρὸ πολλοῦ, ὅθεν ἐπροσποιήθη κι αὐτὴ εὐθηνήν, ἀναγκαστικὴν ἐμπιστοσύνην διὰ νὰ τὴν κολακεύσῃ, ἐλπίζουσα ὅτι θὰ τὴν ἔπειθε, καὶ διὰ δώρων, νὰ σιωπήσῃ) εἶχε προσκληθῆ, λέγω, νὰ λάβῃ γνῶσιν τοῦ μυστηρίου. Ἡ Μαρούσα, «ἀδερφὴ νὰ τὴν κάμῃ, ἀπ' τὸ Θεὸ καὶ στὰ χέρια της», ἔπεσε στὸν τράχηλόν της καὶ τὴν ἱκέτευε νὰ κάμῃ ἔλεος ἂν ἠξεύρῃ τίποτε ψευτογιατρικά, διὰ νὰ ἐξαφανισθῆ, εἰ δυνατόν, ὁ καρπὸς τῆς ἁμαρτίας, κι ὁ Θεὸς πλέον ἂς ἐγίνετο ἵλεως! Διότι ἄλλως αὐτὴ βέβαια —τί τὴν ἤθελε τέτοια ζωή;— θὰ ἔπεφτε βέβαια, στὸν γιαλὸ νὰ πνιγῇ, καθὼς ἦτον μάλιστα καὶ σιμά, ἀπὸ κάτω ἀπ' τὸ σπίτι, ἡ θάλασσα. Ἡ Κοκκίτσα τὴν καθησύχασε μὲ λόγια παρηγορίας, καὶ ἄρχισε νὰ ἐφαρμόζῃ ἐπ᾽ αὐτῆς διαφόρους ἀλοιφὰς καὶ ἔμπλαστρα, τὰ ὁποῖα οὐδόλως ἐτελεσφόρουν.

Δευτέρα προσεκλήθη ἡ Σταμάτω, πτωχὴ χήρα, κ᾽ ἡ Κονδύλω ἡ ἀδελφή της, ἀλβανόγλωσσοι αἱ δύο, καταγόμεναι ἀπὸ μίαν τῶν νήσων τοῦ Σαρωνικοῦ. Αὗται ἐξήσκουν ἐντριβὰς ἐπὶ τοῦ σώματος τῆς ἀτυχοῦς γυναικός. Καὶ τὰς τρεῖς μὲ ὅ,τι ἔκλεπτεν ἀπὸ τὰς οἰκονομίας τοῦ κὺρ Ἀναγνώστη, τὰς ἀντήμειβε. Κ᾽ ἐκεῖναι ἐμάκρυνον τὰς ἀλοιφάς, καὶ παρέτεινον τὰς ἐντριβάς, ἀλυσιτελῶς πάντοτε.

Τὴν ἑσπέραν, ἀνερχόμεναι αἱ τρεῖς εἰς τὴν αὐλὴν τῆς κυρα-Θωμαῆς, ὀλίγα σπίτια παραμέσα, ὅπου ἤρχοντο κ᾽ ἡ γρια-Χιόνω, κ᾽ ἡ θεια-Κυράννω, ὅλαι μετανάστιδες ἐκ Μακεδονίας τοῦ 1821, τὰ ἔλεγαν μεταξύ των. Αἱ τρεῖς πρῶται ἔδιδον καθ᾽ ἑσπέραν τακτικὴν ἀναφορὰν εἰς τὴν κυρα-Θωμαῆν καὶ εἰς τὰς δύο ἄλλας γραίας· καὶ ὅλαι μαζὶ ἐχασκογελοῦσαν.

Μάλιστα τὰ ὄψιμα ἑλληνικὰ τῆς Σταμάτως, καθὼς περιέγραφε τὴν κατάστασιν τῆς ἐγκύου («αὐτὴ ὅλη κοντὸ εἶναι· καὶ τὰ πόδια της κοντὴ τὸ ἔχει!... θὰ μὴν τὸ ρίχνῃ, τάχατες!...») ἐπέτεινον τοὺς γέλωτάς των. Καὶ εἰς τὰς ἐκθέσεις τῆς Σταμάτως, ἡ γραῖα Κυράννω ἐπρόσθετε τὰ σχόλιά της, μὲ τὴν Μακεδονικὴν της διάλεκτον.

— Αὐτηνιές, σὶ λιέου, εἶνι παλιοφουράδες!... Ἀχιλῶνις, μαρή... Ποῦ στὰ χουργιά, τὰ θ᾽ κάμας! νὰ τοὺ φτιάξ᾽ καμμιὰ αὐτ᾽νό, θὲ τ᾽ βγάλ᾽νι, σὶ λιέου, στοὺ γουμαρουπάζαρου!...

Τελευταία ἀπ᾽ ὅλας ἐκλήθη νὰ λάβῃ μέρος ἡ Φραγκογιαννού, ὡς σοφωτέρα ὅλων τῶν ἄλλων. Ἡ Μαρούσα εἶχεν ἀρχίσει ν᾽ ἀπελπίζεται ἀπὸ τὰς τρεῖς πρώτας «ψευτομαμμές», καὶ κατέφυγεν εἰς ταύτην ὡς εἰς τελευταίαν ἐλπίδα. Τῷ ὄντι ἡ γραῖα

Χαδούλα μὲ τὰ φάρμακά της, μὲ τὰ μαντζούνια της καὶ μὲ τὰ ζεστὰ ἢ κρύα ὅσα ἔδιδε νὰ πίῃ εἰς τὴν πάσχουσαν, τῇ βοηθείᾳ καὶ τῶν ἐντριβῶν τὰς ὁποίας ἐξετέλει μ' ἐπιδεξιότητα πολὺ ὑπερτέραν ἀπὸ τὰς ἄλλας, κατώρθωσεν ἐντὸς ὀλίγων ἡμερῶν νὰ ἐπιφέρῃ τὴν ἔκτρωσιν. Ὁ κὺρ Ἀναγνώστης οὐδέποτε ἔμαθε τίποτε.

Αὐτὴ ἦτον ἡ παλαιὰ ἐκδούλευσις, καὶ αὐτὴ ἡ εὐγνωμοσύνη τὴν ὁποίαν εἶχον ὑπαινιχθῆ σήμερον αἱ δύο. Αὐτὰ ἦσαν τῆς Φραγκογιαννοῦς «τὰ παλιὰ τὰ πάθια της», κι αὐτὰ ἦσαν τῆς Μαρούσας «τὰ βάσανά της».

Ἡ ἀνάμνησις κατεῖχε τὸν νοῦν τῆς Φραγκογιαννοῦς ὅλην τὴν ὥραν, ἐνῷ ἔκειτο ἐπὶ τοῦ σοφᾶ, εἰς τὸ σκότος· διότι λύχνον δὲν τῆς εἶχε φέρει ἡ φιλοξενοῦσα, μόνον ἕνα κηράκι κι ὀλίγα σπίρτα τῆς εἶχεν ἀφήσει. Ὅλην αὐτὴν τὴν παλαιὰν ἱστορίαν ἀνελογίζετο, καὶ ὁ ὕπνος ποτὲ δὲν τῆς ἤρχετο. Ἐρευνῶσα τὴν συνείδησίν της, ἓν πρᾶγμα εὕρισκεν· ὅ,τι εἶχε κάμει καὶ τότε καὶ τώρα τὸ εἶχε κάμει διὰ τὸ καλόν. Ἐκουλουριάζετο ὑποκάτω εἰς τὸ μάλλινον σκέπασμα, ἐπὶ τοῦ δεξιοῦ πλευροῦ κειμένη, κ' ἔκυπτε τὴν κεφαλὴν εἰς τὸ στέρνον, κ' ἐπροσπάθει νὰ ζαλισθῇ, νὰ ναρκωθῇ, νὰ τῆς ἔλθῃ λήθαργος. Τότε, μετὰ χρόνους, ἐνθυμήθη καὶ τὴν σύντομον προσευχήν, τὴν ὁποίαν τῆς εἶχεν ἐπιβάλει ἄλλοτε νὰ λέγῃ συχνὰ ἕνας γέρων πνευματικός· τὸ «Κύριε Ἰησοῦ Χριστέ, Υἱὲ τοῦ Θεοῦ, ἐλέησόν με».

Ἡ συχνὴ ἐπανάληψις τῆς εὐχῆς ἐνήργησε, καὶ ἡ Χαδούλα ἐναρκώθη ἐπ' ὀλίγα λεπτὰ καὶ ἀπεκοιμήθη. Πλὴν παραυτὰ εἰς τὸν ὕπνον της, ἢ εἰς τὰ ξύπνα της, (δὲν ἤξευρε καλά), τῆς ἐφάνη ὅτι μέσα, εἰς τὸ βάθος τῆς ψυχῆς της, ἤκουε φωνὴν βρέφους, κλαῦμα, μινυρισμὸν θρηνώδη· τοῦτο ὡμοίαζε μὲ τὴν φωνὴν τῆς μικρᾶς ἐγγονῆς της, τῆς πρὸ ὀλίγων μηνῶν, διὰ χειρὸς αὐτῆς... τελειωθείσης.

Ἡ γραῖα ἐξύπνησεν ἔντρομος, ἀνετινάχθη ὅλη. Ἀνεσηκώθη καὶ ᾐσθάνετο μέγαν σπαραγμόν, ἀλλὰ συγχρόνως καὶ καλυτέραν σωματικὴν ἄνεσιν. Ὁ σύντομος ἐκεῖνος ὕπνος εἶχεν ἐξαλείψει παρ᾽ αὐτῇ τὸ νευροπαθὲς καὶ τὸ ἀνήσυχον. Ἐψηλάφησεν, εὗρε τὰ σπίρτα, ἤναψε τὸ κηρίον, ἐπῆρε τὸ ραβδί της, τὸ καλάθι της, ἔβαλε μέσα εἰς αὐτὸ καὶ τὰς ἐμβάδας της, καὶ ἀνυπόδητη, μὲ τὶς κάλτσες, ἐκίνησε νὰ φύγῃ.

ΙΒ΄

Ἡ Μαρούσα τῆς εἶχε δώσει τὸ κλειδὶ τοῦ μικροῦ κατωγείου, τῆς εἶπε νὰ ἐξέλθῃ διὰ τῆς ἰδιαιτέρας θύρας τούτου πρὸς τὴν ὁδόν, νὰ κλειδώσῃ ἔξωθεν, καὶ νὰ πάρῃ τὸ κλειδὶ μαζί της, διὰ νὰ τὸ μεταχειρισθῇ πάλιν τὴν ἄλλην νύκτα, ἂν ἔμελλε νὰ ἐπανέλθῃ. Ὅσον δι᾽ αὐτήν, ἂν ἐλάμβανεν ἀνάγκην νὰ κατέλθῃ εἰς τὸ κατωγάκι, θὰ κατήρχετο διὰ τῆς ὁδοῦ, δι᾽ ἧς εἶχεν ὁδηγήσει ἐκεῖ τὴν ξένην της, τῆς ἐσωτερικῆς σκάλας καὶ τῆς θύρας τοῦ μεσοτοίχου.

Τῷ ὄντι, ἡ Φραγκογιαννοῦ ᾐσθάνετο πλέον μεγάλην σφλομονήν, καὶ τὸ στενὸν κατωγάκι μὲ τὸν ὑγρὸν ἀέρα του τὴν ἐστενοχώρει. Καιρὸς ἦτο ν᾽ ἀναπνεύσῃ πλέον τὸν ἀέρα τοῦ βουνοῦ, πρὶν οἱ διῶκται χωροφύλακες τὴν κλείσωσιν, ἴσως διὰ βίου, εἰς τὰ ὑγρὰ καὶ ἀνήλια ὑπόγεια τῆς ἀνθρωπίνης θέμιδος.

Ἐξῆλθε, καί, κάτω εἰς τὰ βάθη τῆς ψυχῆς της, ἐμινύριζεν ἀκόμη ἡ θρηνώδης φωνὴ τοῦ βρέφους, τοῦ μικροῦ κορασίου τοῦ ἀδικοθανατίσαντος. Ἐστάθη εἰς τὸ χάσμα τῆς θύρας, ἐκοίταξε μετὰ προφυλάξεως ἔξω, δεξιά, ἀριστερά, ἄνω, κάτω τοῦ δρόμου· δὲν εἶδε ψυχὴν οὔτε σκιάν. Ἔβαλε πτερὰ εἰς τοὺς πόδας της.

Δὲν ἦτο ἡ πρώτη φορὰ καθ᾿ ἣν ἤκουε μέσα εἰς τὴν ψυχήν της, ὅπου ὑπῆρχε σκοτεινή, σπηλαιώδης ἠχώ, τὸ πένθιμον ἐκεῖνο κλαῦμα τοῦ βρέφους. Κ᾿ ἐνόμιζεν ὅτι ἔφευγε τὸν κίνδυνον καὶ τὴν συμφοράν, καὶ τὴν συμφορὰν καὶ τὴν πληγὴν τὴν ἔφερε μαζί της. Κ᾿ ἐφαντάζετο ὅτι ἔφευγε τὸ ὑπόγειον καὶ τὴν εἱρκτήν, καὶ ἡ εἱρκτὴ καὶ ἡ Κόλασις ἦτο μέσα της.

Ὥρα ἦτον ὡς δύο μετὰ τὰ μεσάνυκτα, νὺξ ἀσέληνος, ἀστροφεγγής. Ἀρχὰς Μαΐου, δευτέραν ἑβδομάδα μετὰ ὄψιμον Πάσχα. Ἡ ἐξοχὴ εὐωδίαζεν, ἡ αὔρα ἐμυροβόλει. Ὀλίγα ἄγρυπνα πουλάκια ἔμελπον τὸ ὄρθριον ἐπάνω εἰς τὰ κλαδιά. Ἡ Φραγκογιαννοὺ ἐπῆρε τὸν δρομίσκον, τὸν λίαν γνωστὸν εἰς αὐτήν, στενὸν καὶ ἕρποντα, ὄπισθεν τῶν κήπων καὶ κάτωθεν τῶν βράχων. Ὁ δρομίσκος μόλις ἦτον ὁρατὸς εἰς τὴν ἀστροφεγγιάν, καλυπτόμενος ἐν μέρει ἀπὸ τοὺς προεξέχοντας ῥάμνους τῶν θάμνων καὶ τῶν βάτων, οἵτινες προέκυπτον ἀπὸ τοὺς φράκτας τῶν κήπων. Ἡ εὐκίνητος γραῖα ἐπάτει ἐπὶ χόρτων καὶ χαμαιμήλων, κ᾿ ἐπὶ χλωρῶν ἀκανθῶν, ἀνήρχετο δὲ μὲ βῆμα κόρης, νεαρᾶς βοσκοπούλας τοῦ βουνοῦ, τὸν ἀνηφορικὸν δρομίσκον.

Εἶχε τελειώσει ἡ μακρὰ σειρὰ τῶν κήπων καὶ τῶν περιβολίων πρὸς τὰ δεξιά της, ἐνῷ ἀριστερά της παρετείνετο ἀκόμη ὁ μικρὸς βραχώδης λόφος, τὰ Κοτρώνια, μὲ τὰς τρεῖς γραφικὰς κορυφὰς των τὴν μίαν κατόπιν τῆς ἄλλης, τὰς ἐπιστεφομένας ἀπὸ ἀνεμομύλους καὶ μικρὰ λευκὰ καλύβια καὶ σπιτάκια, ἕρποντα γύρω των. Τώρα πλέον ἔφθασεν εἰς μέρος ὅπου ἄρχιζαν ἀμπέλια, ἀγροὶ μὲ ὀπωροφόρα δένδρα, ὅσον ἦτον ἀκόμη πλαγινὸς ὁ ἀνήφορος, καὶ ἐλαιῶνες, ἢ ἀγροὶ μὲ ὑψηλοὺς στάχυς, σειομένους ἀπὸ τὴν νυκτερινὴν αὔραν, ἐκεῖθεν, ὅπου ὁ ἀνήφορος καθίστατο ἀποτομώτερος, καὶ ἄνω. Ἡ Φραγκογιαννού, μὲ ἐλαφρὸν ἄσθμα, ἔτρεχεν, ἔτρεχε, μαστιζομένη τὸ πρόσωπον ἀπὸ τὸ ἀπόγειον τὸ πρωινόν, τὸ ἀντίπνοον, τοῦ Βορρᾶ τὸ χαϊδευμένον ἑωθινὸν τέκνον.

Ἔσπευδε νὰ φθάσῃ τὸ ταχύτερον, πρὶν ἀνατείλῃ ἡ ἡμέρα, εἰς τὰ μέρη τὰ ὁποῖα αὐτὴ ἐγνώριζε. Ὑπῆρχον, κατὰ τοὺς βορείους αἰγιαλοὺς τῆς νήσου, πολλοὶ κλεφτότοποι, μέρη ἀπάτητα, σπήλαια καὶ βράχοι ὅπου ἐφύτρωνε τὸ ἀγριοβότανον καὶ ἡ κάππαρις, καὶ τὰ κρίταμα καὶ ἡ ἁρμυρήθρα, καὶ ὅπου τοὺς ὑπάρχοντας ὀλίγους δρόμους κατέστρεφον καθημερινῶς τὰ κοπάδια τῶν ἐρίφων καὶ τῶν αἰγῶν. Ἐκεῖ θὰ ἦτο τὸ ἄσυλόν της, ἐκεῖ ὅπου ἦσαν αἱ ἀναμνήσεις τῆς παιδικῆς ἡλικίας της. Εἰς ἐκείνους τοὺς βορείους αἰγιαλούς, σιμὰ εἰς τὸ ἄγριον καὶ γαλανὸν πέλαγος, εἰς τὸ παλαιὸν Κάστρον, τὸ κτισμένον ἐπὶ γιγαντιαίου θαλασσοπλήκτου βράχου, ἐκεῖ εἶχε γεννηθῆ ἡ Χαδούλα, κ᾽ ἐκεῖ εἶχεν ἀνατραφῆ ὡς δέκα ἐτῶν κόρη.

Εἶτα, ὅταν εἰρήνευσαν τὰ πράγματα, καὶ ἡ νέα πολίχνη ἐκτίσθη εἰς τὸν λιμένα τὸν μεσημβρινόν, ἡ μάννα της, ἡ μάγισσα, ἡ πολυκυνηγημένη ἀπὸ τοὺς κλέφτες καὶ τοὺς Λιάπηδες, συχνὰ τὴν εἶχεν ἐπαναφέρει εἰς τὰ μέρη ἐκεῖνα, τῆς εἶχε δείξει ὅλους τοὺς κλεφτότοπους, τοὺς ἀβάτους βράχους καὶ τὰ ἄντρα, καὶ τῆς εἶχε διηγηθῆ δι᾽ ἕνα ἕκαστον τῶν τόπων ἐκείνων ἀνὰ μίαν ἱστορίαν, φανταστικὴν ἢ ἀληθῆ. Εἰς ἐκεῖνα τὰ μέρη, ὅταν τὴν ὑπάνδρευσαν καὶ τὴν «ἐκουκούλωσαν», καὶ τὴν «ἐνεκροβλόγησαν» κατὰ τὴν συνήθη φρασεολογίαν τῆς μητρός της, τῆς εἶχαν δώσει ἀκόμη καὶ τὴν προῖκά της. Τὸ σπίτι, στὸ Κάστρο τὸ ἔρημο, καὶ τὸ χωράφι στὸ Μποστάνι, στὸν ἀπάτητον κρημνόν. Ὕστερον, ὅταν αὐτὴ ἐνοικοκυρεύθη, κ᾽ ἔμαθε πολλά, κ᾽ ἐπρόκοψεν εἰς γυναικείαν σοφίαν, κ᾽ ἐσυνήθισε νὰ θηρεύῃ τὰ βότανα καὶ τὰ τρίφυλλα καὶ τὰς δρακοντιὰς εἰς τοὺς λόγγους καὶ τὰ βουνά, πολὺ συχνὰ εἶχεν ἐπισκεφθῆ τὰ μέρη ἐκεῖνα, χάριν τῶν ἐρευνῶν της.

Ἐκεῖ λοιπὸν ἐπήγαινε καὶ τώρα, ἂν ἔδιδεν ὁ Θεὸς νὰ φθάσῃ ἀσφαλῶς, ἀλλ᾽ εἰς ποίαν δεινοτάτην περίστασιν. Καὶ ποία ἆρα θὰ ἦτον ἡ τύχη της ἀπὸ τοῦδε; Μόνος ὁ Θεὸς τὸ ἤξευρε.

Πρὶν φθάσῃ εἰς τὸ μέρος, ὅπου ὁ δρόμος ἀποτόμως ἀνηφόριζε, καθὼς διήρχετο ἔξω ἀπὸ ἕνα περιβόλι, φραγμένον μὲ πυκνοὺς βάτους καὶ θάμνους ὑψηλοὺς καὶ ἐν μέρει μὲ τοιχογύρισμα, ἐντὸς τοῦ ὁποίου ὑπῆρχον πολλῶν εἰδῶν ὀπωροφόρα δένδρα, ἡ Φραγκογιαννοῦ κατὰ τύχην ἐσκόνταψεν εἰς τὸν δρόμον, ἔκαμε δὲ μικρὸν θροῦν, πεσοῦσα ἐλαφρῶς ἐπάνω εἰς ἕνα θάμνον. Ἀφῆκε μικρὰν φωνὴν ὁμοίαν μὲ στεναγμόν. Τὴν ἰδίαν στιγμὴν ἤκουσε πολὺ πλησίον της, ἀλλ᾽ ἔσωθεν τοῦ φράκτου, δυνατὸν γαύγισμα σκύλου. Ἀνωρθώθη, καὶ μὲ ταχύτερον βῆμα ἐξηκολούθησε τὸν δρόμον της.

— «Ποιὸς νὰ εἶναι;» εἶπε μέσα της.

Ἠκούσθη τότε μία φωνὴ βραχνὴ καὶ νυσταλέα, ἀλλ᾽ ἀπότομος.

—Ἔ! βάρδ᾽ ἀπ᾽ τὰ περιβόλια! Ἀνοιχτά!... Ἀνοιχτά!

Ἀνεγνώρισε τὴν φωνὴν τοῦ Ταμπούρα, τοῦ δραγάτη. Ἐνόησε τότε τί συνέβαινε. Τὸ περιβόλι, ἔξωθεν τοῦ ὁποίου εἶχε σκοντάψει, ἀνῆκεν εἰς τὸν τότε Δήμαρχον τοῦ τόπου. Ἐντὸς αὐτοῦ, σιμὰ εἰς τ᾽ ἄλλα δένδρα, ὑπῆρχον καὶ ὀλίγαι κερασέαι, μὲ καρποὺς σχεδὸν ὡρίμους ἤδη καὶ περκάζοντας, μελανωποὺς εἰς τὴν ἀστροφεγγιάν, ἀνάμεσα εἰς τὰ μαυροπράσινα φύλλα. Ὁ Ταμπούρας, μὴ ἔχων τί ἄλλο νὰ φυλάξῃ, ἐπειδὴ δὲν ἦτο ἀκόμη ἡ ὥρα τῶν ὀπωρῶν οὔτε τῶν καρπῶν, ἐκοιμᾶτο εἰς τὸ περιβόλι τοῦ

Δημάρχου, ἐντὸς μικρᾶς καλύβης μὲ τὸν σκύλον του, κ᾽ ἐφύλαγε τὰ κεράσια, μὴν τὰ κλέψουν οἱ δημόται τοῦ ἄρχοντος.

Φεύγουσα, ἤκουεν ἀκόμα τὸ γαύγισμα τοῦ σκύλου, συγχρόνως δὲ «αὐτιάσθη», καὶ τῆς ἐφάνη ὅτι ἤκουεν ἀνθρώπινα βήματα. Ἀλλ᾽ ἠπατήθη. Ἴσως ἦτο μᾶλλον ἀντίκτυπος καὶ ἠχὼ τῶν ἰδίων βημάτων της. Φαίνεται ὅτι ὁ ἀγροφύλαξ μόλις εἶχε μισοξυπνήσει, κ᾽ ἔβαλεν, ὡς ἐν ὑπνοβασίᾳ, μηχανικῶς, τὴν συνήθη φωνήν του. Εἶτα εὐθὺς πάλιν ἀπεκοιμήθη.

Ἡ Χαδούλα ἔγινεν ἄφαντη εἰς τὸ ὕψος τοῦ λόφου, ὄπισθεν τῶν δένδρων. Ἐκεῖ ἐστάθη μίαν στιγμὴν κ᾽ ἔτεινε τὸ οὖς. Τίποτε δὲν ἤκουεν εἰμὴ τὸ λάλημα ἑνὸς πουλιοῦ, τὸ σύριγμα ἑνὸς νυκτερινοῦ ἐντόμου, καὶ τὸ φύσημα τῆς αὔρας. Τότε τῆς ἦλθαν εἰς τὸν νοῦν τὰ κεράσια, τὰ ὁποῖα εἶχε διακρίνει ἀμυδρῶς στίλβοντα εἰς ἕνα κρεμάμενον κλῶνα, ἐξέχοντα ὀλίγον ἔξω τοῦ φράκτου τοῦ δημαρχικοῦ περιβολίου, σιμὰ ἐκεῖ ὅπου εἶχε σκοντάψει, καὶ εἶπεν:

—Ἄχ! καὶ δὲν ἔκαμα νὰ φτάσω ἕνα κεράσι, νὰ δροσίσω τὸ στόμα μου, ποὺ εἶναι φαρμάκι. Ξέχασα νὰ πιῶ μιὰ σταξιὰ νερὸ πρὶν φύγω... Ἂς φτάσω στὴ βρύση, μιά!

Τότε μόνον ἐνθυμήθη ὅτι δὲν εἶχε πίει νερὸν πρὶν ἐξέλθῃ ἀπὸ τὸ κατωγάκι, ὅπου εἶχε διέλθει ὀλίγας ἀλλὰ τόσον μακρὰς ἐναγωνίους ὥρας. Ἡ Χαδούλα ἀνελογίσθη μετὰ πικρίας ὅτι ὅλα, καὶ τὰ μικρότερα πράγματα, πρωθύστερα καὶ ἀνάποδα τῆς ἤρχοντο εἰς αὐτὸν τὸν κόσμον. Ἐὰν εἶχε προμελετήσει νὰ κλέψῃ ὀλίγα κεράσια ἀπὸ τὴν κερασιὰ τοῦ Δημάρχου, θὰ ἐπάτει μετὰ προσοχῆς, θὰ ἐπλησίαζε μετὰ προφυλάξεως, καὶ τότε πιθανῶς οὔτε ὁ δραγάτης ἤθελεν ἐξυπνήσει, οὔτε ὁ σκύλος ἴσως θὰ ἐγαύγιζε. Ἀλλὰ διὰ νὰ εὑρεθῇ ἀπρόσεκτη καὶ ἀλλοφρονοῦσα, διὰ νὰ μὴν κοιτάξῃ καλὰ ποῦ πλησίον εὑρίσκετο, ἐπαραπάτησεν, ἔκαμε μικρὸν θόρυβον, ἀρκοῦντα διὰ νὰ ξυπνήσῃ τὸν σκύλον καὶ τὸν ἄνθρωπον. Ὅλα ἔτσι τῆς ἤρχοντο!

Ἄλλως, ἡ δίψα της τώρα εἶχεν ἐρεθισθῆ μὲ τὸν δρόμον τὸν ἀνωφερῆ. Ἔκοψε φύλλα ἐλαιοδένδρων καὶ τὰ ἔβαλε μὲς στὸ στόμα της.

Ἐβάδισεν ἐπὶ μίαν ὥραν ἀκόμη. Ἦτον ἤδη χαραυγή. Ἀφοῦ ἔφθασεν εἰς τὴν κορυφὴν τοῦ λόφου, κατῆλθε πάλιν εἰς τὸ ῥεῦμα, εἰς τὴν ὑπώρειαν τοῦ βουνοῦ μὲ τὰς πολυσχιδεῖς πλευράς, τὸ ὁποῖον ἐκαλεῖτο οἱ Βίγλες. Τίς οἶδε ποῖοι παλαιοὶ κλέφτες ἐφύλαγαν ἄγρυπνοι καραούλια ἐκεῖ, καὶ ἐντεῦθεν εἶχε λάβει τὸ ὄνομα. Ἔφθασεν εἰς τὴν μικρὰν βρύσιν, εἰς τὴν ῥίζαν τοῦ βουνοῦ. Ἔφεγγεν ἤδη. Ἔπιε νερόν, ἐδροσίσθη, κ' εὐθὺς ἔφυγεν. Εἰς τὸ μέρος ἐκεῖνο ἐσύχναζον πολλοὶ ἄνθρωποι, βοσκοὶ καὶ ξωμερῖται κι ἄλλοι. Ἡ Γιαννοῦ ἤθελεν ὅσον τὸ δυνατὸν νὰ μείνῃ ἀόρατος. Ἐκατηφόρισεν ἀκόμη, εἰσῆλθεν εἰς τὸ κάτω ῥεῦμα τὸ βαθύ, τὸ βαῖνον πρὸς τὴν θάλασσαν, τὸ καλούμενον Λεχούνι.

Ἐκεῖ ἔφθασε μικρὸν πρὸ τῆς ἀνατολῆς τοῦ ἡλίου. Ὑπῆρχον ἐκεῖ δύο ἢ τρεῖς νερόμυλοι, μᾶλλον παλαιοὶ καὶ ἄχρηστοι, ἐκ τῶν ὁποίων ὁ εἷς μόνον ἐδούλευε, καὶ τοῦτο σπανίως. Ὅλα ἐδείκνυον τὴν ἐρημίαν, δὲν ἐφαίνετο ἴχνος ἀνθρώπου ἐκεῖ. Ἡ Φραγκογιαννοῦ, ἀπὸ περισσὴν προφύλαξιν, δὲν ἠθέλησε νὰ πλησιάσῃ. Ἀπέφυγε τὸ μέρος ἐκεῖνο, ἐβάδισεν ὄπισθεν λόχμης, κ' ἔφθασεν εἰς γούρναν βαθεῖαν, μὲ διαυγὲς νερόν, γνωστὴν εἰς ὀλίγους. Ἦτο μέρος κρυφὸν καὶ ἀπάτητον. Ἐσχηματίζετο ἐκεῖ οἱονεὶ ἄντρον, ἀποτελούμενον ἐκ χλόης, ἐκ κορμῶν καὶ κισσοῦ. Ἄντρον νύμφης, Δρυάδος τῶν παλαιῶν χρόνων ἢ Ναϊάδος, εὑρούσης ἴσως καταφύγιον ἐκεῖ.

Διὰ νὰ κατέλθῃ τις εἰς τὴν μικρὰν πτυχὴν τῆς γῆς, ὅπου ἦτο ἡ γούρνα τοῦ νεροῦ, ἔπρεπε νὰ ἔχῃ τὴν τύχην διώκτριαν καὶ τοὺς πόδας τῆς Φραγκογιαννοῦς, τοὺς ἀνυποδήτους, τοὺς σχισμένους κ᾽ αἱματωμένους ἀπὸ τὰς κνίδας καὶ τὰς ἀκάνθας. Ἐκεῖ ἐκάθισε ν᾽ ἀναπαυθῇ. Ἔβγαλεν ἀπὸ τὸ καλάθι της τὸ ψωμὶ καὶ τὸ τυρὶ καὶ ὀλίγον κρέας, τὰ ὁποῖα τὴν εἶχε φιλεύσει ἡ Μαρούσα, ἐπειδὴ τὴν ἑσπέραν δὲν εἶχε δυνηθῆ νὰ φάγῃ τίποτε, μετὰ τὸν καφὲ ὅπου εἶχε πίει εἰς τὸ μαγειρεῖον. Ἐφύλαξε μόνον τὰ δίπυρα, τὰ ὁποῖα εἶχε λάβει ἀπὸ τὸ σπίτι τῆς κόρης της, τῆς Δελχαρῶς. Ἔφαγεν, ἔπιε δροσερὸν νερόν, κ᾽ ἔλαβε μικρὰν ἀναψυχήν. Ἐκείνην τὴν στιγμήν, ἀνέτελλεν ὁ ἥλιος. Ὁ δίσκος του ἐφάνη ν᾽ ἀναδύεται ἀπὸ τὰ κύματα, ἀντικρύ, εἰς τὸ μακρινὸν πέλαγος, τοῦ ὁποίου μίαν λωρίδα ἔβλεπεν ἀπὸ τὴν κρύπτην της ἡ Χαδούλα. Τὰ ὄρνεα τοῦ βουνοῦ, τοῦ πετρώδους καὶ ἠχώδους, τὸ ὁποῖον ἠγείρετο ὄπισθέν της, ἔρρηξαν μακροὺς κρωγμούς, καὶ τὰ πουλάκια τῆς κοιλάδος, τῆς λόχμης, τοῦ μικροῦ δάσους, ἀφῆκαν φαιδρὰς μελῳδίας.

Μία ἀκτὶς θερμή, ἐρχομένη μακράν, ἀπὸ τὸ φλεγόμενον πέλαγος, διέσχιζε τὴν πυκνὴν φυλλάδα καὶ τὸν κισσὸν τὸν περισκέποντα τὸ ἄσυλον τῆς ταλαιπώρου γραίας, καὶ ἔκαμνε νὰ στίλβῃ ὡς πλῆθος μαργαριτῶν ἡ δρόσος ἡ πρωινή, ἡ βρέχουσα τὸν πλούσιον σμαράγδινον πέπλον, κ᾽ ἐφυγάδευεν ὅλον τὸ ῥῖγος τῆς ὑγρασίας, καὶ ὅλον τὸ κρύος τοῦ φόβου τοῦ πελιδνοῦ, φέρουσα πρόσκαιρον ἐλπίδα καὶ θάλπος.

Ἡ Γιαννοῦ ἔβγαλε τὸ χράμι τὸ μάλλινον, τὸ διπλωμένον εἰς πολλὰς πτυχάς, ἀπὸ τὸ καλάθι της, τὸ ἐξεδίπλωσεν, ἐτυλίχθη μ᾽ αὐτό, κ᾽ ἔκλινε τὴν κεφαλὴν πρὸς τὴν ῥίζαν τοῦ γηραιοῦ πλατάνου. Ἀπεκοιμήθη.

Τῆς ἐφάνη εἰς τὸν ὕπνον της ὅτι ἦτον νέα ἀκόμα· ὅτι ὁ πατήρ της καὶ ἡ μάννα της τὴν ὑπάνδρευον, ὅπως τὴν εἶχαν ὑπανδρεύσει καὶ τὴν εἶχαν «νεκροβλοήσει» τὸν καιρὸν ἐκεῖνον, καὶ τὴν ἐπροίκιζαν, δίδοντες αὐτῇ καὶ τὸν κῆπον τὸν πατρῷον, ὅπου αὐτὴ ἐσκάλιζε κ᾽ ἐπότιζε τὰ κουκιὰ καὶ τὰ λάχανα, ὅταν ἦτον μικρή· καὶ ὁ πατήρ της τὴν ἐφίλευε τάχα, διὰ τὸν κόπον της καὶ τῆς ἔδιδε «τέσσερα κεφάλια», κεφάλια ἀπὸ λαχανίδες. Ἡ Χαδούλα μετὰ χαρᾶς ἔλαβε τὰ τέσσαρα φυτὰ εἰς τὰς χεῖρας, ἀλλ᾽ ὅταν τὰ ἐκοίταξε, εἶδεν, ὢ φρίκη! ὅτι ἦσαν τέσσαρα μικρὰ κεφάλια ἀνθρώπινα νεκρικά...

Ἀνεταράχθη, ἐσκίρτησεν, εἶπε «Κύριε Ἰησοῦ Χριστέ!...» Πάλιν ἀπεκοιμήθη. Ὠνειρεύθη ὅτι ἡ μητέρα της τὴν συνελάμβανεν ἐπ᾽ αὐτοφώρῳ ἐρευνῶσαν νὰ εὕρῃ τὸ κομπόδεμα, κάτω εἰς τὸ ἰσόγειον, ἀνάμεσα εἰς τὰ βαρέλια καὶ τὰ πιθάρια καὶ τὸν σωρὸν τῶν καυσοξύλων· ὡς τὴν εἶδεν, ἐμειδίασε πικρῶς, τὸ σύνηθες μειδίαμά της, καὶ διὰ νὰ τὴν ἐβγάλῃ τάχα ἀπὸ τὸν κόπον, ἐπῆρε μοναχή της τὸ κομπόδεμα, ἔβγαλε καὶ τῆς ἐχάρισεν ἀπὸ τὰ τόσα τάλληρα, τὰ σκυλοδεμένα, τρία γερμανικὰ τάλληρα, τρεῖς ρηγῖνες, ἀπ᾽ ἐκείνας ποὺ εἶχαν καὶ τὴν εἰκόνα τῆς Παναγίας ἐπάνω, μὲ τὴν ἐπιγραφὴν «Patrona Bavariae». Ἡ Φραγκογιαννοῦ, μετὰ χαρᾶς μεμειγμένης μ᾽ ἐντροπήν, ἐπῆρε τὰ τρία νομίσματα, ἀπὸ τὰ χέρια τῆς μητρός της, πλὴν ὅταν τὰ ἐκοίταξεν, εἶδεν ὅτι τὰ τρία ἐκεῖνα νομίσματα, μὲ τὰ πρόσωπα ποὺ ἔφερον ἐπάνω, ἦσαν τρία προσωπάκια, μικρά, πελιδνά, μὲ σβησμένα ματάκια... Ὤ! τρόμος! προσωπάκια μικρῶν κορασίδων!

Ἐξύπνησε περίτρομος, δυστυχής, φρενιασμένη. Ἦτον ἤδη μεσημβρία. Ὁ ἥλιος ἔκαιεν ὑπεράνω τῆς κεφαλῆς της ἄνωθεν τῆς κορυφῆς τοῦ δροσεροῦ πλατάνου. Μὲ ὅλον τὸ θάλπος τοῦ ἡλίου, καὶ τὴν φαιδρότητα τῆς ἡμέρας τῆς μαγιάτικης, ἡ ἐντύπωσις τοῦ ὀνείρου ἔμεινεν ἐπὶ μακρὸν εἰς τὸν νοῦν της. Τῆς ἐφαίνετο παράξενον μάλιστα πῶς, ἐν ἡμέρᾳ, εἶδε τὰ ὄνειρα αὐτά. Ὁσάκις εἶχε κοιμηθῆ ἐν καιρῷ ἡμέρας, εἰς τὴν ζωήν της, δὲν ἐνθυμεῖτο ποτὲ νὰ εἶδεν ὄνειρον.

Ἔβρεξεν εἰς τὴν γούρναν δύο δίπυρα, τὰ ἀπέθηκεν ἐπὶ τῆς πέτρας τῆς πλακαρῆς παρὰ τὸ χεῖλος τοῦ λάκκου, καὶ τὰ ἐλησμόνησεν ἐκεῖ ἐπὶ μακρόν, ἑωσότου ἔλυωσαν ἀπὸ τὸ βρέξιμον κ᾽ ἐσάπισαν. Μετὰ ὥραν, ἐγέμισε τὴν φούχταν της μὲ τὰ ψιχία, καὶ τὰ ἔφαγε.

Ὅταν ὁ ἥλιος ἐκρύβη εἰς τὴν κορυφὴν τοῦ βραχώδους βουνοῦ, κ᾽ ἐσκίασεν ἡ κοιλάς, καὶ ἦτο δειλινὸν πλέον, ἐστενοχωρήθη καὶ προέκυψε τὴν κεφαλὴν ἔξω τῆς κρύπτης. Ἐκοίταξεν ἄνω καὶ κάτω, εἰς τὴν κοιλάδα τὴν κατάφυτον ἀπὸ ἐλαιῶνας, ἀλλὰ ψυχὴ δὲν ἐφαίνετο. Τότε ἐσκέφθη νὰ πάρῃ τὸ καλάθι της καὶ τὸ ῥαβδί της, νὰ ἐξέλθῃ ἀπὸ τὴν μικρὰν κόγχην, ν᾽ ἀναβῇ ἐπάνω εἰς τὴν λόχμην τὴν σύνδενδρον, καὶ νὰ πάρῃ σιγὰ τὸ ῥέμα-ῥέμα, καὶ ν᾽ ἀρχίσῃ πάλιν τὴν παλαιάν της τέχνην, νὰ ψάχνῃ πρὸς ἀνεύρεσιν βοτάνων — τὰ ὁποῖα δὲν ἤξευρε πλέον εἰς τί θὰ τῆς ἐχρησίμευον, ἀφοῦ δὲν εἶχε πλέον εἰς τὸν κόσμον ἄλλο ἄσυλον, εἰμὴ τὴν εἱρκτὴν καὶ μόνην.

Ἀλλ᾽ ὅμως ἔτρεφεν ἀόριστον ἐλπίδα, ὅτι θὰ εὕρισκεν ἴσως ξενίαν εἰς καμμίαν μάνδραν ἢ καλύβην βοσκοῦ, καὶ τότε τὰ βότανα θὰ τὰ ἐπρόσφερεν εἰς τὴν σύζυγον τοῦ φιλοξενοῦντος ὡς μικρὸν ἀντάλλαγμα. Τὸ περισσότερον ὅμως, θὰ τὸ ἔκαμνε διὰ νὰ περάσῃ ἡ βαρεῖα ἀνία, ἥτις ἐβασάνιζε τὴν ψυχήν της.

Τὴν ὥραν ἐκείνην ἤκουσε μεμακρυσμένους κωδωνίσκους νὰ ἠχοῦν, καὶ συγχρόνως εἶδε μακρόθεν νὰ κατέρχεται ἕνα κοπάδι. Παρ᾽ αὐτὰ ἐσκέφθη ὅτι, ἂν δὲν προλάβῃ εὐθὺς νὰ ἐξέλθῃ ἀπὸ τὴν μικρὰν χαράδραν, μετ᾽ ὀλίγον ἡ κρύπτη της θ᾽ ἀνακαλυφθῇ ἐξ ἅπαντος. Διότι, καὶ ἂν τὰ πολλὰ τῶν ἀρνίων ἢ τῶν ἐριφίων ἐσκορπίζοντο, κ᾽ ἐπήγαινον νὰ πίωσιν εἰς τὸ μέγα ῥεῦμα, τὸ ὁποῖον ἔρρεεν ἐπάνω μέχρι τῆς στέρνας, καὶ ὕστερον κάτω ἀπὸ τὸν νερόμυλον, μερικὰ ἐξ αὐτῶν βεβαίως θὰ κατήρχοντο εἰς τὸ μικρὸν ρεῦμα, τὸ γεῖτον τῆς γούρνας. Εἶτα τὰ ζῶα θὰ ἐσκιάζοντο, θὰ ἐξαφνίζοντο, θὰ ὠπισθοχώρουν πηδῶντα, καὶ ὁ βοσκός, ὅστις καὶ ἂν ἦτο, θὰ τὴν ἀνεκάλυπτε, θὰ ἐπαραξενεύετο, καὶ ἴσως θὰ συνελάμβανεν ὑποψίας.

Τὸ καλύτερον ἄρα θὰ ἦτο ν᾽ ἀντιμετωπίσῃ, μὲ τὴν ἄφευκτον προσποίησιν, μὲ τὸ ψεῦδος εἰς τὰ χείλη, τὴν παρουσίαν τοῦ βοσκοῦ. Ἄλλως ἦτο πολὺ πιθανόν, ὁ ἀγροδίαιτος ἐκεῖνος νὰ μὴν εἶχε πρὸ ἡμερῶν εἰδήσεις ἀπὸ τὴν πόλιν, καὶ νὰ μὴν ἐγνώριζε τίποτε περὶ τοῦ διωγμοῦ, τὸν ὁποῖον ὑπέφερεν ἡ Φραγκογιαννοῦ.

ΙΓ΄

Μετ᾽ ὀλίγον τῷ ὄντι, ἀφοῦ ἡ Γιαννοῦ ἐξῆλθε τῆς κρύπτης, καὶ βαίνουσα παρὰ τὸ ρεῦμα ἔνευεν ἐδῶ κ᾽ ἐκεῖ ἀναζητοῦσα βότανα, ἐπλησίασε τὸ κοπάδι τῶν προβάτων μεικτὸν μετά τινων αἰγῶν καὶ ὁ βοσκὸς ἐνεφανίσθη. Ἡ Γιαννοῦ τὸν ἀνεγνώρισεν ἀμέσως. Ἦτον ὁ καλούμενος Γιάννης Λυρίγκος.

Ἅμα εἶδε τὴν γραῖαν, ἄρχισε νὰ φωνάζῃ μακρόθεν:

—Καὶ ποῦ σ᾽ αὐτὸν τὸν κόσμο, θεια-Γαρουφαλιά; (Ὁ Λυρίγκος ἀνεγνώρισε τὸ πρόσωπον, ἀλλά, φαίνεται, δὲν ἐνθυμεῖτο καλῶς τὸ ὄνομα). Καλὰ ποὺ σ᾽ ηὖρα!... Ὁ Θεὸς σ᾽ ἔστειλε!

— Τί νὰ τρέχῃ; εἶπε μέσα της ἡ Φραγκογιαννοῦ. Κάτι θέλει νὰ μοῦ πῇ. Βέβια, ὁ ἄνθρωπος δὲν θὰ ἔχῃ ἀκούσει τίποτα γιὰ τὰ πάθια τὰ δικά μου.

— Ξέρεις τίποτα, θεια-Γαρουφαλιά; ἐπανέλαβεν ὁ Λυρίγκος πλησιέστερον ἐρχόμενος.

— Τί νὰ ξέρω, γυιέ μου; εἶπεν ὑποκριτικῶς ἡ Φραγκογιαννοῦ, ἀπέχουσα νὰ ἐξαγάγῃ τὸν ἄνθρωπον ἐκ τῆς πλάνης ὅσον ἀφορᾷ τὸ βαπτιστικόν της ὄνομα, εἶτα ἐπέφερεν: — Ἀπὸ τὰ ψὲς λείπω ἀπ' τὸ χωριό. Ἦρθα νὰ μαζώξω βότανα στὰ ρέματα.

—Ἄκουσε, θεια-Γαρουφαλιά, ἐπανέλαβε μὲ ἁπλότητα ὁ ἄνθρωπος. Ἀπόψε γεννήσαμε, στὸ καλύβι.

— Γεννήσατε;

— Σπαργανίσαμε! Εἶναι τὸ τρίτο κοριτσάκι ποὺ μᾶς ἦρθε στὰ πέντε χρόνια… ὅλο κοριτσούδια, τὸ ἔρμο!

— Νὰ σᾶς ζήσῃ! εἶπεν ἡ γραῖα. Καλὴ σαράντιση τῆς φαμιλιᾶς σου!

—Ὡς τόσο, τὸ κοριτσάκι ἦρθε στὸν κόσμο ἄρρωστο, κι ὅλο κλαίει, καὶ στὸ βυζὶ δὲν κολλάει. Κ' ἡ μάννα του ἡ καψερή, τόσο καλὰ δὲν εἶναι… Ὅλο κάψη καὶ σεκλέτι, τὸ ἔρμο!

—Ἀλήθεια;

— Νὰ ἤθελες νὰ μᾶς ἔκανες τὴ χάρη, νὰ περνοῦσες ἀπ' τὸ καλύβι, νὰ ἔκανες κανένα ψευτογιατρικό, θεια-Γαρουφαλιά;… Ἐκείνη ἡ πεθερά μου δὲ φελάει τίποτα, τί σοῦ κάμῃ;

— Μὰ τώρα κοντεύει νὰ νυχτώσῃ… εἶπε μὲ ὑποκρισίαν ἡ Φραγκογιαννοῦ.

Καὶ μέσα της ἔλεγε: «Τὸ ριζικό μου εἶναι πλιό! Ὤχ Θέ μου!»

—Ἂς νυχτώσῃ… Ἂν θέλῃς, κοιμᾶσαι στὸ καλύβι.

Ἡ Φραγκογιαννοῦ ἐστάθη ὡς νὰ ἐδίσταζεν. Ἀλλ' ἦτον ἑτοίμη νὰ συναινέσῃ.

Τὴν ἰδίαν στιγμήν, μὲ τὴν τελευταίαν ἀκτίνα τοῦ ἡλίου, ἥτις ἐχρύσωνε τὴν κορυφὴν τοῦ ἀνατολικοῦ λόφου μὲ τοὺς ἐλαιῶνας τοὺς πολλούς, κ' ἔκαμνε νὰ στίλβῃ τὸ φύλλωμα τῶν ἐλαιῶν, ἐφάνησαν δύο ἄνθρωποι κατερχόμενοι δρομαῖοι ἀπὸ ἕνα μονοπάτι μεταξὺ δύο ἐλαιώνων.

Ἡ Φραγκογιαννοῦ τοὺς εἶδε πρώτη κ' ἐτρόμαξεν. Ὁ ἥλιος, ὅστις κατέλαμπε τὰ φύλλα, ἔκαμνε νὰ γυαλίζουν καὶ τὰ κομβία τῆς στολῆς των τὰ πρὸ μακροῦ χρόνου ἀγυάλιστα. Ἦσαν οἱ χωροφύλακες.

Πάραυτα ἡ Φραγκογιαννοῦ ἔστρεψε τὰ νῶτα πρὸς τὸν Γιάννην τὸν Λυρίγκον, κ' ἔτρεξε πρὸς τὴν ῥίζαν τοῦ πετρώδους βουνοῦ, πρὸς δυσμάς.

Ὁ βοσκὸς ἐφώναξεν ἔκπληκτος:

— Ποῦ πᾷς, θεια-Γαρουφαλιά;

— Σιώπα! παιδί μου, τοῦ ἐσύριξεν ἔντρομος ἡ γυνή, ἂν ἀγαπᾷς τὸν Χριστό! Ἔρχονται ταχτικοί!... Νὰ μὴν πῇς πὼς μὲ εἶδες!

— Ταχτικοί;

— Νὰ μὴ μὲ μαρτυρήσῃς παιδί μου, χάνομαι! Ἡσύχασε!... Ἂν γλυτώσω τώρα, τὴν νύχτα θὰ 'ρθῶ στὸ καλύβι σας...

Καὶ ἀφοῦ ἔβγαλε τὰ πασουμάκια της, τὰ ὁποῖα ἐξερχομένη ἀπὸ τὴν γούρναν εἶχε φορέσει, καὶ τὰ ἔρριψε μέσα στὸ καλάθι, ἄρχισε ν' ἀναρριχᾶται ἐλαφρὰ πατοῦσα, ἀνυπόδητη, μὲ τὸ καλάθι της περὶ τὸν ἀριστερὸν ἀγκῶνα, μὲ τὸ ραβδί της εἰς τὴν χεῖρα τὴν δεξιάν, τὸν κρημνὸν τὸν ἀνωφερῆ, ὅπου μόνον τὰ ὀλίγα ἐρίφια, ὅσα ἦσαν μεταξὺ τῶν προβάτων τοῦ Λυρίγκου, θὰ ἠδύναντο ν' ἀναρριχηθῶσι.

Μετ' ὀλίγα δευτερόλεπτα, ἀφοῦ ἀνῆλθεν εἰς ὕψος ὀλίγων ὀργυιῶν, ἐκρύπτετο ὄπισθεν τοῦ πρώτου προέχοντος βράχου, κ' ἐγίνετο ἄφαντη.

Εὐθὺς κατόπιν οἱ δύο χωροφύλακες, οἵτινες διὰ νὰ φθάσουν ἕως τὸ μέρος ὅπου εὑρίσκετο ὁ βοσκὸς ἦτο ἀνάγκη νὰ χαμηλώσουν καὶ διέλθουν τὸ ρεῦμα, μεταξὺ τῆς πυκνῆς λόχμης —καὶ τὴν περίστασιν ταύτην εἶχεν ἐπωφεληθῆ ὅπως φύγῃ ἡ Φραγκογιαννοῦ— ἔφθασαν πλησίον τοῦ Λυρίγκου. Ὁ βοσκὸς ἐν τῷ μεταξὺ ἐκοίταζε τὰ αἰγοπρόβατά του, τὰ ἐφώναζε: «Τίβι! τίβι!... ὄι! ὄι!». Ἐπροσπάθει νὰ τὰ συμμαζέψῃ καὶ τὰ φέρῃ πρὸς τὸν ἀνήφορον, διὰ νὰ τὰ ὁδηγήσῃ πρὸς τὴν ράχιν τὴν μεσημβρινήν, ὅπου εὑρίσκετο ἡ στάνη του.

Οἱ δύο ἄνδρες ἐχαιρέτισαν τὸν Λυρίγκον. Εἶτα τὸν ἠρώτησαν ἂν εἶδε «κείνη τὴν παλιογυναῖκα, πῶς τὴν λέν, τὴν Φραγκογιαννοῦ».

Ὁ Λυρίγκος εἶπεν ὄχι.

Ὁ εἷς τῶν χωροφυλάκων ὕβρισε τὸν βοσκόν.

— Ψέματα λές! Ἐγὼ τὴν εἶδα!...

Οὗτος ἐπέμενεν ὅτι εἶχεν ἰδεῖ τὸν ἴσκιον, τὸν «διακαμὸν» ἢ τὸ «διάνεμα», καθὼς ἔλεγε, τῆς γραίας, ν' ἀναρριχᾶται ὡς γάττα εἰς τὸ ὕψος τοῦ κρημνοῦ. Ὁ ἄλλος δὲν εἶχεν ἰδεῖ οὔτε ἰσχυρίζετο τίποτε.

Ὁ πρῶτος, μὲ τὰ τσαρούχια του, ἐδοκίμασε ν' ἀναρριχηθῆ εἰς τὸν βράχον. Ἀλλὰ μετὰ τρία βήματα κατεκρημνίσθη κ' ἔπεσε, κτυπήσας ἐλαφρῶς εἰς τὸ γόνυ.

Ἐκεῖ ὅπου εἶχεν ἀναβῆ ἡ Φραγκογιαννοῦ, ἦτο τὸ βουνὸν τοῦ Κουρούπη, βορεινόν, βραχῶδες, ἀπάτητον, καὶ τοὺς πόδας του ἐφίλει καὶ ἔπληττε τὸ κῦμα τοῦ πελάγους. Ἡ θέα ἠνοίγετο πρὸς τὴν ἀκτὴν τῆς Μακεδονίας, τὴν Χαλκιδικήν, καὶ τὸν μέγαν Ἄθωνα.

Ἡ θέσις ὅπου ἔφθασεν ἡ καταδιωκομένη γυνὴ ἐκαλεῖτο τὸ Κοχύλι. Ἀνθρώπινος ποὺς σπανίως ἐπάτει ἐκεῖ. Μόνον ὅταν ἀπεπλανᾶτο ἢ «ἐβραχώνετο» καμμία γίδα, τότε κανεὶς βοσκὸς ἐρριψοκινδύνευε ν᾿ ἀνέλθῃ πρὸς τὴν ἄβατον ἐκείνην σκοπιάν. Ἡ Φραγκογιαννοῦ ἀνεκάλυψε μικρὸν σπήλαιον, ὅλον ἀνοικτὸν εἰς τὴν θέαν τοῦ πελάγους, τὸ ὁποῖον ἦτο τὸ κυρίως Κοχύλι, κ᾿ ἐκάθισεν ἀνέτως εἰς τὴν χιβάδα ἐκείνην. Ἦτο σχεδὸν βεβαία ὅτι οἱ διῶκταί της δὲν θὰ τὴν ἔφθαναν ἐκεῖ. Ἐὰν τυχὸν κανεὶς ἀπ᾿ αὐτοὺς ἦτο τόσον «μάννας γυιός», ὥστε ν᾿ ἀποφασίσῃ καὶ νὰ κατορθώσῃ ν᾿ ἀναρριχηθῇ εἰς τὸν βράχον, αὐτὴ εἶχεν ἑτοίμην καὶ τὴν «ὑποχώρησιν». Ἐγνώριζεν ἓν ἄλλο μονοπάτι, ἔσωθεν τῆς διπλῆς κορυφῆς τοῦ πετρώδους βουνοῦ, σχίζον εἰς δύο τὰς συστάδας τῶν βράχων, τὸ ὁποῖον, γνωστὸν εἰς μόνους τοὺς αἰγοβοσκοὺς τῶν μερῶν τούτων, ἔφερε κατ᾿ εὐθεῖαν εἰς τὰς μάνδρας καὶ τὰς κατοικίας των.

Ἐκάθισεν εἰς τὴν κόγχην τοῦ βράχου, κάτω ἀπὸ τοὺς πόδας της ἔχουσα τὴν βοὴν καὶ τὴν μελῳδίαν τῶν κυμάτων, καὶ ἄνω τῆς κεφαλῆς της ἤκουε τὴν κλαγγὴν τῶν ἀετῶν καὶ τοὺς κρωγμοὺς τοῦ ἱέρακος. Καθὼς ἡπλώθη ἡ νύκτα, ἐφεγγοβόλησεν ἀπὸ ἄστρα τὸ ἀχανὲς στερέωμα, καὶ ὁ ἀὴρ ὁ εὐώδης θὰ ἦτον ἱκανὸς νὰ βαλσαμώσῃ καὶ αὐτὰ τῆς γυναικὸς ταύτης τὰ «πάθια». Τὸ κογχυλοειδὲς ἄντρον ἦτο μόνον ὡς τρία μπόια ἄνω ἀπὸ τὸ κῦμα, ἀλλ᾿ ὁ βράχος ἕως κάτω ἦτο τόσον κάθετος, ὥστε ἀδύνατον ἦτο «βροτὸς ἀνὴρ» ν᾿ ἀνέλθῃ ἢ νὰ κατέλθῃ. Ἦτο θέσις καλὴ μόνον διὰ νὰ πέσῃ τις εἰς τὴν θάλασσαν νὰ πνιγῇ, ἐὰν τὸ εἶχεν ἀποφασίσει.

Ἡ γραῖα ἔβγαλεν ἀπὸ τὸ καλάθι της τὰ ὀλίγα παξιμάδια, ὅσα τῆς εἶχον μείνει, ἐλαίας καὶ τυρίον, κ᾿ ἐδείπνησεν. Εὐτυχῶς τὸ φλασκί της ἦτο γεμᾶτο νερόν, ἐπειδὴ τὸ δειλινὸν τὸ εἶχε γεμίσει ἀπὸ τὴν γούρναν.

Ἔκλεισε τὰ ὄμματα, καὶ ἤρχισε νὰ ναναρίζεται μόνη της, ὑποψιθυρίζουσα ἕνα τραγούδι ὡσὰν μοιρολόγι, ἀλλὰ δὲν εἶχεν ὕπνον. Ἐπανῆλθον πάλιν καὶ τῆς ἔστησαν πολιορκίαν οἱ φόβοι καὶ τὰ φαντάσματα. Τὸν κλαυθμυρισμὸν ἐκεῖνον τοῦ νηπίου τὸν ἤκουε συχνὰ μέσα της, βαθιὰ στὰ σωθικά της. Τὸ μυστηριῶδες τοῦτο κλαῦμα ματαίως ἐδοκίμαζε νὰ κατασιγάσῃ μὲ τὸ ᾆσμα τὸ παραπονετικὸν καὶ ῥεμβῶδες, τὸ ὁποῖον ὑπεψιθύριζε:

Μαννούλα μου, ἤθελα νὰ πάω, νὰ φύγω, νὰ μισέψω,

τοῦ ριζικοῦ μου ἀπὸ μακριὰ τὴν πόρτα ν᾿ ἀγναντέψω.

Στὸ σκοτεινὸ βασίλειο τῆς Μοίρας νὰ πατήσω,

κ᾿ ἐκεῖ νὰ βρῶ τῆ μοῖρά μου, καὶ νὰ τὴν ἐρωτήσω...

Τῆς ἦλθεν εἰς τὸν νοῦν ὅτι, ἴσως οἱ «ταχτικοὶ» νὰ τὴν ἐκυνήγουν καὶ τὴν νύκτα ἀκόμη. Ἐὰν αὐτοὶ ἀνήρχοντο ἐπάνω, εἰς τὰ μανδριὰ τῶν βοσκῶν, κ᾿ ἔμεναν ἐκεῖ νὰ διανυκτερεύσουν;... Μήπως δὲν εἶχαν χλωρὴν μυζήθραν οἱ βοσκοί, ἢ μήπως δὲν εἶχαν γάλα καὶ στρογγυλιάτα, ἢ ἀκόμα καὶ κόττες διὰ στραγγάλισμα καὶ ψήσιμον, εἰς πρόχειρον ξυλίνην σούβλαν; Ἐὰν τυχὸν κανεὶς ἀπὸ τοὺς βοσκοὺς ἐγελᾶτο, κ᾿ ἐδείκνυεν εἰς τοὺς χωροφύλακας τὸ μέσα μονοπάτι, τότε ἡ ἀποχώρησίς της δὲν θὰ ἐκόπτετο; Καὶ ἦτο ἀπείρως δυσκολώτερον νὰ καταβῇ, ὁπόθεν ἀνέβη, ἐκτὸς ἂν ἐγίνετο πτερόπους κ᾿ ἔφευγε...

Εἶχε μέγα ἐνδιαφέρον νὰ ἐμάνθανε τί τοῦ εἶπαν τοῦ Λυρίγκου οἱ δύο «ταχτικοί», καὶ τί αὐτὸς εἶπε. Τὸ καλύβι τοῦ Λυρίγκου, τὸ ἐγνώριζε, ἦτον ἐπάνω στὴν ῥάχιν, ὄπισθεν τοῦ βουνοῦ, καὶ ἀπεῖχεν ὡς εἴκοσι λεπτὰ τῆς ὥρας. Τώρα, βέβαια, ὁ Λυρίγκος θὰ εἶχε μάθει τὸ διατί αὐτὴ κατεδιώκετο νὰ συλληφθῇ, καὶ διὰ ποίαν πρᾶξιν κατηγορεῖτο. Καὶ μὲ τί μοῦτρα νὰ παρουσιασθῇ, τότε, στὸ καλύβι, αὐτή; Ἀλλὰ πιθανὸν ὁ ἴδιος νὰ μὴν ἐκοιμᾶτο στὸ καλύβι, ἀλλὰ μᾶλλον εἰς τὴν μάνδραν τῆς ἀγέλης του, ἥτις θὰ εὑρίσκετο ἐκεῖ κάπου, ὄχι πολὺ μακράν. Καὶ τότε αὐτὴ θὰ εὕρισκε τὰς δύο γυναῖκας, τὴν λεχὼ καὶ τὴν μητέρα της, θὰ τὰς ἐξάφνιζε... Τί νὰ κάμῃ; Ποίαν ἀπόφασιν νὰ λάβῃ;

Ἀπεναρκώθη, καὶ χωρὶς νὰ κοιμᾶται ἐντελῶς, ὠνειρεύετο. Τῆς ἐφάνη ὅτι εὑρίσκετο ἀλλοῦ, εἰς ἄλλον τόπον. Σιμὰ εἰς τὸν Ἁι-Γιάννην τὸν Κρυφόν, ἐκεῖνον τὸν Ἅγιον ὅστις ἐγιάτρευε τοὺς κρυφοὺς πόνους, κ᾽ ἐδέχετο τὴν ἐξαγόρευσιν τῶν κρυφῶν ἁμαρτιῶν· ἐκεῖ ἔξαφνα εὑρέθη. Ἀντίκρυζε τὸν κῆπον τοῦ Περιβολᾶ, μὲ τὴν γυναῖκα τὴν κατάκλειστον εἰς τὴν καλύβην, τὴν ἄρρωστην. Ἔβλεπε τὴν θύραν τοῦ φραγμένου κήπου, τὸ πηγάδι, τὴν στέρναν, τὸ μάγγανον. Ἤκουσεν εὐκρινῶς νὰ ἐξέρχεται ἀπὸ τὴν στέρναν μία βαθεῖα, πολὺ βαθεῖα, ἀλλόκοτος βοή. Ἐταράσσετο τὸ νερὸν τῆς στέρνας, μὲ παφλασμὸν τρικυμίας, ἐφώναζε, καὶ σχεδὸν ὡμίλει ὡς ἄνθρωπος. Αὐτὴ διέκρινεν ἐναργῶς τὴν λέξιν τὴν ὁποίαν ἐπρόφερε τὸ λαλοῦν ἐκεῖνο νερόν: «Φόνισσα!... Φόνισσα!...»

Ἀνετινάχθη φρίσσουσα, ἐξύπνησε, καὶ διετύπωσε πρὸς ἑαυτήν, ὡς εἰς παραμίλημα πυρετοῦ, μίαν ἀλλόκοτον ἐρώτησιν: «Τάχα τὸ αἷμα τὸ πνιγμένο φωνάζει, ὅπως καὶ τὸ αἷμα ποὺ χύθηκε;»

Εἶτα εὐθὺς συνῆλθεν εἰς ἑαυτήν, ἐδοκίμασε πάλιν νὰ προφέρῃ τῆς προσευχῆς τὰ καταπραϋντικὰ λόγια: «Κύριε Ἰησοῦ...» Τὴν ἰδίαν στιγμὴν ἀνεπόλησε τὰ λησμονημένα λόγια ἑνὸς τροπαρίου, τὸ ὁποῖον εἶχεν ἀκούσει πολλὰς φορὰς εἰς τὴν νεότητά της νὰ ψάλλῃ ἕνας γέρων ἱερεύς: «Ἰησοῦ γλυκύτατε Χριστέ... Ἰησοῦ μακρόθυμε!»

Τότε εὐθὺς τῆς ἦλθε πάλιν ὁ ὕπνος, βαθὺς καὶ διαρκέστερος. Καὶ τότε ὠνειρεύθη οἱονεὶ ὅτι ἐξαναέζη ὅλην τὴν περασμένην ζωήν της. Καὶ παραδόξως, μέσα εἰς τὸν ὕπνον της, ἔβλεπε τὰ ἐπίλοιπα ἐκ τῶν ὀνείρων τῆς παρελθούσης ἡμέρας. Ἔβλεπεν ὄχι πλέον ὅτι ὑπανδρεύετο ἢ ἐπροικίζετο, ἀλλὰ ὅτι ἐγέννα, καὶ τῆς ἐφάνη ὅτι εἶχε καὶ τὰς τρεῖς κόρας της συγχρόνως, τὴν Δελχαρώ, τὴν Ἀμέρσαν καὶ τὴν Κρινιώ, μικράς, σχεδὸν ὁμήλικας, ὡς νὰ ἦσαν τρίδυμοι. Ὅτι αἱ τρεῖς, κρατούμεναι ἐκ τῶν χειρῶν, ἵσταντο ἔμπροσθέν της, καὶ τῆς ἐζήτουν θωπείας, ἀσπασμοὺς καὶ φιλεύματα. Αἴφνης, τὰ πρόσωπά των, ἀλλοιωθέντα, δὲν ὡμοίαζον πλέον ὡς τῶν τριῶν θυγατέρων της, ἀλλὰ προσέλαβον ὅλους τοὺς χαρακτῆρας τῶν τριῶν ἐκείνων κορασίων, τῶν πνιγμένων, καί, ὡς κομβολόγιον ἐκρεμάσθησαν αἴφνης ἀπὸ τὸν λαιμόν της.

—Ἐγὼ εἶμαι ἡ Ματούλα, ἔλεγεν ἡ μία. — Κ᾽ ἐγὼ ἡ Μυλσούδα, ἡ μικλή, ἐψέλλιζεν ἡ ἄλλη. — Κ᾽ ἐγὼ εἶμαι ἡ Ξενούλα, ἔλεγεν ἡ τρίτη. — Φίλησέ μας! — Πάρε μας! — Ἡμεῖς τὰ κορίτσια σου! — Ἐσὺ μᾶς γέννησες, μᾶς ἔκαμες! — Μᾶς γέννησε... στὸν ἄλλο κόσμο, ἐπρόσθεσε σαρκαστικῶς ἡ Ξενούλα. — Χόρεψέ μας! — Δῶσέ μας μάμ! — Κάμε μας νάνι! — Τραγούδα μας! — Καμάρωσέ μας!

Ὤ! ἀλήθεια, τῆς ἐφαίνετο τόσον φυσικὸν τὸ πρᾶγμα! Αὐταὶ αἱ τρεῖς μικραὶ κορασίδες ἦσαν τὰ τέκνα της! Ὁποῖος ὁρμαθὸς ἔμψυχος, ἀνθρώπινος!... Νεκρωμένος, βαρὺς ἀπὸ τὸ ὕδωρ, ἀφρισμένος!... Πῶς θ᾽ ἀντεῖχεν ἡ γραῖα Χαδούλα νὰ φέρῃ, εἰς ὅλον τὸν καιρόν, ὅλον τὸν φρικώδη τοῦτον ὁρμαθὸν κρεμασμένον ἀπὸ τὸν τράχηλόν της!

Ἐξύπνησε παραλογισμένη, φρίσσουσα· ἐσηκώθη, ἐπῆρε τὸ ραβδί της, τὸ καλάθι της, καὶ ἀπεφάσισε νὰ φύγῃ ἐκεῖθεν. Ἐδῶ εἰς τὴν κοίλην χιβάδα τοῦ βράχου, εἰς τὴν βοὴν τοῦ ἐρήμου αἰγιαλοῦ, ὑπῆρχον πολλὰ φαντάσματα. Ὁ τόπος ἦτον στοιχειωμένος. «Ἂς φύγω κι ἀποδῶ!»

Πάραυτα ἐπανῆλθον εἰς τὸν νοῦν της οἱ λογισμοί της οἱ ἄλλοι, οἱ θετικώτεροι. Ἐὰν τυχὸν οἱ δύο χωροφύλακες εἶχον ἀνακαλύψει τὸ κρυφὸ μονοπάτι, τὸ καλύτερον ἦτο νὰ τρέξῃ πρὸ τοῦ κινδύνου, καὶ ἂν τοὺς συνήντα καθ᾽ ὁδόν, πιθανὸν νὰ εὕρισκε διέξοδον ὄπισθεν τῆς συστάδος τῶν βράχων, χειρότερον δὲ θὰ ἦτο ἂν τὴν ἀπέκλειαν ἐδῶ εἰς αὐτὴν τὴν στενούραν, εἰς τὸ Κοχύλι.

Ἔτρεξε τὸν δρομίσκον τὸν ἀνωφερῆ, εἰς τὴν ἀστροφεγγιάν, ἀνάμεσα εἰς τοὺς βράχους, καὶ μετὰ ἡμίσειαν ὥραν ἔφθασεν ἀσθμαίνουσα εἰς τὸν οἰκίσκον τοῦ Λυρίγκου. Ἐστάθη διὰ νὰ λάβῃ ἀναπνοήν, εἶτα ἔκρουσε τὴν θύραν.

Περὶ ἑνὸς μόνου ἦτο βεβαία, ὅτι οἱ δύο «ταχτικοὶ» εὑρίσκοντο παντοῦ ἀλλοῦ, ἀλλ᾽ ὄχι εἰς αὐτὸ τὸ καλύβι, ὅπου ὑπῆρχε γυνὴ λεχὼ μὲ τὴν συντροφίαν τῆς μητρός της. Ἐὰν ἔμειναν τὴν νύκτα εἰς τὸ βουνόν, θὰ εὑρίσκοντο εἰς ἓν ἀπὸ τὰ μανδριὰ τῶν ποιμνίων.

Ἡ γραῖα, ἡ πενθερὰ τοῦ Λυρίγκου, ἥτις δὲν εἶχεν ὕπνον νὰ κοιμηθῇ, ὅπως δὲν ἐκοιμᾶτο καὶ ἡ Φραγκογιαννοῦ πρὸ ἡμερῶν, ὅταν ἐσυντρόφευε τὴν λεχώ, τὴν κόρην της, ἐσηκώθη καὶ ἠρώτησε:

— Ποιὸς εἶναι;

— Μ' ἔστειλε ὁ Γιάννης, ἀπήντησεν ἔξωθεν τῆς κλειστῆς θύρας ἡ Χαδούλα, χωρὶς νὰ εἴπῃ τ' ὄνομά της, γιὰ νὰ κάμω γιατρικὰ τῆς λεχώνας.

— Τέτοιαν ὥρα;

— Δὲν μπόρεσα νωρίτερα νὰ 'ρθῶ.

— Ποῦ τὸν ηὗρες;

— Κάτω στὸ Λεχούνι, στὸ ρέμα.

Ἡ γραῖα ἀπέσυρε τὸν μοχλὸν καὶ ἤνοιξε τὴν θύραν.

— Αὐτοὶ δὲν ξέρουν τίποτε, ἐσκέφθη καθ' ἑαυτὴν ἡ Φραγκογιαννού· σ' αὐτὲς «περνάει ἡ μπογιά μου» ἀκόμα.

Ἅμα ἐπάτησε τὸν πόδα μέσα, καὶ ἄρχισε νὰ φέρεται ὡς οἰκοκυρά. Εἰς τὸ φῶς τοῦ κανδηλίου, τοῦ καίοντος ἐμπρὸς εἰς ἓν παλαιὸν εἰκόνισμα, τρίπτυχον, φέρον τὸν Χριστὸν ἐν τῷ μέσῳ, καὶ διαφόρους ἁγίους εἰς τὰς δύο πτέρυγας, ἐπῆγε κατ' εὐθεῖαν εἰς τὴν ἑστίαν, σιμὰ εἰς τὴν στρωμνὴν τῆς λεχοῦς, ἐπὶ τοῦ δαπέδου, ἐδοκίμασε τὴν φωτιάν, καὶ εἶδεν ὅτι ἦτον μισοσβησμένη. Ἐπῆρε ξυλάρια καὶ ξηρόκλαδα, ἀπὸ ἕνα σωρὸν παρὰ τὴν γωνίαν, ἔρριψεν ὀλίγα εἰς τὴν ἑστίαν, ἐφύσησε κ' ἐξάναψε τὴν φλόγα. Ἔλαβεν ἕνα ἰμπρίκι, τὸ ὁποῖον εὑρίσκετο ἐπὶ τῆς ἑστίας, τὸ ἐγέμισε νερόν, ἔψαξεν εἰς τὸ καλάθι της, ἐπῆρε δύο ἢ τρία κλωναράκια βοτάνων, τὰ ἔρριψε μέσα, κ' ἔβαλε τὸ ἀγγεῖον εἰς τὸ πῦρ.

Εἶτα, νεύουσα πρὸς τὸ μέρος τῆς λεχώνας, εἶπε σιγὰ εἰς τὴν γραῖαν:

— Μὴν τὴν ξυπνᾶς... Σὰν ξυπνήσῃ, ὕστερα, νὰ τὸ πιῇ αὐτό.

Ἡ γυνὴ ἀπήντησε διὰ νεύματος. Ἡ Φραγκογιαννοῦ ἐξηκολούθει νὰ φυσᾷ τὸ πῦρ. Ἡ γραῖα, ἐν ἀμηχανίᾳ, ἐπεθύμει νὰ τὴν ἐρωτήση καὶ πάλιν πῶς εὑρέθη ἐκεῖ τοιαύτην ὥραν, ἀλλὰ δὲν ἐτόλμα. Ἡ κόρη της ἔκαμνε κακὴ λεχωσιά, κ' ἐφοβεῖτο μὴν ἐξυπνήση ἔξαφνα καὶ θορυβηθῆ.

Τὸ θυγάτριον, μικρὸν ῥάκος δύο ἡμερῶν ζωῆς, τὸ ὁποῖον εἶχεν ἔλθει κι αὐτὸ εἰς τὸν κόσμον δι' ἁμαρτίας καὶ βάσανα, ἐκοιμᾶτο εἰς τὴν κοιτίδα του, ἀλλ' ἡ ἀναπνοή του ἦτο δύσκολος καὶ ἠκούετο ἐν μέσῳ τῆς σιωπῆς. Ἀπὸ καιροῦ εἰς καιρόν, ὅταν τὸ φύσημά του ἐγίνετο ὁπωσοῦν σφοδρότερον, καὶ τὸ βρέφος ἐφαίνετο ἕτοιμον νὰ ξυπνήση καὶ νὰ φωνάξη, ἡ μάμμη τὸ ἐνανούριζε δι' ἑνὸς μονοσυλλάβου, «Κοί, κοί, κοί, κοί!», ἐφαίνετο δὲ τῷ ὄντι ἡ συλλαβὴ αὕτη (ἥτις φαίνεται νὰ εἶναι ἡ πρώτη συλλαβὴ τοῦ «κοιμήσου!», ἢ αὐτὴ ἡ ῥίζα τοῦ «κεῖμαι»), ἐφαίνετο, λέγω, πολλάκις ἐπαναλαμβανομένη, νὰ ἐξασκῆ παράδοξον ὑποβολὴν καὶ γοητείαν.

Ἡ ὥρα παρήρχετο. Εἶχον λαλήσει ἤδη δύο φορὰς τὰ ὀρνίθια. Ἡ Πούλια εἶχεν ὑπερβῆ πρὸ πολλοῦ τὸ μεσουράνημα. Ἀπὸ τὴν ἀντικρινὴν κορυφὴν τῆς ῥάχης, ὅπου ἦσαν ἄλλα καλύβια κατοικούμενα ἀπὸ τὰς οἰκογενείας βοσκῶν, ἠκούσθησαν μεμακρυσμένα λαλήματα. Εἰς ταῦτα ἀπήντησεν εὐθὺς τὸ λάλημα τῶν πετεινῶν ἀπὸ τὸν ὀρνιθῶνα τοῦ καλυβιοῦ τοῦ Λυρίγκου.

Ἡ λεχώνα ἐξύπνησε. Ἡ μάννα της τῆς ἔδωκε νὰ πίῃ τὸ φάρμακον, τὸ ὁποῖον εἶχε παρασκευάσει ἡ Φραγκογιαννού.

— Κουράγιο, κοπέλα μ', εἶπεν αὐτὴ μὲ πραεῖαν φωνήν.

— Ποῦ βρέθηκες ἐδῶ; εἶπεν ἡ λεχώνα.

Τὴν ἐκοίταζε μὲ ἀπορίαν, κ' ἐδυσκολεύετο νὰ τὴν ἀναγνωρίση.

—Ὁ Θεὸς μ' ἔστειλε, εἶπε μετὰ πεποιθήσεως ἡ Γιαννού.

— Καλὰ ποὺ ἦρθες, ἐδήλωσε τότε καὶ ἡ γραῖα.

Τῷ ὄντι, αὔτη ἂν καὶ εἶχε παραξενευθῆ καταρχάς, ἐσκέφθη καὶ ἀνεγνώρισεν ὅτι ἡ παρουσία τῆς Γιαννοῦς ἦτο μία παρηγορία εἰς τὴν μοναξίαν των.

ΙΔ΄

Περὶ τὰ πρῶτα γλυκοχαράγματα, τὸ βρέφος εἶχεν ἐξυπνήσει, κι ἄρχισε νὰ κλαυθμυρίζῃ. Ἡ Φραγκογιαννοῦ ἔκαμε καὶ πάλιν «κουμάντο». Ἐσυμβούλευσε τὴν λεχὼ νὰ βάλῃ τὸ παιδίον εἰς τὸ βυζί, διὰ νὰ δοκιμάσῃ ἂν κατέβῃ τὸ γάλα. Συγχρόνως ἠκούσθη κρότος ἔξωθεν, κ᾽ εὐθὺς κατόπιν μία φωνή:

— Γριά!... Γριά! κοιμᾶστε;

Ἦτον ὁ Λυρίγκος, κ᾽ ἐκάλει τὴν πενθεράν του.

Ἡ γραῖα ἐγνώρισε τὴν φωνήν, ἐσηκώθη κ᾽ ἔτρεξεν εἰς τὴν θύραν.

—Ἔλα νὰ μοῦ δώσῃς ἕνα χέρι, ἐφώναξεν ὁ Λυρίγκος. Ὁ παραγυιὸς λείπει κ᾽ εἶμαι μονάχος.

Ὁ Γιάννης φαίνεται ὅτι δὲν ἐσκέφθη κἂν νὰ ἐρωτήσῃ διὰ τὴν λεχώ, τὴν γυναῖκά του, καὶ διὰ τὸ τέκνον του, πῶς εἶχον. Ἠισθάνετο μόνον ἐπείγουσαν ἀνάγκην, κ᾽ ἔκραζε τὴν πενθεράν του νὰ τὸν βοηθήσῃ εἰς τὰς ποιμενικὰς ἐργασίας τῆς πρωίας, δηλαδὴ ἴσως εἰς τὸ ξεμάνδριασμα, τὸ ἄρμεγμα, καὶ τὰ λοιπά.

— Δὲν μπορεῖ κανεὶς μοναχός του, τὸ ἔρμο!... Πρέπει νά 'χῃ τέσσερα χέρια! ἐπρόσθεσεν ὡς αὐτοδικαιολογούμενος.

Ἡ γραῖα ἐξῆλθε τρέχουσα. Ἡ Φραγκογιαννοῦ ἔμεινε μόνη, μὲ τὴν λεχὼ καὶ τὸ βρέφος.

Ἡ νεαρὰ γυνὴ εἶχε λαγοκοιμηθῆ πάλιν, καὶ δὲν εἶχεν ἀντιληφθῆ καλῶς τὴν ἀπουσίαν τῆς μητρός της. Μετ᾽ ὀλίγας στιγμὰς ἐξύπνησε καὶ εἶπε:

—Ποῦ πάει ἡ μάννα, θὰ πῶ;

Ἡ Φραγκογιαννοῦ, φρονοῦσα ὅτι τὸ καλύτερον ἦτον ἡ λεχώνα νὰ κοιμᾶται διὰ νὰ ἡσυχάζῃ, καὶ γνωρίζουσα ὅτι ἡ ἀπόκρισις ἡ διδομένη εἰς τοὺς πυρέσσοντας καὶ εἰς τοὺς ὡς ἐν ὑπνοβασίᾳ παραμιλοῦντας βλάπτει μᾶλλον ἢ ὠφελεῖ, δὲν ἀπήντησε τίποτε. Ἡ λεχὼ εὐθὺς καὶ πάλιν ἀπεκοιμήθη.

Τὸ θυγάτριον ἐκ νέου ἄρχισε νὰ κλαυθμυρίζῃ πολὺ τρυφερὰ καὶ παραπονετικά, μέχρις ὀχληρότητος. Ἡ Φραγκογιαννοῦ, ἥτις εἶχε λησμονήσει ὅλας τὰς τύψεις, τὰς ὁποίας εἶχεν αἰσθανθῆ ἀλγεινῶς ὑπὸ τὰς μελανὰς πτέρυγας τῶν ὀνείρων της, καὶ ἐσπαράσσετο καὶ πάλιν ἀπὸ τοὺς ὄνυχας τῆς πραγματικότητος, ἄρχισε νὰ σκέπτεται μέσα της:

—Ἄχ! δίκιο ἔχει, ὁ καημένος, ὁ Λυρίγκος... «Ὅλο κοριτσούδια, τὸ ἔρμο, ὅλο κοριτσούδια!»... Καὶ τί ξαλάφρωμα θὰ ἦτον τώρα γι᾽ αὐτόν, γιὰ τὴν ἄμοιρη τὴ γυναῖκά του, νὰ τοῦ τὸ 'παιρνε τώρα, ὁ Μεγαλοδύναμος!... αὐτὸ κἂν ποὺ 'ναι μικρό, καὶ δὲν ἔχει ν᾽ ἀφήσῃ μεγάλον καημὸ πίσω του!

Τὴν στιγμὴν ἐκείνην τῆς ἦλθεν εἰς τὸν νοῦν μία μικρὰ ἀπορία· ποῦ εὑρίσκοντο τ᾽ ἄλλα κοράσια τοῦ Λυρίγκου, τὰ μεγαλύτερα. Τότε ἐνθυμήθη ὅτι πρὶν ν᾽ ἀναβῇ εἰς τὸ καλύβι, ὅπου εὑρίσκετο τώρα, τὸ ὁποῖον ἦτο χαμηλὸν ἀνώγειον, ἐπέρασεν ἔξω ἀπὸ τὴν θύραν ἑνὸς ἄλλου μικροτέρου καλυβίου, τὸ ὁποῖον ἦτο χαμόγειον, καὶ ἦτο κτισμένον δίπλα, κολλητὰ μὲ τὸ πρῶτον. Ἦτο τὸ μικρὸν καλυβάκι τῆς γραίας, τῆς πενθερᾶς τοῦ Λυρίγκου, κ᾽ ἐκεῖ μέσα τῆς εἶχε φανῆ ὅτι ἤκουεν ἀναπνοὰς κοιμωμένων, ρογχαλίσματα. Ἐκεῖ βέβαια θὰ ἐκοιμῶντο, μαζὶ μὲ τὴν μικρὰν θείαν τους τὴν ἄγαμον, τὰ ἄλλα κοράσια τοῦ Λυρίγκου.

Ὡς ἐν ἀλλοφροσύνῃ καὶ ἐν πλάνῃ ὀνείρου, ἔτεινε τὴν χεῖρα πρὸς τὸ λίκνον, ἐντὸς τοῦ ὁποίου ὠλόλυζε τὸ μικρόν... Ἔκαμε χειρονομίαν ὡς διὰ νὰ σχηματίσῃ τοὺς δακτύλους της εἰς διλαβίδα, εἰς ἁρπάγην καὶ στραγγαλιάν. Ἠισθάνετο τὴν στιγμὴν ἐκείνην ἀγρίαν χαρὰν νὰ πνίξῃ τὸ μικρὸν θυγάτριον... Τῆς ἦλθεν εἰς τὸν νοῦν ὅτι ἦτο ἀβάπτιστον, καὶ ἂν τὸ ἔπνιγε, θὰ εἶχε διπλῆν ἁμαρτίαν... Ἡ σκέψις αὕτη ἐπὶ μίαν στιγμὴν τὴν ἀνεχαίτισεν, ἀλλ᾽ ὅμως ἀπεφάσισε νὰ ὑπερπηδήσῃ τὸν φραγμὸν τοῦτον... Παρὰ ἕνα δάκτυλον, ἡ χείρ της ἔψαυε τὸν λαιμὸν τοῦ μικροῦ πλάσματος...

Τὴν στιγμὴν ἐκείνην ἠκούσθη φωνή, βῆμα, κρότος, εἰς τὸ μικρὸν χαγιάτι ἔξω, καὶ ἡ θύρα, τὴν ὁποίαν ἡ γραῖα, ἡ πενθερὰ τοῦ Λυρίγκου, ἀναχωρήσασα δὲν εἶχε κλείσει μὲ τὸ μάνδαλον, ἀλλὰ μόνον τὴν εἶχε γείρει, ἠνοίχθη πέραν καὶ πέραν, ἐνδίδουσα εἰς ὤθησιν ἔξωθεν.

—Ἐδῶ εἶναι, ἠρώτησεν ὁ ἐμφανισθεὶς ἄνθρωπος, ἐδῶ εἶναι τὸ σπίτι τοῦ Λυρίγκου, τοῦ τσοπάνη;

Ἦτον χωροφύλαξ, μὲ τὸ χιτώνιον μισοκουμβωμένον, φουσκωτὸν ἐπὶ τοῦ στήθους, μὲ τὸ κασκέτον στραβά, μὲ στριμμένον τὸν μύστακα, καὶ μὲ τὴν κάπαν διπλωμένην μακρυνάρι ἐπὶ τοῦ ἀριστεροῦ ὤμου.

Μέσα στὸ καλύβι, ἡ κανδήλα ἐτρεμόσβηνεν ἐμπρὸς εἰς τὰ εἰκονίσματα. Ἡ φωτιὰ εἶχε καλυφθῆ καὶ πάλιν ἀπὸ τὴν τέφραν. Τὸ λυχνάρι σβηστὸν ἐκρέματο ἀπὸ τὸ μικρὸν ράφι τῆς ἑστίας. Ἦτο σκότος. Ἔξω, εἶχεν ἐξημερώσει, καὶ παρὰ δύο λεπτὰ ὁ ἥλιος θ᾽ ἀνέτελλεν.

Ὁ ἄνθρωπος δὲν ἔβλεπεν εἰμὴ ἀμυδρὰς σκιὰς μέσα. Τὴν λεχώναν εἰς τὴν στρωμνήν της, ὡς ἀμαυρὸν ὄγκον κατακειμένην, τὸ βρέφος τὸ ὁποῖον ἐσάλευε καὶ ἀνάσαινεν ἐντὸς τῆς σκάφης, ἥτις ἐχρησίμευεν ὡς λίκνον... καὶ τὴν Φραγκογιαννοῦ καθημένην ὡς φάντασμα, καὶ τείνουσαν τὴν χεῖρα πρὸς τὸ λίκνον.

Ἡ Φραγκογιαννοῦ ἔμεινε μὲ τὴν χεῖρα τεταμένην. Τὴν κατέλαβε φρίκη, τρόμος, ζάλη. Ἐντὸς δευτερολέπτου ἦλθεν εἰς ἑαυτήν, καὶ εἶδε τὸν φοβερὸν κίνδυνον.

Ἀκριβῶς ὄπισθέν της ἦτο ἓν μικρὸν παράθυρον βλέπον πρὸς βορρᾶν, ὑπόσαθρον, νοτισμένον καὶ κακοκλεισμένον. Ὡς νὰ εἶχε τιναχθῆ ἀπὸ ἔκρηξιν, ἐστράφη μηχανικῶς, ἄνοιξε τὸ παράθυρον, κ᾽ ἐπήδησεν ἔξω. Ἔπεσεν ἐπάνω εἰς χόρτα καὶ ἄχυρα, καὶ ὁ δοῦπος τῆς πτώσεώς της οὔτε ἠκούσθη. Τὸ χαμηλὸν παράθυρον μόλις ἀνεῖχε μισὴν ὀργυιὰν ἀπὸ τοῦ ἐδάφους.

Μόνον εἶχε ξεχάσει νὰ πάρῃ μαζὶ τὸ ραβδί της καὶ τὸ καλάθι της, τὰ ὁποῖα ὡς τόσον εὑρίσκοντο δίπλα της, εἰς τὸ πάτωμα. Ἦτο ἄξιον ἀπορίας, πῶς τόσον εἶχε σαστίσει. Τὰ ἐνθυμήθη ἀκριβῶς τὴν στιγμὴν καθ᾽ ἣν ἄρχισε νὰ τρέχῃ μετὰ τὸ πήδημά της, κ᾽ ἔτσι τῆς ἤρχετο ἂν ἦτο τρόπος, νὰ γυρίσῃ πίσω νὰ τὰ πάρῃ, καὶ νὰ στραβωθοῦν, νὰ μὴν τὴν ἰδοῦν οἱ διῶκταί της.

Ὡς τόσον ἔτρεχεν, ἔτρεχεν... εἶχεν εἰσέλθει μέσα εἰς τὸ δάσος, τοῦ ὁποίου τὰ διάφορα μονοπάτια τῆς ἦσαν πολὺ γνωστά. Δὲν ἐγύριζε νὰ ἰδῇ ὀπίσω της... Ἦτο βεβαία ὅτι οἱ δύο «ταχτικοὶ» θ᾽ ἀργήσουν νὰ ἐννοήσουν τί συνέβη, καὶ νὰ βαλθοῦν νὰ τὴν κυνηγήσουν.

Τῷ ὄντι οἱ δύο ἐκεῖνοι ἄνδρες τῆς δημοσίας ἀνάγκης δὲν ἐνόησαν κατ᾽ ἀρχὰς τί εἶχε συμβῆ. Τοὺς εἶχε στείλει «κατεπεῖγον» ὀπίσω ὁ εἰρηνοδίκης, ἀπὸ κοινοῦ μὲ τὸν πάρεδρον τὸν ἀστυνόμον, ὅστις, εἰς ὅσα ἀπεφαίνετο ὁ ἐμπνευσμένος ἐκεῖνος λειτουργὸς τῆς Θέμιδος, ἔλεγε πάντοτε ναί, καὶ μὲ τὸν ἐνωμοτάρχην, ὅστις δὲν ἔλεγε ποτὲ ὄχι, τοὺς εἶχε στείλει νὰ ὑπάγουν εἰς τὴν ἀγροτικὴν οἰκίαν τοῦ Ἰωάννου Λυρίγκου, διὰ νὰ τὸν προσκαλέσουν νὰ ἐμφανισθῇ ἐνώπιον τῶν ἀρχῶν, κ᾽ ἐν ἀνάγκῃ νὰ τὸν φέρουν διὰ τῆς βίας, ἐπειδή, ἐξ ὅσων εἶχον διηγηθῆ τὴν ἑσπέραν τῆς προτεραίας, εἰς τὴν πολίχνην, οἱ δύο χωροφύλακες, οἱ εἰρημένοι φωστῆρες συνέλαβον τὴν ὑπόνοιαν ὅτι ὁ Λυρίγκος ἐνείχετο εἰς τὴν ὑπόθεσιν τῆς φυγῆς τῆς γυναικὸς Χαδούλας, χήρας Ἰωάννου Φράγκου, χριστιανῆς, καὶ ἐκτελούσης οἰκιακὰ ἔργα, τὴν ὁποίαν ἔλεγον ὅτι εἶχον ἰδεῖ ν᾽ ἀναρριχᾶται εἰς τὸν κρημνὸν τοῦ πετρώδους βουνοῦ οἱ δύο στρατιωτικοὶ ἄνδρες.

Ὅθεν ἀμέσως, περὶ ὄρθρον βαθύν, ἀφοῦ ἐκοιμήθησαν ἐπὶ δύο ἢ τρεῖς ὥρας, φοροῦντες ὅλην τὴν στολήν των, οἱ δύο χωροφύλακες, εἰς τὰ ἰσόγεια τῆς δημαρχίας, τὰ γεμᾶτα ἀπὸ βλατοῦδες, σαρανταποδαροῦσες καὶ σαμαμίθια, τὰ ὁποῖα ἐχρησίμευον ὡς καζάρμα (ἡ καζάρμα αὐτὴ ἦτον ὁ τρόμος τῶν ἀγυιοπαίδων, τῶν μοσχομαγκῶν, ὡς καὶ ὅλων τῶν ὀφειλετῶν τοῦ δημοσίου), εἰς ἓν σφύριγμα τοῦ ἐνωμοτάρχου ἐσηκώθησαν, ἐπῆραν τὶς κάπες των, καὶ τὸ ἔβαλαν δρόμον διὰ τὸ βουνόν.

Ἐστέλλοντο ἰδίως διὰ νὰ φέρουν τὸν Λυρίγκον (καθὼς καὶ πάντα ἄλλον βοσκόν, τὸν ὁποῖον θὰ ἐξήταζον οἱ ἴδιοι, καὶ ὅστις θὰ ἔλεγε «μπερδεμένα λόγια», ἐφρόντισε νὰ προσθέσῃ ὁ εἰρηνοδίκης), ἀλλὰ πρὸ πάντων διὰ νὰ μυρισθοῦν τὰ ἴχνη τῆς Φραγκογιαννοῦς καὶ κατορθώσουν νὰ τὴν ἀνακαλύψουν. Διὰ τοῦτο εἶχον πληρεξουσιότητα νὰ ψάξουν ὅλα τὰ μανδριὰ καὶ τὶς στάνες, καὶ νὰ ἐξετάσουν ὅλους τοὺς βοσκοὺς τοῦ βουνοῦ. Ὅθεν, διὰ καλὸν καὶ διὰ κακόν, ἐπῆραν μαζὶ καὶ τὶς κάπες των.

Ὅταν ὁ πρῶτος χωροφύλαξ ὤθησε τὴν θύραν τοῦ οἰκίσκου, καὶ εἶδε σκότος καὶ σκιὰν μέσα, ἤκουσε τὸν κρότον τοῦ βορεινοῦ παραθύρου ἀνοιγομένου, εἶδεν ἀκτῖνας φωτὸς ἐκεῖθεν νὰ εἰσδύωσι, κ᾽ εὐθὺς ἓν μαῦρον σῶμα νὰ φράττῃ τὰς ἀκτῖνας ταύτας, κυρτόν, συνεσταλμένον, ἄμορφον, καὶ ἤκουσε τὸν ἀσθενῆ δοῦπον τῆς πτώσεως. Τότε τὸ παράθυρον ἔμεινεν ἀνοικτόν, καὶ εἰς τὰς διπλᾶς διασταυρουμένας ἀκτῖνας τὰς διὰ τῆς θύρας καὶ τοῦ παραθύρου, εἶδε καθαρὰ τὴν γυναῖκα τὴν λεχώ, ἐξαπλωμένην ἐπὶ τῆς κλίνης της.

— Τί τρέχει ἐδῶ; ἐφώναξεν ἔκπληκτος ὁ ἄνθρωπος.

Ἡ λεχώνα ἐξύπνησε, κ᾽ ἐπρόφερε μὲ ἀσθενῆ φωνήν:

— Μάννα, ἐσύ ᾽σαι;... Ἦρθες;

ΙΕ΄

Ἐπάνω, εἰς τὰ Καμπιά, εἰς τὸ ὑψηλὸν ὀροπέδιον, ὅταν ἔφθασε λαχανιασμένη, ξεγλωσσασμένη ἡ Φραγκογιαννοῦ, ἐστάθη, ἐγύρισε πρὸς τὸν κατήφορον, ὁπόθεν εἶχεν ἔλθει, κ᾽ ἐκοίταζε μὴν ἴδῃ ἢ ἀκούσῃ σκιὰν ἢ βῆμα τρέχοντος λαγωνικοῦ, χωροφύλακος. Δὲν ἐφαίνετο τίποτε. Ἀλλ᾽ ὅμως δὲν ᾐσθάνετο ἑαυτὴν ἐν ἀσφαλείᾳ.

Ἐστάθη ὡς ἀφῃρημένη κ᾽ ἐσκέπτετο. Ἔκαμνε κάτι ὡς μαθηματικὸν ὑπολογισμόν. Ἐλογάριαζε τὸν χρόνον ὅσος θ᾽ ἀπῃτεῖτο ὡς ἔγγιστα, διὰ νὰ συνέλθουν ἀπὸ τὴν ἔκπληξίν των οἱ δύο τακτικοί (τὸν δεύτερον δὲν τὸν εἶδεν, ἀλλὰ τὸν ἐμάντευε), διὰ νὰ ἐννοήσουν τί συνέβη, ἴσως νὰ ζητήσουν πληροφορίας (ἡ λεχώνα θὰ ἐτρόμαζεν ἄδικα καὶ δὲν θὰ ἤξευρε τίποτε νὰ τοὺς εἰπῇ· ἀλλὰ τότε, θὰ ἔτρεχον ἴσως πρὸς τὴν στάνην, ὅπου εὑρίσκετο ὁ Λυρίγκος κ᾽ ἡ πενθερά του; τόσῳ περισσότερον θ᾽

ἀργοποροῦσαν) εἶτα νὰ πετάξουν τὶς κάπες των κάτω, καὶ νὰ τὸ βάλουν στὰ πόδια νὰ τὴν κυνηγήσουν.

Ἀλλ᾽ εἶδαν τάχα ἀκριβῶς, ἢ ἐνόησαν, ἢ ἐγνώριζαν τὸ μονοπάτι τὸ ὁποῖον εἶχε πάρει αὐτή; Καὶ μήπως εἶχε τρέξει ὅλην τὴν ὥραν ἕνα καὶ τὸν αὐτὸν δρόμον; Καταρχὰς εἶχε στραφῆ δεξιά, ὡς νὰ ἤθελε νὰ πάρῃ τὸν κατήφορον, εἶτα ἐστράφη ἀριστερά, κ᾽ ἔτρεξε τὸν ἀνήφορον — μὲ ὅλον τὸ μειονέκτημα τὸ ὁποῖον εἶχεν ὁ ἀνηφορικὸς δρόμος διὰ νὰ λαχανιάσῃ τις, ὅταν καταδιωκόμενος βιάζεται νὰ τρέχῃ. Ἀλλ᾽ ἐὰν αὐτὴ θὰ ἐλαχάνιαζε, μήπως ἐκεῖνοι, καίτοι νέοι, δὲν ὑπέκειντο εἰς τὸ πάθημα τοῦτο; Ἡ Χαδούλα ἤξευρε μάλιστα, κατὰ σύμπτωσιν, ὅτι ὁ εἷς τῶν δύο ἐκείνων νέων ἔπασχεν ἀπὸ ἄσθμα… Δὲν ἦτο πολὺς καιρὸς ἀφότου αὐτὸς εἶχε παρακαλέσει τὸν γαμβρόν της νὰ εἰπῇ τῆς γριᾶς νὰ τοῦ κάμῃ ἕνα μαντζούνι διὰ τὸ νόσημα τοῦτο.

Ἀλλὰ μὲ ὅλην τὴν ἐκδούλευσιν αὐτήν, ἡ Γιαννοῦ ἤξευρεν ὅτι δὲν ἔπρεπε νὰ περιμένῃ ἔλεος ἀπὸ τὸν χωροφύλακα. Ὁ ἄνθρωπος ἔκαμνε τὸ καθῆκόν του. Ἂς ἔλειπαν αἱ περιποιήσεις τὰς ὁποίας θὰ τῆς ἔκαμναν, ἂν αὐτὴ ἔπεφτε στὰ χέρια των, καὶ ἂν ἔμελλον νὰ τὴν ὀνομάζουν «σταυρομάννα»!! Εἶχε παρατηρήσει ἄλλοτε, εἰς τὰς περιπετείας καὶ τὰ βάσανα ὅσα εἶχεν ὑποφέρει ἐξ αἰτίας τοῦ υἱοῦ της, τοῦ Μούρτου, ὅτι τὸ εἶδος αὐτῶν τῶν ἀνθρώπων τότε μάλιστα θυμώνουν ὅταν ὁ καταζητούμενος ἀνθίσταται, ὅταν αὐθαδιάζῃ, πολὺ δὲ περισσότερον ὅταν φεύγῃ, καὶ ἀναγκάζωνται αὐτοὶ νὰ τὸν κυνηγοῦν, ὥστε νὰ βγαίνῃ ἡ ψυχή τους ἀνάποδα… Ὤ! βέβαια ἔχουν δίκαιον τότε νὰ σκληρύνωνται, καὶ νὰ γίνωνται θηρία ἀνήμερα· ὅθεν καὶ ἡ Φραγκογιαννού, φεύγουσα, καὶ βιάζουσα αὐτοὺς νὰ τρέχουν δὲν ἐπερίμενεν ἔλεος ἀπ᾽ αὐτούς.

Ἐκεῖ ὅπου ἵστατο συλλογισμένη, ἀκούει βήματα ὄπισθέν της, ἀπὸ τὸ μέρος τὸ ἀντίθετον πρὸς ἐκεῖνο ἐξ οὗ αὐτὴ ἦλθε. Στρέφεται καὶ βλέπει ἕνα ἄνθρωπον, ἕνα βοσκόν. Ἡ Φραγκογιαννοὺ τὸν ἀνεγνώρισεν. Ἦτο ὁ καλούμενος Καμπαναχμάκης. Ἤρχετο μὲ πατήματα λοξά, ἀκολουθούμενος ἀπὸ τὸν σκύλον του, ὅστις ἐγρύλισεν ἅμα εἶδε τὴν γυναῖκα. Ἀλλ' ὁ ἀφέντης του τὸν ἐμάλωσε.

Εἶδε τὴν Φραγκογιαννοὺ κ' ἐστάθη. Ἤρχετο ἀπὸ τὸ καλύβι κ' ἐπήγαινεν εἰς τὸ μανδρί του. Ὑψηλός, μελαψός, ἰσχνός, εὐρύστερνος, τὴν κόμην καὶ τὸ γένειον μὲ χρῶμα ἀχύρου καψαλισμένου, κρατῶν τὴν ῥάβδον του τὴν κυρτήν, ὑψηλὴν ἴσα μὲ τὸ μπόι του, ἐστάθη ἐνώπιον τῆς Φραγκογιαννοῦς. Ὁ ἄνθρωπος ἐφαίνετο νὰ εὑρίσκεται εἰς μεγάλην θλῖψιν καὶ ἀδημονίαν.

—Ἄ! ποῦθε αὐτὸ τὸ καλό! εἶπε μὲ τὴν φωνήν του τὴν δυσδιάκριτον καὶ τραχεῖαν, σφίγγων τοὺς ὀδόντας ἐνῷ ὡμίλει. Τόμ' σ' ἀγροίκησα, ταμὰμ σὲ προσήφερα, κυρα-Γιαννού... Ὁ Γεραμπῆς σὲ στέλνει!

— Τί λὲς γυιέ μου; εἶπε μὲ τὸ ὑποκριτικὸν ἦθός της ἡ Χαδούλα.

— Καλὰ ποὺ σ' ἐσταύρωσα! Εἶπα, αὐτήνη εἶναι κείν' ἡ καλὴ γυναίκα κάτ' ἀπ' τὴ χώρα ποὺ γρουνίζει τὰ γιατρικὰ καὶ διώχνει κάθε γρουσουζλιὰ ἀλάργα! Τόμ' σ' ἀπείκασα, μονοκοπανιᾶς σ' ἐγρούνισα!... Μὰ δὲ ξέρ'ς τίποτε, κυρα-Γιαννού μ';

— Τί τρέχει παιδί μου;

—Μεγάλο ζαράρι μ' εὑρῆκε, νὰ 'χω τὸ συμπάθειο, θεια-Γιαννού! Τρανό, ἄτυχο ντέρτι! Ἡ φαμιλιά μ', ὄξ' ἀπὸ λόου σου, βγῆκε τὴν νύχτα πρὸς νεροῦ της, ὄξ' ἀπ' τὸ καλύβι, κυρα-Γιαννού μ', κ' ἐγύρισε πίσω κακὰ κι ἀδέξια... Ντούρμα βγῆκε, κ' ἐγύρισε μονοκοπανιά, χτυπημένη, ξεγλωσσασμένη, ἀγρούνιστη... Χτυπήθηκε, μακριὰ ἀπὸ λόγου σου... Ἡ γλῶσσά της κρεμασμένη, ὄξ᾽ ἀπ᾽ τὸ σιαγόνι της, τὴ λαλιά της τὴν ἔχασε, τὴν ηὗρε κακὴ θερμασιὰ καὶ κρυάδα καὶ ἀσπασμοί... Κείτεται στὸ στρῶμα μισοπεθαμένη!

—Ἀλήθεια;... Ὦ, ἁμαρτίες!... Καὶ πότε ἔγινε αὐτό;

— Προχτὲς τὸ βράδυ, τὴν νύχτα, τὰ μεσάνυχτα, θεια-Γιαννού! Ὄξου ἀπὸ λόου σου, νὰ 'χω τὸ συμπάθειο... Ντούρμα βγῆκε ὄξ᾽ ἀπ᾽ τὸ καλύβι, κ᾽ ἐγύρισε πίσω χτυπημένη, παλαβιασμένη... Κοπιάζεις ὡς τὸ καλύβι μπάριμ, τώρα ἐδῶ ποὺ σ᾽ ἐσταύρωσα, κυρα-Γιαννού μ᾽! Μονάχα νὰ τὴν θωρήσης, ν᾽ ἀγροικήσης σὲ τί χάλι βρίσκεται... Ἐλμπέτ, καλὸ θὰ τῆς κάμης· μὲ τὰ γιατρικά σου, θὰ διώξης κάθε ἐνάντιο, ἕνα κ᾽ ἕνα!

— Καὶ πῶς τῆς ἦρθε αὐτό; εἶπεν ἡ Φραγκογιαννού.

— Ποιὸς ξέρει τί ἁμαρτίες, κυρα-Γιαννού μ᾽. Ὁ Γεραμπῆς τὸ ξέρει.

Ἡ Χαδούλα ἐσκέφθη ἐπὶ στιγμήν. Εἶτα εἶπε:

— Καλά· θὰ πάω ἀποκεῖ, τώρα-τώρα.

— Νὰ 'χης πολλὴ ζωὴ καὶ καλὴ ψυχή, θεια-Γιαννού! εἶπεν ὁ Καμπαναχμάκης. Ὁ Γεραμπῆς σ᾽ ἔστειλε.

Ἀφοῦ ἀπεμακρύνθη ὁ Καμπαναχμάκης, ἡ Φραγκογιαννοὺ ἐσκέφθη ὅτι θὰ εἶχε καταφύγιον, τοὐλάχιστον, διὰ τὴν ἐπομένην νύκτα καὶ ὅτι τὸ καλύτερον θὰ ἦτο νὰ κρυφθῇ τὴν ἡμέραν εἰς καμμίαν λόχμην ἢ εἰς καμμίαν σπηλιάν, ὅπου οἱ χωροφύλακες ἀδύνατον θὰ ἦτον νὰ τὴν εὕρωσι.

Ἐπῆρε τὸν κατήφορον, κατῆλθεν εἰς τῆς Ἀγαλλιανοῦς τὸ ρέμα. Ἐστάθη νὰ πίῃ νερὸν εἰς μίαν βρύσιν. Ἐκεῖ συνήντησεν ἕνα γέροντα μοναχόν, τὸν πάτερ Ἰωάσαφ, κηπουρὸν τοῦ μοναστηρίου τοῦ Εὐαγγελισμοῦ, τὸ ὁποῖον διέγραφε πρὸς τὰ ἄνω τὴν σεμνὴν κατατομήν του, εἰς τὴν κορυφὴν τοῦ ῥεύματος.

Ἡ Φραγκογιαννοῦ εἶχε καθίσει νὰ λάβῃ ἀναψυχὴν πλησίον τῆς δροσερᾶς πηγῆς, ἐστήριξε τὴν κεφαλὴν εἰς τὴν χεῖρά της, ἐφαίνετο βυθισμένη εἰς λογισμούς, καὶ συγχρόνως «αὐτιάζετο», κ' ἔτεινε τὸ οὖς, φανταζομένη κατὰ πᾶσαν στιγμὴν ὅτι ἤκουε βήματα τῶν χωροφυλάκων.

Ὁ πάτερ Ἰωάσαφ ἦλθε νὰ γεμίσῃ ἕνα σταμνίον ὕδατος, καὶ ἰδὼν τὴν Φραγκογιαννοῦ τὴν ἐκαλημέρισε.

—Ποῦ βρέθηκες ἐδῶ, γερόντισσα; Κάτι συλλογισμένη σὲ βλέπω...

—Ἄχ! γυιέ μου!... εἶπεν ἡ Φραγκογιαννοῦ. Ἔχω βάσανα καὶ πάθια...

—Τὰ βάσανα δὲν λείπουν ἀπὸ τὸν κόσμο, γερόντισσα... Ὅσο καὶ νὰ κάμῃ ὁ ἄνθρωπος, δὲν μπορεῖ νὰ τ' ἀποφύγῃ...

—Ἄχ! πάτερ Γιάσαφε, εἶπεν ἐν θλιβερᾷ διαχύσει ἡ Φραγκογιαννοῦ. Νὰ 'μουν πουλὶ νὰ πέταγα!!!

—«Τίς δώσει μοι πτέρυγας ὡσεὶ περιστερᾶς;» εἶπεν ὁ Ἰωάσαφ, ἐνθυμηθεὶς τὸν ψαλμόν.

—Ἤθελα νὰ ἔφευγα ἀπ' τὸν κόσμο, γεροντά μου... Δὲν μπορῶ νὰ ὑποφέρω πλιά!

—«Ἐμάκρυνας φυγαδεύουσα καὶ ηὐλίσθης ἐν τῇ ἐρήμῳ», εἶπε πάλιν ὁ γέρων μοναχός.

—Μεγάλη φουρτούνα μ' ηὗρε, γεροντά μου, καὶ μεγάλη λιγοψυχιὰ μ' ἐκόλλησε.

—Ὁ Θεὸς νὰ σὲ γλυτώση κόρη μου «ἀπὸ ὀλιγοψυχίας καὶ ἀπὸ καταιγίδος», ἐπέφερεν ὁ Ἰωάσαφ, συνεχίζων τὸν ψαλμόν.

—Ἀπ' τὴν κακία, ἀπ' τὴν κακογλωσσιά, ἀπ' τὸ φθόνο, δὲν μπορεῖ νὰ γλυτώση ἕνας ἄνθρωπος.

— «Καταπόντισον, Κύριε, καὶ καταδίελε τὰς γλώσσας αὐτῶν, ὅτι εἶδον ἀνομίαν καὶ ἀντιλογίαν ἐν τῇ πόλει», ἐπέρανεν ὁ πάτερ Ἰωάσαφ.

Εἶτα ἀφοῦ ἐγέμισε τὸ σταμνί του εἶπε:

—Ἂν περάσῃς ἀπὸ τοὺς κήπους, γερόντισσα, φώναξέ με νὰ σὲ φιλέψω κανένα μαρούλι κι ὀλίγα κουκιά.

Καὶ ἀπεμακρύνθη.

Τὴν ἑσπέραν ἡ Φραγκογιαννοῦ εὑρίσκετο εἰς τὴν Πέρα-Ράχην, εἰς τὸ καλύβι τοῦ Καμπαναχμάκη. Ἡ σύζυγος τοῦ βοσκοῦ, γυνὴ πλέον ἢ τριάκοντα ἐτῶν καὶ μήτηρ πέντε τέκνων, ἔκειτο ἐπὶ τῆς κλίνης. Ἦτο εἰς ἀθλίαν κατάστασιν. Τὸ μοῦτρό της εἶχε στραβώσει ἀπὸ τὴν νευρικὴν προσβολήν, ἡ γλῶσσά της ἐκρέματο ἔξω τοῦ στόματος, κ' ἐξέπεμπεν ἀνάρθρους φωνάς.

— Πῶς σοῦ ἦρθε αὐτό; τὴν ἠρώτησε διὰ νεύματος μᾶλλον ἢ διὰ τῆς φωνῆς ἡ Φραγκογιαννοῦ. Ἡ πάσχουσα ἀπήντησε διὰ γρυλισμοῦ οὐδὲν τὸ ἀνθρώπινον ἔχοντος.

Ἡ Φραγκογιαννοῦ ἐκάθισε παρὰ τὴν ἑστίαν, καὶ ἠσχολεῖτο νὰ βράσῃ βότανα διὰ τὴν πάσχουσαν. Δὲν εἶχε πλέον τὸ καλάθι της, ἀλλὰ εἶχε γεμίσει τοὺς κόλπους της ἀπὸ διάφορα μικροσκοπικὰ χόρτα, τὰ ὁποῖα εἶχε συλλέξει τὴν ἡμέραν κάτω εἰς τὰ ρέματα τῶν κοιλάδων.

Τὰ δύο μικρὰ κοράσια τῆς ἀσθενοῦς ἐκάθισαν σιμὰ εἰς τὰ γόνατα τῆς Φραγκογιαννοῦς, γλειφίδικα, καὶ ζητοῦντα θωπείας.

Ἡ Γιαννοὺ ἐθώπευσεν τὰ σιαγόνια των καὶ τοὺς λαιμούς των, τόσον δυνατά, ὥστε ἠσθάνθησαν πόνον, καὶ τὸ ἓν ἐφώναξε:

— Μάννα!

Ἀλλ᾽ ἡ μάννα ἦτον δι᾽ αὐτὰ ὡς νὰ μὴν ὑπῆρχε, καὶ τὰ δυστυχῆ πλάσματα δὲν ἦσαν εἰς ἡλικίαν οὔτε νὰ αἰσθανθῶσι τὴν ἔλλειψιν, οὔτε νὰ δύνανται τοὐλάχιστον νὰ τὴν ἀναπληρώσωσι. Τὸ μικρὸν ἀγόρι, τὸ ὁποῖον ἐφαίνετο νὰ εἶναι ὁμήλικον μὲ τὸ κοράσιον τὸ ἕν, ὡς νὰ ἦσαν δίδυμα, ἔκλαιε κι ἐζήτει «νὰ σηκωθῇ ἡ μάννα του νὰ τοῦ κάμῃ γριὰ στὸ τηγάνι».

— Τώρα, γυιέ μου, ἐγὼ νὰ σοῦ κάμω γριά, εἶπε τυχαίως ἡ Φραγκογιαννοῦ.

— Δὲν ἔχουμε ἀλεύρι, θειά, εἶπε τὸ μεγαλύτερον ἐκ τῶν δύο κορασίων.

— Καλά· νὰ ἔλθῃ ὁ πατέρας νὰ φέρῃ ἀλεύρι, εἶπεν ἡ Φραγκογιαννοῦ πρὸς τὸ παιδίον, κ᾽ ἐγὼ νὰ σοῦ κάμω «γριά»! Ἡσύχασε τώρα.

Ἀλλὰ τὸ ἀγόρι δὲν τὰ ἤκουεν αὐτά.

— Γριὰ θέλω, καὶ νά 'ναι ζαρωμένη γριά! Νά 'χῃ καὶ πετμέζι.

— Ποῦ νὰ βρεθῇ τὸ πετμέζι, γυιέ μου; εἶπεν ἡ Φραγκογιαννοῦ. Μεθαύριο νὰ μαυρίσουν τὰ σταφύλια στ᾽ ἀμπέλι, νὰ τὰ τρυγήσουμε, νὰ κόψουμε τὰ ξεκούδουνα ἀπ᾽ τὰ κλήματα, νὰ κάμουμε πολὺ-πολὺ πετμέζι, νὰ φάῃ τὸ καλὸ παιδί. Πῶς σὲ λένε;

— Γιώργη τόνε λέμε, θειά, εἶπε τὸ μεγαλύτερον κοράσιον.

— Ἐσένα;

— Δαφνώ.

—Κ᾽ ἐσένα; ἠρώτησεν ἡ Γιαννοὺ τὸ μικρότερον θυγάτριον.

—Ἀνθή.

—Νὰ ζήσετε!

—Καὶ πότε θὰ τὰ κόψουμε, θειά, τὰ σταφύλια; ἐφώναξε τὸ ἀγόρι. Δὲν πᾶμε τώρα στ᾽ ἀμπέλι νὰ τὰ κόψουμε;

—Ὄχι τώρα, γυιέ μου, ταχιά.

—Ταχιὰ το-ταχύ; εἶπεν ὁ Γιώργης.

—Ναί, γυιόκα μου. Ἀπόψε θὰ δέσουν οἱ ρᾶγες, καὶ θὰ γλυκάνουν, καὶ θὰ μαυρίσουν, καὶ ταχιὰ το-ταχὺ θὰ πάρουμε τοὺς τρυγολόγους νὰ τρέξουμε στ᾽ ἀμπέλι, νὰ τρυγήσουμε, νὰ τὰ κάμουμε κότσι-κότσι, τὰ σταφύλια, τὰ ξεκούδουνα, νὰ τὰ πατήσουμε, νὰ τὰ λυώσουμε, καὶ θὰ κάμουμε μουστόπιττες καὶ πετμέζια καὶ χίλιων λογιῶν καλά… καὶ τότε, θὰ σοῦ κάμω ἐγὼ μιὰ γριά, ζαρωμένη, ἴσα μὲ τὸ τηγάνι μεγάλη!

—Σέλω νὰ ᾽ναι πουλύ, πουλὺ μεγάλη! εἶπεν ὁ μικρός.

—Μεγάλη γριά, ἴσα μ᾽ ἐμένα, εἶπεν ἡ Φραγκογιαννού.

Ἐν τῷ μεταξύ, τὸ μικρότερον τῶν δύο κορασίων, τὸ Δαφνώ, καθὼς ἐκοίταζεν ἐναλλὰξ τὸν λύχνον καὶ τὴν Φραγκογιαννοὺ μὲ τεθηπὸς βλέμμα, ὡς νὰ ὑπνωτίσθη ἀπὸ τὸ ὄμμα τῆς γραίας, ἐνύσταξε, ἔγειρε τὸ κεφαλάκι του πρὸς τὴν ἑστίαν, καὶ ἀπεκοιμήθη. Ἡ Γιαννοὺ ἐπιμόνως τὸ ἐχάδευεν ὑπὸ τὸ κατωσάγονον, καὶ πότε ἡ χείρ της ἐγλίστρα πρὸς τὸν τράχηλον, καὶ ἴσως εἶχε κλίσιν νὰ θλίψῃ κάπως δυνατώτερα τὸν λαιμὸν τοῦ κορασίου. Ἀλλὰ τὴν ἰδίαν στιγμὴν ἠκούσθη δρομαῖον βῆμα ἔξωθεν, ἡ θύρα ἠνοίχθη, καὶ εἰσῆλθεν ὁ Καμπαναχμάκης.

—Δῶ εἶσαι, κυρα-Γιαννού! εἶπεν ἐν ἄκρᾳ ταραχῇ. Σήκου! Νὰ φύγῃς! νὰ κρυφτῇς!

— Τί τρέχει; εἶπεν ἡ γραῖα, προσπαθοῦσα νὰ φανῇ ἀτάραχος.

—Οἱ ταχτικοὶ σὲ χαλεύουν. Τί ζαρὰρ ἔκαμες, χριστιανή; Τρέχουν οἱ ταχτικοὶ γυρεύοντάς σε. Σήκου, τρέχα! νὰ κρυφτῇς πουθενά, μπάριμ! Σὲ λυποῦμαι καημένη! Τί κρῖμα ἔκαμες;

—Ἐγώ; κρίματα πολλά... Μὰ δὲν ξέρω, γιατί νὰ μὲ γυρεύουν οἱ ταχτικοί, ποὺ μοῦ λές;

— Τρέχα, κατὰ δῶ ἔρχονται τώρα. Δὲ γρουνίζω πῶς σ᾽ ἀγροίκησαν πῶς τὰ πρύμισες κατὰ δῶ, θά ᾽ρθουν τώρα νὰ χαλέψουν. Ὅπου κι ἂν εἶναι, πλάκωσαν! Ἀκοῦς! κάτου, στὴ Σκοτ᾽νὴ Σπ᾽λιά, στὸ Κακόρρεμα, κατακεῖ νὰ πάρῃς τὸ φύσημά σου! Στὸ Κλῆμα στὸ Μονοπάτι, στοῦ Π᾽λιοῦ τὴ Βρύση, ἐκεῖ, καὶ νὰ σὲ πάρουν στὸ κοντό, δὲν μποροῦν νὰ σὲ πιάσ᾽ν! Ἀποκεῖ μπορεῖς νὰ κατεβῇς στὸ Γέροντα, στὸ Ἐρμητήριο, νὰ ξαγορευθῇς τὰ κρίματά σ᾽, καημένη. Τρέχα!...

Ἔτρεξεν ἡ ἀθλία ἀλλὰ δὲν ᾐσθάνετο πλέον δυνάμεις ἀκμαίας. Ἡ ἀϋπνία τῶν περασμένων νυκτῶν, ἡ κακοπάθεια, αἱ συγκινήσεις τὴν εἶχον καταβάλει. Τὰ μέρη, τὰ ὁποῖα εἶχεν ὀνομάσει ὁ Καμπαναχμάκης, ἀπεῖχον πολύ, δὲν ἠδύνατο δὲ νὰ ὁδοιπορήσῃ πρὸς τὰ ἐκεῖ εἰς τὴν ἀσέληνον νύκτα.

ΙΣτ΄

Καθὼς ἔτρεχεν, αὐτιαζομένη κατὰ πᾶσαν στιγμήν, ἐξαφνιζομένη, καὶ νομίζουσα ὅτι ἀκούει παντοῦ βήματα, εἰς τὸ μονοπάτι, ἀνάμεσα εἰς δένδρα καὶ θάμνους, ἤκουσε βήματα ἀληθῆ, ἐρχόμενα ἀπὸ διακοσίων βημάτων, ἀπὸ τὸν κύριον δρόμον. Ἐκρύβη ὄπισθεν τῶν θάμνων, καὶ τῆς ἐφάνη ὅτι ἦσαν πράγματι οἱ χωροφύλακες, βαδίζοντες πρὸς τὴν καλύβην τοῦ Καμπαναχμάκη, πρὸς τὸ μέρος ὁπόθεν αὐτὴ ἤρχετο. Ἐὰν οὕτως εἶχεν, ἡ θέσις της καθίστατο ἀσφαλεστέρα πρὸς τὸ παρόν, καθότι δὲν ἐφοβεῖτο πλέον νὰ τοὺς συναντήσῃ, διὰ τὴν νύκτα ἐκείνην.

Ἐπροχώρησε πρὸς τὸ μέρος, ὁπόθεν εἶχεν ἔλθει τὴν πρωίαν. Ἔφθασεν εἰς τὸν μικρὸν ναΐσκον τῆς Ζωοδόχου Πηγῆς, εἰς τὸ Κοιμητήριον τῶν Καλογήρων, εἰς τ᾽ Ἁλώνι τοῦ Μοναστηρίου. Ἐπέρασεν ἔξω ἀπὸ τὸ Βουρδουναριὸ, ἀντικρὺ τῆς σιδηρᾶς πύλης τοῦ Κοινοβίου, ἥτις ἦτο κατάκλειστος. Ἄλλως, γυναῖκες ποτὲ δὲν εἰσήρχοντο εἰς τὸν ἱερὸν περίβολον. Κατῆλθεν εἰς τοὺς κήπους, ὅπου εἶχε συναντήσει τὴν πρωίαν τὸν καλόγηρον, τὸν κηπουρόν, ὅστις τῆς εἶχεν εἰπεῖ διάφορα ῥητὰ ἀπὸ τὸ Ψαλτήριον, τὰ ὁποῖα αὐτὴ δὲν ἐνόει, ἀλλ᾽ ἀορίστως ὑπώπτευεν ὅτι προσηρμόζοντο κάπως εἰς τὴν θέσιν της. Καὶ πράγματι τῆς εἶχον ἀφήσει ὡς ἕνα βόμβον περὶ τὰ ὦτά της· «Τίς δώσει μοι πτέρυγας ὡσεὶ περιστερᾶς;... Ἰδοὺ ἐμάκρυνα φυγαδεύων καὶ ηὐλίσθην ἐν τῇ ἐρήμῳ. Προσεδεχόμην τὸν Θεόν, τὸν σώζοντά με ἀπὸ ὀλιγοψυχίας καὶ ἀπὸ καταιγίδος...»

Καθὼς ἀνήρχετο τὴν ῥάχιν ἀντικρύ, πέραν τῶν κήπων, ἄνω τοῦ ρεύματος, ἤκουσε τὸν μικρὸν κώδωνα τοῦ μοναστηρίου νὰ ἠχῇ γλυκά, ταπεινὰ καὶ μονότονα, νὰ ἐξυπνᾷ τὰς ἠχοὺς τοῦ βουνοῦ, καὶ νὰ δονῇ τὴν μαλακὴν αὔραν. Ἦτο ἄρα μεσονύκτιον, ὥρα τοῦ Μεσονυκτικοῦ, ὥρα τοῦ Ὄρθρου! Πῶς ἦσαν εὐτυχεῖς οἱ ἄνθρωποι αὐτοί, οἵτινες εὐθὺς ἀμέσως, ἐκ νεαρᾶς ἡλικίας, ὡσὰν ἀπὸ θείαν ἔμπνευσιν, εἶχον αἰσθανθῆ ποῖον ἦτο τὸ καλύτερον τὸν ὁποῖον ἠμποροῦσαν νὰ κάμουν — τὸ νὰ μὴ φέρουν, δηλαδή, ἄλλους εἰς τὸν κόσμον δυστυχεῖς!... καὶ μετὰ τοῦτο, ὅλα ἦσαν δεύτερα. Τὴν φιλοσοφίαν, αὐτοί, τὴν εἶχον λάβει ὡς ἐκ κληρονομίας, χωρὶς ⟨νὰ⟩ σκοτίσουν τὸν νοῦν των εἰς τὴν «ζήτησιν τῆς ἀληθείας», ὅπου ποτὲ δὲν εὑρίσκεται.

Ἀνέβη ὑψηλότερα τὴν ῥάχιν, χωρὶς νὰ ἔχῃ σκοπὸν ἢ ἀπόφασιν ποῦ ἐπήγαινε. Καὶ ἔξω ἀπὸ τὸν δρόμον, ὀλίγα βήματα μακράν, εἶδε μίαν στάνην, τὴν ὁποίαν ἀνεγνώρισεν ὅτι ἦτον τοῦ Γιάννη τοῦ Λυρίγκου. Ὁ σκύλος αἰσθανθεὶς μακρόθεν τὴν παρουσίαν της, ἤρχισε νὰ γαυγίζῃ.

Εἶχεν ἔλθει ἄρα, πλησίον εἰς τὸ κατάλυμα τῆς παρελθούσης νυκτὸς χωρὶς νὰ τὸ σκεφθῇ! Καὶ τώρα μόνον ἤρχισε νὰ τὸ σκέπτεται. Ἕως τὴν στιγμὴν τὸ ἔνστικτον τὴν εἶχεν ὁδηγήσει. Ἀλλὰ τώρα ὁ συλλογισμός της διετυποῦτο καθαρά. «Ποῦ ἀλλοῦ θὰ εἶμαι πλέον ἀσφαλής, γιὰ τὴν ὥρα, παρὰ ἐδῶ; Οἱ τακτικοὶ ποτὲ δὲν θὰ πιστεύσουν ὅτι ξαναῆλθα πάλιν πρὸς τὸ ἴδιο μέρος, ποὺ μὲ εἶχαν εὑρεῖ χθές, καὶ μ᾽ ἐκυνήγησαν. Ὁ Γιάννης κοιμᾶται στὸ μανδρί του. Στὸ καλύβι θὰ ᾽ναι ἡ λεχώνα, κ᾽ ἡ γριά. Τὴν νύχτα χθές, ἀπὸ τὸν σαστισμὸ κι ἀπὸ τὴ βία μου, ξέχασα ἐκεῖ τὸ καλαθάκι μου. Δὲν θὰ εἶναι καλύτερα νὰ πάω νὰ χτυπήσω τὴν πόρτα, νὰ τοὺς πουλήσω πάλι δούλεψη μὲ κανένα ψευτογιατρικό, νὰ πάρω καὶ τὸ καλαθάκι μου, καὶ σὰ φέξῃ νὰ πάω νὰ κρυφθῶ κάτω στὸ Κακόρρεμα, ἐκεῖ ποὺ λέει ὁ Καμπαναχμάκης;...»

Βεβαίως ἡ γραῖα, ἡ πενθερὰ τοῦ Λυρίγκου, κάτι θὰ εἶχεν ἀκούσει εἰς βάρος της ἀπὸ χωροφύλακας ἢ ἀπὸ τρίτους, ἀλλὰ τί μ᾽ αὐτό;

Δὲν θὰ εἶχε τόσην κακίαν οὔτε τόσον θάρρος, ὥστε νὰ τὴν προδώσῃ. Ἄλλως, αὐτὴ ὡς κυρίαν πρόφασιν διὰ νὰ εἰσέλθῃ θὰ προέτατττεν ὅτι ἦλθε νὰ ζητήσῃ τὸ λησμονημένον καλάθι της.

Ἐκρύωνε πολὺ ἀπὸ τὸν ἀέρα τοῦ βουνοῦ, καὶ εἶχεν ἀνάγκην νὰ στεγασθῇ πουθενά, πρὸς ὥραν. Δὲν ἐδίστασε πλέον. Διέβη τὸν ζυγόν, τὸν ἑνοῦντα τὰς δύο ῥάχεις, ἐπὶ τῆς μεσημβρινωτέρας τῶν ὁποίων ἦτο ἡ μάνδρα, ἐπὶ δὲ τῆς βορειοτέρας ἡ οἰκία τοῦ Λυρίγκου, κ᾽ ἔφθασεν εἰς τὸ καλύβι.

Ἔκρουσε τὴν θύραν. Ἡ γραῖα ἐκοιμᾶτο, ἀλλὰ δὲν ἄργησε νὰ ἐξυπνήσῃ, κ᾽ ἐλθοῦσα ἤνοιξε τὴν θύραν, χωρίς, αὐτὴν τὴν φοράν, νὰ ἐρωτήσῃ τίς εἶναι, ἴσως διότι ἦτο μισοκοιμισμένη κ᾽ ἐνήργει ὡς ἐν ὑπνοβασίᾳ μηχανικῶς, ἢ εἶχε τὴν ἐντύπωσιν ὅτι οὐδεὶς ἄλλος ἠδύνατο νὰ εἶναι εἰμὴ ὁ γαμβρός της. Ἡ Φραγκογιαννοῦ ἔσπευσε νὰ εἰσέλθῃ.

— Τὸ κοφίνι μ᾽ πλιό, ξέχασα ἀπ᾽ τὴ βία μου, ἐψές, εἶπε. Τὸ εἶδες; Εἶναι πουθενά; Ποῦ τό ᾽χεις;

Ἡ χωρικὴ γραῖα ἐστάθη καὶ τὴν ἐκοίταξε. Τώρα μόνον ἐφάνη νὰ ἐξύπνησεν ἐντελῶς, καὶ ἀναγνωρίσασα αὐτήν.

— Ποῦ βρέθηκες ἐδῶ; εἶπε.

— Μὴν ἐρωτᾷς, εἶπεν ἡ Γιαννοῦ. Εἶχα νυχτώσει σ᾽ ἕν᾽ ἄλλο καλύβι, μὰ δὲν εἶχα ὕπνο. Σὰ θυμήθηκα τὸ κοφίνι μου, ἦρθα. Πῶς εἶστε; Τί κάν᾽ ἡ λεχώνα;

— Τί νὰ κάμῃ; Τὰ ἴδια... Μὰ δὲ μοῦ λές, εἶπε μετά τινα δισταγμὸν ἡ γραῖα· γιατί σ᾽ ἐγύρευαν κεῖν᾽ οἱ ταχτικοί;

— Φτόνος τοῦ κόσμου, ἀπήντησε μ᾽ ἑτοιμότητα ἡ Φραγκογιαννοῦ. Ἕνα κορίτσ᾽ εἶχε πνιγῆ μὲς στὸ πηγάδι...

—Ἒ;

—Καὶ δὲν ξέρω ποιὸς ἐχτρὸς εἶπε πῶς ἔφταια ἐγώ... Μὰ ἔτσι νὰ ᾽χουμε καλὴ ψυχή, μπορεῖς νὰ τὸ πιστέψῃς; Τάχα δὲν μποροῦσε νὰ πνιγῆ καὶ μοναχό του τὸ κορίτσι; Ἦταν ἀνάγκη νὰ βάλω χέρι ἐγώ;

— Μαθές!... ἔκαμεν ἡ γραῖα.

Ἡ Φραγκογιαννοῦ ἐγκατεστάθη, ὅπως καὶ τὴν προλαβοῦσαν νύκτα, σιμὰ εἰς τὴν γωνίαν τῆς ἑστίας, ὅπου εὗρε καὶ τὸ καλάθι της. Ἐξάναψε τὴν φωτιάν, ἔβαλε νερὸ στὸ μπρίκι, καὶ κατεγίνετο νὰ βράσῃ βότανα, τὰ ὁποῖα ἔβγαλεν ἀπὸ τὸν κόλπον της.

Ἡ λεχώνα ἐκοιμᾶτο, τοῦ μικροῦ θυγατρίου ἠκούετο ἡ ἀναπνοὴ μέσα εἰς τὴν σκάφην τὴν χρησιμεύουσαν ὡς λίκνον, ὑπὸ τὸ στέφανον τοῦ βαρελιοῦ τὸ ἀνέχον ὑψηλὰ ἐν λεπτὸν πανίον. Ἐνίοτε ἐκλαυθμύριζε. «Κοί, κοί, κοί!» ἐπρόφερεν ἡ γραῖα, ἡ προμήτωρ, ἥτις εἶχε κλείσει τὸ ἓν ὄμμα, καὶ μὲ τὸ ἄλλο, εἰς τὸ ἀσθενὲς φῶς τοῦ κανδηλίου καὶ εἰς τὴν διαλείπουσαν τῆς ἑστίας ἀναλαμπήν, δὲν ἔπαυσε νὰ κοιτάζῃ τὴν Φραγκογιαννοῦ. Τέλος, μετὰ ὥραν, ἡ γραῖα καίτοι ἐφαίνετο ἀπόφασιν ἔχουσα νὰ μὴ κοιμηθῇ, τῆς ἦλθεν ὁ προδότης ὁ ὕπνος — ἴσως δι' αὐτὸ τοῦτο, ὅτι ἐκοίταζε λίαν ἐπιμόνως τὴν ὕποπτον γυναῖκα καὶ ἀπεκοιμήθη ἐπάνω εἰς τὸ τρίτον λάλημα τοῦ πετεινοῦ.

Τὸ βρέφος ἐκλαυθμύριζεν ἀκόμη. Ἡ μάμμη δὲν ἠγρύπνει πλέον διὰ ν' ἀπαγγέλλῃ τὸ μονότονον «Κοί, κοί, κοί!»

«Ὅλο κοριτσούδια, τὸ ἔρμο!» Τὸ παράπονον τοῦ Γιάννη τοῦ Λυρίγκου ἐβόμβει εἰς τὰ ὦτα τῆς Φραγκογιαννοῦς.

Ἡ λεχώνα δὲν εἶχεν ἐξυπνήσει. Ἡ γραῖα Χαδούλα ἐκινήθη ὀλίγον, ἐτανύσθη ἐπὶ τῶν γονάτων της, κ' ἔφθασε τὸ λίκνον. Παρεμέρισε τὸ λευκὸν πανίον ἀπὸ τὴν κεφαλὴν τῆς κούνιας, κ' ἔτεινε τὴν χεῖρα διὰ νὰ θωπεύσῃ τὸ μικρόν, ἐνῷ τοῦτο ἐκλαυθμύριζεν. Ἔφραξε μὲ τὴν χεῖρά της τὸ μικρὸν στόμα, διὰ νὰ μὴ φωνάζῃ, ἐκοίταξε πρὸς τὸ μέρος τῆς λεχώνας, εἶτα πρὸς τὴν στρωμνὴν ἐφ' ἧς ἔκειτο κουβαριασμένη ἡ γραῖα.

Ἡ φωνὴ τοῦ βρέφους ἐπνίγη. Μίαν χεριὰν ἀκόμη ἐχρειάζετο νὰ κάμῃ ἡ Φραγκογιαννοῦ. Μὲ τὴν ἄλλην χεῖρα, τοῦ ἔσφιξε δυνατὰ τὸν λαιμόν... Εἶτα ἐμάζωξε τὸ λεπτὸν πανίον διὰ νὰ τὸ ῥίψη πάλιν ἐπάνω τῆς στεφάνης. Ἡ χείρ της προσέκοψεν εἰς τὴν σανίδα, κ᾽ ἔκαμε μικρὸν θόρυβον. Ἡ γραῖα, ἥτις δὲν ἐκοιμᾶτο βαρέως, ἐξύπνησεν. Ἀνετινάχθη, ἐσκίρτησεν. Εἶδε τὴν Φραγκογιαννοῦ ν᾽ ἀποσύρη τὴν χεῖρά της καὶ ν᾽ ἀποχωρῇ, ἀνεγειρομένη ἐπὶ τῶν γονάτων, ὀπίσω εἰς τὴν θέσιν της.

— Τί κάνεις; ἔκραξεν ἔντρομος ἡ γραῖα.

Ἡ λεχώνα ἐπετάχθη, ἀνεπήδησε.

— Τί εἶναι, μάννα;

Ἡ Φραγκογιαννοῦ ἐσηκώθη, ἐπῆρε τὸ καλάθι της.

— Τίποτα· θέλησα νὰ τὸ κάμω νὰ λουφάξη, νὰ μὴν κλαίη, ἀπήντησεν.

Ἡ γραῖα μάμμη ἔκυψε πρὸς τὴν κούνιαν.

— Πηγαίνω τώρα, ἔφεξε, εἶπεν ἡ Φραγκογιαννοῦ... Δῶσε τῆς λεχώνας τὸ γιατρικὸ ποὺ ἔβρασα νὰ τὸ πιῆ!

Καὶ πάραυτα ἐξῆλθεν. Ἔτρεξε μὲ βῆμα δρομαῖον ν᾽ ἀπομακρυνθῇ τάχιστα. Ἐπῆρε τὸν ἐπάνω δρόμον, κατὰ τὸ δάσος, διὰ νὰ μὴ περάση ἀπὸ τὴν ἀντικρινὴν ράχιν ὅπου ἦτον ἡ στάνη.

Ἦτο γλυκεῖα αὐγὴ τοῦ Μαΐου. Ἡ κυανωπὴ καὶ ῥοδίνη ἀνταύγεια τοῦ οὐρανοῦ ἔχριε μὲ ἀπόχρωσιν μελιχρὰν τὰ χόρτα καὶ τοὺς θάμνους. Ἠκούετο ὁ μινυρισμὸς τῶν ἀηδόνων εἰς τὸ δάσος, καὶ τ᾽ ἀναρίθμητα μικρὰ πουλιὰ ἐτέλουν ἐκθύμως, ἀπλήστως, τὴν συναυλίαν των τὴν ἄφατον.

Ἀφοῦ ἡ Φραγκογιαννοῦ ἀπεμακρύνθη πολλὰ βήματα, ἤκουσε βραχνὴν κραυγὴν ὄπισθέν της. Ἦτο ἡ γραῖα, ἡ μήτηρ τῆς λεχώνας· ἔξαλλος, τραβοῦσα τὰ μαλλιά της, εἶχε τρέξει ἔξω τῆς καλύβης, κ᾽ ἐφώναζε:

— Πιάστε την!... Πιάστε την! Μᾶς ἔκαμε φονικό!

Ἡ Φραγκογιαννοῦ ἔτρεχεν, ἔτρεχε. Ἤλπιζε νὰ χωθῇ τὸ ταχύτερον εἰς τὸ δάσος, ὅπου, καὶ ἂν τυχὸν ἔτρεχον κατόπιν της, τὰ ἴχνη της τάχιστα θὰ ἐχάνοντο.

Ἀλλὰ παρ᾽ ἐλπίδα, μετ᾽ ὀλίγα λεπτά, εὑρέθη ἀντιμέτωπος τοῦ Γιάννη τοῦ Λυρίγκου, βαδίζοντος πρὸς τὴν οἰκίαν του. Οὗτος εἶχεν ἐξυπνήσει τὴν συνήθη ὥραν, κ᾽ ἐπήγαινε πρὸς τὸ καλύβι, ἴσως διὰ νὰ κράξῃ πρὸς συνεργασίαν τὴν πενθεράν του, ὅπως καὶ τὴν προλαβοῦσαν πρωίαν. Ἀλλ᾽ ὅταν εἶδε τὴν πενθεράν του νὰ φωνάζῃ καὶ νὰ χειρονομῇ τόσον μακράν, ὥστε δὲν ἠδύνατο ν᾽ ἀκούῃ τί αὐτὴ ἔλεγεν, ὁδηγούμενος μόνον ἀπὸ τὴν διεύθυνσιν τῶν χειρονομιῶν της, εἶδε τὴν Φραγκογιαννοῦ νὰ φεύγῃ πρὸς τὸ μέρος τοῦ δάσους — τότε, ἔτρεξε πρὸς τὸ μέρος ἐκεῖνο, κ᾽ ἐφώναξε μεγάλῃ τῇ φωνῇ πρὸς τὴν Φραγκογιαννοῦ.

— Τί εἶναι;... Τί τρέχει;

Τότε ἡ Χαδούλα ἐστάθη, κ᾽ ἐφώναξε μακρόθεν πρὸς τὸν Γιάννην τὸν Λυρίγκον.

— Φεύγω!... Πάω νὰ...

Ὁ Γιάννης ὁ Λυρίγκος εἶχε τρέξει ἀκόμη ὀλίγα βήματα, κ᾽ ἦλθε πλησιέστερα πρὸς τὴν Φραγκογιαννοῦ. Τότε κι αὐτή, ἀποφασιστικῶς, προέβη δύο ἢ τρία βήματα πλησιέστερα πρὸς ἐκεῖνον.

Ἡ Φραγκογιαννοῦ ἐπεκαλέσθη εἰς βοήθειαν ὅλην τὴν ἑτοιμότητά της. Ηὐτοσχεδίασε.

— Γιάννη! ἡ γυναίκα σου ἔχει τοὺς πόνους! Εἶναι ἄσκημα.

— Ἔχει τοὺς πόνους!... ἀνέκραξεν ἐν ἄκρᾳ ἀπορίᾳ ὁ ἄνθρωπος. Τί λές, χριστιανή μου;

Αλέξανδρος Παπαδιαμάντης, Η Φόνισσα

—Ἔχει κι ἄλλο παιδὶ στὴν κοιλιά της! ἰσχυρίσθη μὲ τόλμην ἡ Φραγκογιαννού.

—Ἄλλο παιδὶ στὴν κοιλιά της!

— Ναί, αὐτὸ ποὺ σοῦ λέω. Μόνο τρέχα στὸ χωριό, νὰ φωνάξῃς τὴ μαμμή!... νὰ πῇς καὶ τοῦ γιατροῦ νὰ 'ρθῇ!

Ὁ Λυρίγκος ἐστάθη. Πέραν, ἐπὶ τοῦ μικροῦ ὀροπεδίου, πρὸ τῆς οἰκίας, ἡ πενθερά του ἐφώναζεν ἀκόμη βραχνὰς κραυγάς, τὰς ὁποίας ἔπαιρνε μακρὰν ὁ ἄνεμος, χωρὶς ὁ Γιάννης ν' ἀκούῃ τί ἔλεγεν ἐκείνη. Ἡ Φραγκογιαννοῦ ὡμίλει μὲ θάρρος, κ' ἐφαίνετο ὅτι ἤξευρε τί ἔλεγε.

— Πῶς γίνεται αὐτὸ ποτέ; ἀνέκραξεν ὁ Γιάννης. Εἶσαι καλά, χριστιανή μου;

— Αὐτὸ γίνεται, ἐπέμενεν ἡ Φραγκογιαννού. Οὗλες τὶς φορὲς τὰ διπλάρικα δὲν πέφτουν μαζὶ ἀπ' τὴν κοιλιά. Τὸ ἕνα, τὸ πλιὸ ἀδύνατο ἀπ' τὰ δυό, ἀργεῖ καὶ ὧρες καὶ μέρες νὰ πέσῃ.

—Ἀλήθεια! Ἔχω ἀκουστά μου, εἶπεν ὁ Γιάννης.

— Κατὰ πῶς φαίνεται, συνεπέρανε λίαν σοβαρὰ ἡ Φραγκογιαννού, αὐτὴν τὴν φορὰ τὸ ἕνα τὸ παιδὶ θὰ πιάστηκε ὕστερ' ἀπ' τὸ ἄλλο.

— Αὐτὸ εἶναι τάχα; εἶπε μὲ ἦθος οἴκτου ὁ Λυρίγκος.

— Τρέχα τὸ γληγορώτερο! νὰ πᾷς νὰ φέρῃς τὸ γιατρό!

—Ἐσὺ ποῦ πᾷς; ἠρώτησεν ὁ Λυρίγκος.

—Ἐγὼ πάω στὸν Ἀϊ-Χαράλαμπο... πάω νὰ φωνάξω τὸν παπα-Μακάριο, νὰ 'ρθῇ νὰ τῆς κάμῃ μιὰ παράκληση, τῆς γυναίκας!

— Καλά! Τρέξε!

Καὶ ἡ Φραγκογιαννοῦ ἔτρεξε.

ΙΖ΄

Κάτω εἰς τὸ Κακόρρεμα, χαμηλὰ εἰς τὸ βάθος, σιμὰ εἰς τὴν Σκοτεινὴν Σπηλιάν, οἱ λίθοι ἐχόρευον δαιμονικὸν χορὸν τὴν νύκτα. Ἀνωρθοῦντο, ὡς ἔμψυχοι, καὶ κατεδίωκον τὴν Φραγκογιαννού, καὶ τὴν ἐλιθοβόλουν, ὡς νὰ ἐσφενδονίζοντο ἀπὸ ἀοράτους τιμωροὺς χεῖρας.

Εἶχον παρέλθει τρεῖς ἡμέραι ἀπὸ τὴν τελευταίαν φυγήν της, ἀπὸ τὴν καλύβην τοῦ Λυρίγκου. Ἡ ἔνοχος γυνὴ εἶχε κρυφθῆ ἐκεῖ, μὲ τὴν ἐλπίδα ὅτι θὰ διέφευγε πρὸς καιρὸν τοὺς ὄνυχας τῶν διωκτῶν της. Μὲ τὰ ὀλίγα δίπυρα τὰ ὁποῖα εὑρίσκοντο ἀκόμη εἰς τὸ καλάθι της, μὲ τὰς καυκαλήθρας, τὸν ἄνηθον, καὶ τὰ μυρόνια ὅσα συνέλεγε, καὶ μὲ τὸ γλυφὸ νερὸν τῆς Σκοτεινῆς Σπηλιᾶς, εἶχε διατηρηθῆ. Τὸ μέρος ἦτο σχεδὸν ἄβατον. Τὸ Κακόρρεμα ἐσχηματίζετο ἀπὸ ἕνα βράχον ἀπάτητον πρὸς δυσμάς, καὶ ἀπὸ ἕνα κρημνόν, ἢ μίαν σάραν ὀλισθηρὰν ἐξ ἀνατολῶν. Κάτω εἰς τὸ βάθος ἀνέβλυζε τὸ Γλυφονέρι. Δύο ἄντρα, μὲ τὸ στόμιον πολὺ στενόν, ἔχασκον ἔνθεν καὶ ἔνθεν. Ἐκεῖ ἐκοιμᾶτο τὴν νύκτα· τὴν ἡμέραν κατήρχετο εἰς τὴν Σκοτεινὴν Σπηλιάν. Διὰ ν᾽ ἀνέλθῃ καὶ διὰ νὰ κατέλθῃ, οὔτε δρομίσκος οὔτε μονοπάτι ὑπῆρχεν. Ἐπάτει ἐπὶ τῆς σάρας, εἰς τὴν βάσιν τοῦ κρημνοῦ. Τότε ἡ σάρα ἐταράσσετο, ἐφαίνετο ὡς νὰ ἐθύμωνε. Οἱ λίθοι τοὺς ὁποίους ἐξετόπιζε πατοῦσα, ἦσαν ὡς βάσις καὶ θεμέλιον εἰς ὅλον τὸν ἄπειρον σωρὸν τῶν λίθων, τὸν ἁπλούμενον ἐπὶ τοῦ πρανοῦς τοῦ κρημνοῦ. Καθὼς ἔφευγον οἱ πρῶτοι λίθοι, ἄλλοι λίθοι ἤρχοντο νὰ λάβωσι τὴν θέσιν των, μετ᾽ αὐτοὺς δὲ ἄλλοι. Καὶ οὕτω ἡ παλίρροια ὅλη τοῦ κρημνοῦ ἤρχετο κατ᾽ ἐπάνω της, ἔπιπτεν εἰς τὰς κνήμας καὶ τὰ σκέλη της, εἰς τὰς χεῖρας καὶ τὸ στέρνον της. Ἐνίοτε, λίθοι τινές, ἀπὸ ὕψος κατερχόμενοι, ἔπιπτον μὲ ὁρμὴν καὶ κακίαν κατὰ τοῦ προσώπου της. Τοὺς τελευταίους τούτους ἐφαίνετο πράγματι ὡς νὰ τοὺς ἐσφενδόνιζεν ἀόρατος χεὶρ κατὰ τῆς κεφαλῆς της.

Ἀφοῦ τέλος, μετὰ τόσον λιθοβόλημα, ἔφθασεν εἰς τὴν Σκοτεινὴν Σπηλιάν, τὴν πρώτην ἡμέραν, ἐκάθισε κι ἀγνάντευε τὸ πέλαγος. Ἡ Σπηλιά, ἡ θαλασσόπληκτος, ἔχει διπλῆν εἴσοδον, ἔκ τε τῆς ξηρᾶς καὶ τῆς θαλάσσης. Πρὸς τὴν θάλασσαν, τὸ στόμιόν της χαμηλὸν καὶ στενόν, ὅσον διὰ νὰ διέλθη μικρὰ βάρκα ἁλιέως. Ἡ Φραγκογιαννοῦ, ἀόρατος, ἀπὸ τὸ μέρος τῆς ξηρᾶς, ἤκουε τὸν ὑπόκωφον, ἐπίμονον παφλασμὸν τοῦ κύματος εἰς τὸ στόμιον τοῦ ἄντρου. Τὸ κῦμα ἀνωρθοῦτο, ἐπήδα, ἔπληττε τὴν ἄνω φλιὰν τοῦ στομίου, κατέπιπτε, πάλιν ἀνεπήδα, ἐξέπεμπε μακροὺς ὠρυγμοὺς μανίας ἀπὸ τὶς ἀποθαλασσιὲς τοῦ βορρᾶ, πότε στεναγμοὺς πόνου καὶ πάθους ἀπὸ τὴν φουσκοθάλασσαν. Κάτω εἰς τὸ βάθος τὸ ἄπατον, μυστήριον καὶ σκότος σαλεῦον. Μία ποτὲ βάρκα, ὡς διηγοῦντο, εἰσπλεύσασα διὰ νὰ συλλέξη καραβίδας καὶ παγούρια, ἐνῷ εἷς τῶν ναυβατῶν εἶχεν ἀναρριχηθῆ εἰς τὸ τρομερὸν ὕψος τοῦ βράχου διὰ νὰ συλλέξη κρίταμα, ἐκάθισεν ἐπάνω εἰς μίαν φώκην ζωντανὴν φράττουσαν ἀκριβῶς τὸ πλάτος τοῦ στομίου. Τὸ σκοτεινὸν ζῷον ἀνεταράσσετο, ἤσπαιρεν, ἡ μικρὰ σκάφη ἐπάλλετο, ἔτρεμε, καὶ δὲν ἠμποροῦσε νὰ ὑπάγη οὔτε ἐμπρὸς οὔτε ὀπίσω. Ὁ ναυβάτης ὁ ἐντὸς τῆς βάρκας ἐκτύπησε τὴν φώκην μ᾽ ἕνα πέλεκυν, τὴν αἱμάτωσε, τὸ κῦμα ἐκοκκίνησεν ἐπ᾽ ὀλίγον. Ἡ φώκη ἤσπαιρεν ἐν ἀγωνίᾳ. Ὁ νεαρὸς ἁλιεὺς κατώρθωσε νὰ σφίγξη τὸν λαιμὸν μὲ μίαν θηλειάν, καὶ καλέσας τὸν ἄλλον σύντροφόν του εἰς βοήθειαν κατώρθωσε τῇ βοηθείᾳ αὐτοῦ, μὲ κίνδυνον νὰ βουλιάξη ἡ φελούκα, ν᾽ ἀνασύρῃ ἐπάνω τὴν φώκην.

Ἡ γραῖα Χαδούλα ἀγνάντευεν, ἀγνάντευεν εἰς τὸ πέλαγος. Ἄς ἦτον καὶ τώρα, νὰ φανῇ, νὰ πλησιάσῃ μία βάρκα!... Ἡ Φραγκογιαννοῦ θὰ παρεκάλει τοὺς νέους ἁλιεῖς, τοὺς πατριώτας της, νὰ τὴν ἐπάρουν μαζί, μὲς στὴν βάρκα... Καὶ ποῦ θὰ ἐπήγαινε;... Ὤ, βέβαια στὰ πέρα χώματα, στὰ μέρη τ' ἀντικρινά, στὴν μεγάλη στεριά... Κ' ἐκεῖ τί θὰ ἔκαμνε; Ὤ, εἶχεν ὁ Θεός, θ' ἄρχιζ' ἐκεῖ νέον βίον!

Ἔβλεπεν, ἔβλεπεν, ἀνοιχτὰ εἰς τὸ πέλαγος, μακρὰν ἔξω, πολλὰ πανιά, λευκὰ ἱστία, σὰν τοῦ γλάρου τὰ φτερά. Βρατσέρες, γολέτες, μικρὰ καΐκια, τὰ ἔβλεπε ν' ἀρμενίζουν, νὰ ὀργώνουν τὰ κύματα, ὡσὰν βοϊδάκια ζευγαρωτά. Ἄλλα ἔπλεον πόρρω πρὸς βορρᾶν, ἄλλα κατήρχοντο πρὸς νότον, ἄλλα ἀρμένιζαν πρὸς ἀνατολὰς ἢ πρὸς δυσμάς, τέμνοντα σταυροειδῶς τὰς ὁλκούς, τὰς βαθείας ὁρατὰς αὔλακας, τὰς ὁποίας ἄφηναν ὄπισθέν των τὰ πρῶτα. Εἶτα πολλὰ ῥεύματα διαχαράσσοντα τὸ πέλαγος, ἀπὸ τὰ ὁποῖα ἐφαίνετο ἡ θάλασσα ὡσὰν κεντητή, πεποικιλμένη. Ἔβλεπεν, ἕωσότου τὰ μάτια της «ἔκαμαν γυαλιὰ» νὰ βλέπῃ.

Ἡ Φραγκογιαννοῦ ἔβγαλεν ἀπὸ τὸ καλάθι της τὸ παλαιὸν κιτρινωπὸν χράμι, τὸ μάλλινον, τὸ ὁποῖον εἶχε διὰ νὰ τυλίγεται ὅταν ἤθελε νὰ κοιμηθῇ καὶ δὲν εἶχεν ὕπνον, ἐσηκώθη ὀρθή, ἀνεπέτασε τὴν μαλλίνην σινδόνα, κ' ἄρχισεν ἐκθύμως νὰ τὴν σείῃ. Ἔκαμνε σήματα, ἀπηλπισμένα σήματα πρὸς τοὺς ναυτίλους, νὰ ἔλθουν νὰ τὴν ἐπάρουν μαζί των. Ἔβλεπον, δὲν ἔβλεπον οἱ ναυβάται τὰ σημεῖα της; Ἀπὸ κανὲν πλοῖον δὲν ἀπήντησαν εἰς τὸν πόθον της, εἰς τὰς τόσας προσπαθείας της. Τὰ λευκὰ ἱστία ἔφευγον μὲ τὸν ἄνεμον εἰς τὸ κῦμα, καὶ αὐτὴ ἔμενε προσηλωμένη εἰς τὸν βράχον τῆς Σκοτεινῆς Σπηλιᾶς, προγεγραμμένη, ἔρημος, μὴ βλέπουσα διὰ τὴν αὔριον χρυσῆς αὐγῆς τὴν ἀνατολήν...

Τὸ λευκάζον καὶ κιτρινωπὸν ῥάκος τῆς ἔφυγεν ἀπὸ τὴν χεῖρα· τὸ ἐπῆρεν ὁ ἄνεμος, καὶ τὸ ἔρριψεν ἐπὶ τῆς κεφαλῆς καὶ τῶν ὤμων τῆς γυναικός.

— Αὐτὸ θὰ εἶναι τὸ σάβανό μου! ἐψιθύρισε πικρῶς μειδιῶσα ἡ Φραγκογιαννού.

Τέλος, καθὼς ἐκάθισε κάτω ἐπὶ τοῦ βράχου, βλέπει μίαν βάρκαν, μικρὰν φελούκαν, νὰ ἔρχεται, παραπλέουσα τὴν ἀκτήν. Εἶχε μικρὸν ἱστίον καὶ δύο κουπιά, τὰ ὁποῖα ἔτυπτον ῥᾳθύμως τὸ κῦμα. Ἔπλεεν ἐξ ἀνατολῶν κ᾽ ἐπλησίαζε πρὸς τὸν ἔρημον βράχον, εἰς τὸ ἄσυλόν της. Ἡ Φραγκογιαννοὺ ᾐσθάνθη σκίρτημα ἐλπίδος μέσα της. Ἐκρύβη ὄπισθεν τῆς κορυφῆς τοῦ βράχου, διὰ νὰ κατοπτεύσῃ καὶ ἴδῃ ἂν θὰ ἐγνώριζε τοὺς ἐπιβαίνοντας. Ὅταν ἡ φελούκα ἐπλησίασεν, εἶδεν ὅτι ὁ εἷς ἐκ τῶν τριῶν ἐπιβατῶν της, ὅστις ἔσυρε τὴν «συρτὴν» ἀπὸ τῆς πρύμνης, ἐφόρει στρατιωτικὴν στολήν. Κάποιος παρεπιδημῶν ἀπόστρατος, ἀγαπῶν τ᾽ ὀψάρευμα, εἶχεν ἐξέλθει πρὸς ἄγραν, ὁμοῦ μὲ δύο ἐξ ἐπαγγέλματος ἁλιεῖς. Ἡ Φραγκογιαννού, μόνον εἶδε ὅτι ἦτο «ταχτικός», καὶ γελασμένη ἐκρύβη βαθύτερα ὄπισθεν τοῦ βράχου.

Τὴν νύκτα ἀπεκοιμήθη εἰς τὴν κρύπτην της, μέσα εἰς τὴν ὑγρὰν ἅλμην τῆς Σπηλιᾶς. Βόμβοι ἐθορύβουν εἰς τὰ ὦτά της. Τὸ κῦμα ὑπὸ τοὺς πόδας της ἐρρόχθει, μὲ παρατεταμένους ὠρυγμοὺς λύσσης. Βαθιά, μέσα εἰς τὰ στέρνα της ἤκουε τὰ κλαυθμυρίσματα τῶν ἀκάκων νηπίων. Ὑπόκωφοι συριγμοὶ τοῦ μακρινοῦ ἀνέμου ἤρχοντο εἰς τὰς ἀκοάς της. Ὁ νεκρώσιμος χορὸς τῶν κορασίδων, μὲ ηὐξημένον τὸν φρικώδη ὁρμαθόν, ἐχοροπήδα τριγύρω της. «Εἴμαστε παιδιά σου! — Μᾶς ἐγέννησες! — Φίλησέ μας! — Δῶσέ μας μαμμά! — Πάρε μας στολίδια, στολίδια ὄμορφα! — Χάϊδεψέ μας! — Δὲν μᾶς ἀγαπᾷς;»

Αλέξανδρος Παπαδιαμάντης, Η Φόνισσα

Ἡ γραῖα πενθερὰ τοῦ Λυρίγκου, μανιώδης, συστρέφουσα τὰς χεῖρας, τὴν ἠπείλει τρομερά, καὶ ὁ γαμβρός της, μὲ ἦθος παραπονεμένον, τὴν ἐπέπληττε... Κάτω εἰς τοὺς πόδας, εἰς τὸ βάθος τῆς Σπηλιᾶς, ἐρρόχθει τὸ κῦμα... Ἔβραζεν, ἔβραζε, καὶ τὸ ἄντρον μετεβάλλετο εἰς στέρναν, καὶ τὸ νερὸν τῆς στέρνας ἐβρυχᾶτο μ᾽ ἔναρθρον φωνήν: — Φόνισσα! — Φόνισσα!

Ἡ δυστυχὴς ἐξύπνησεν ἔντρομος, περιρρεομένη ἀπὸ ἅλμην καὶ ἱδρῶτα. Ηὔχετο πλέον, καὶ πάραυτα τὸ ἀπεφάσισε, νὰ μὴν κοιμηθῇ ἄλλην φορὰν εἰς τὴν ζωήν της, ἂν ἦτον διὰ νὰ βλέπῃ τέτοια ὄνειρα. Ὁ θάνατος θὰ εἶναι ὁ κάλλιστος τῶν ὕπνων —ἀρκεῖ νὰ μὴν ἔχῃ κακὰ ὄνειρα! Τίς οἶδε!— Μόλις τὸ ἐσκέφθη, καὶ μετ᾽ ὀλίγον ἀπεναρκώθη πάλιν. Τότε τῆς ἐφάνη ὅτι ἔβλεπεν ἐμπρός της τὸν Καμπαναχμάκην, τὸν ἄγροικον ἐκεῖνον τοῦ βουνοῦ· ἵστατο ἐνώπιόν της μὲ τὴν στραβολέκαν του τὴν ποιμενικήν, μὲ τὸ σκαιὸν ἦθός του, μὲ τὴν ὄψιν του τὴν τραχεῖαν καὶ μὲ λαρυγγώδη φωνὴν τῆς ἔλεγε: «Στὸ Κακόρρεμα! Στὸ Μονοπάτι, στὴ Βρύση τοῦ Πουλιοῦ! Στοῦ Γέροντα τὸ Ἑρμητήριο!»

Καὶ καθὼς ἐγίνετο ἄφαντος, ἀκόμη ἐπανέλαβε: — «Στὸ Ἑρμητήριο! Στοῦ Γέροντα τὸ Ἑρμητήριο!»

Ἡ Φραγκογιαννοῦ ἐξύπνησε τὴν ὥραν τοῦ λυκαυγοῦς μὲ μικρὰν γαλήνην εἰς τὴν ψυχήν, ἐνῷ τὸ κυανοῦν καὶ πορφυρίζον τοῦ στερεώματος καταντικρύ της συνεχέετο μὲ τὸ μαυρογάλανον τοῦ πόντου, καὶ αὔρα, δρόσος, φλοῖσβος, κελάρυσμα ἀπετέλουν ἡδεῖαν συζυγίαν ἁρμονίας εἰς τὰς αἰσθήσεις της.

Ἀπὸ τῆς προχθὲς δὲν εἶχε παύσει νὰ σκέπτεται τὸ ἐρημητήριον ἐκεῖνο, περὶ οὗ τῆς εἶχεν ὁμιλήσει πρὸ τριῶν ἡμερῶν ὁ Καμπαναχμάκης. Εἶχεν ἀκούσει πολλὰ νὰ λέγουν γυναῖκες εὐλαβεῖς περὶ τῶν ἀρετῶν τοῦ Γέροντος ἐκείνου, τοῦ παπ᾽ Ἀκακίου, ὅστις πρὸ ὀλίγου καιροῦ μόνον εἶχεν ἔλθει εἰς τὴν νῆσον, καὶ εἶχε κατοικήσει εἰς τὸν Ἅγιον Σώστην, παλαιὸν ἀναχωρητήριον μετὰ ἐρήμου ναΐσκου, τὸ ὁποῖον ἔκειτο ἐπὶ μικροῦ θαλασσοπλήκτου βράχου, ὅστις ἀπετέλει σκόπελον ἢ μικρὸν νησίδιον παρὰ τὴν βορείαν, μικρὸν πρὸς δυσμὰς κλίνουσαν, κρημνώδη ἀκτήν, καὶ μὲ τὴν ἄμπωτιν τῶν ὑδάτων, τὸ νησίδιον ἐγίνετο μικρὰ χερσόνησος. Ὁ γέρων παπ᾽ Ἀκάκιος ἦτο, ἔλεγαν, αὐστηρὸς πνευματικός, πλὴν εἶχε τὸ σπάνιον χάρισμα τῆς διακρίσεως τῶν λογισμῶν, κ᾽ ἔφθανε μέχρι προορατικότητος. Αἱ γυναῖκες ἐβεβαίουν ὅτι ἦτο σωστὸς κρυφιογνώστης, καὶ σοῦ ἔλεγε τί εἶχες μέσα σου. Καὶ πολλάκις ἐξωμολόγει τὸν μετανοοῦντα πολὺ περισσότερον ἢ ὅσον αὐτὸς ἤθελε νὰ ἐξομολογηθῇ.

Διὰ τὴν Φραγκογιαννοῦ θὰ ἦτο εὐτύχημα, ἂν εἶχεν εἰλικρινῆ ἀπόφασιν νὰ ἐξομολογηθῇ, νὰ εὑρίσκετο εἰς πνευματικὸς ὅστις νὰ τὴν ἀπήλλαττεν ἀπὸ τὸν κόπον καὶ ἀπὸ τὸ φοβερὸν βάσανον τοῦ δισταγμοῦ, λέγων: «Αὐτὸ κι αὐτὸ ἔκαμες!» Ἤρκει νὰ μὴν τὴν ἀπήλπιζε, ἀλλὰ νὰ ἦτο ἱκανὸς νὰ τὴν βοηθήσῃ καὶ νὰ τὴν σώσῃ, — ἀκόμη καὶ εἰς τὸν πρόσκαιρον κόσμον, εἰ δυνατόν! Τάχα δὲν ὑπῆρξεν εἷς Ἅγιος ὅστις ἔκρυψε καὶ ἔσωσε, μὴ θελήσας νὰ τὸν παραδώσῃ εἰς τὴν ἐξουσίαν, τὸν φονέα τοῦ ἰδίου ἀδελφοῦ του; Πόσῳ μᾶλλον ὁ παπ᾽ Ἀκάκιος δὲν θὰ ἔσῳζε καὶ θὰ ἔκρυπτεν αὐτήν, ἥτις δὲν εἶχε κάμει κακὸν ἀτομικῶς εἰς τὸν σεβάσμιον ἐρημίτην; Μήπως δὲν ἐπερνοῦσαν καθημερινῶς πλοῖα, γιαλὸ ἢ ἀνοιχτὰ ἀπὸ τὸν Ἁι-Σώστην, καὶ δὲν θὰ ἠδύνατο νὰ τὴν φυγαδεύσῃ ἂν ἤθελε;

Ἡ Χαδούλα εἶχε βαρυνθῆ τὴν μονοτονίαν τῆς Σκοτεινῆς Σπηλιᾶς, καὶ εἶχεν ἀρχίσει ν᾽ ἀδυνατίζῃ πολὺ ἀπὸ τὴν ἀνεπαρκῆ τροφήν. Ἔλαβεν ἀπόφασιν, ἅμα φέξῃ καλά, νὰ πάρῃ τὸ καλαθάκι της, καὶ νὰ ἐξέλθῃ ἀπὸ τὸ ἄσυλόν της, ὅπως διευθυνθῇ πρὸς τὸν Ἅγιον Σώστην. Ἐκεῖ θὰ ἐξωμολογεῖτο ὅλα τὰ «πάθια της». Καιρὸς μετανοίας πλέον...

Ἔφθασαν, ἔφθασαν, οἱ χωροφύλακες! Εἴτε διὰ προδοσίας, εἴτε δι᾽ ἰχνηλασίας, τὴν εἶχαν ἀνακαλύψει... Κατώρθωσαν νὰ κατέλθουν εἰς τὸ Κακόρρεμα, χωρὶς νὰ ἐνοχληθοῦν ἀπὸ τὸν κρημνόν, χωρὶς οἱ λίθοι τῆς σάρας νὰ σηκωθοῦν καὶ νὰ ῥιφθοῦν κατεπάνω τους, νὰ τοὺς κυνηγήσουν!

Ἦτο τὴν αὐγὴν ἅμα ἔφεξεν, ἐνῷ ἡ Φραγκογιαννοῦ ἡτοιμάζετο νὰ διευθυνθῇ διὰ τοῦ συντομωτέρου δρόμου, εἰς τὸν Ἄι-Σώστην, εἰς τὸ Ἐρημητήριον. Ὁ ἥλιος δὲν εἶχεν ἀνατείλει διὰ νὰ φωτίσῃ ἀκόμη τὴν φαλακρὰν ἀκτήν, τὸ Κουροῦπι, καὶ νὰ στείλῃ χρυσᾶς ἀκτῖνας εἰς τὴν ἀπότομον κλιτὺν τοῦ Στοιβωτοῦ. Ἡ Φραγκογιαννοῦ τοὺς εἶδεν, ἐτρόμαξεν, ἐπῆρε τὸ καλάθι της, καὶ ἀσθμαίνουσα, ξεγλωσσασμένη, ἔτρεξε τὸν ἀνήφορον, ἐπάνω εἰς τὸν βράχον τὸν ἄβατον, εἰς τὸ Κλῆμα, πρὸς τὸ δυτικὸν μέρος. Ἐπέταξε, μὲ λάκτισμα τῶν ποδῶν πρὸς τὰ ὀπίσω, τὰς φθαρμένας ἐμβάδας, «τὰ παλιοκατσάρια της», καὶ ξυπόλυτη ἀνερριχήθη ἐπάνω εἰς τὸν κρημνόν. Οἱ δύο «νομᾶτοι» ἔβγαλαν κι αὐτοὶ τὰ τσαρούχια τους, κ᾽ ἔτρεξαν κατόπιν της, εἰς τὸν βράχον τὸν ἀπάτητον, εἰς τὸν χῶρον τῆς ἀπελπισίας, ὅπου ἐβάδιζεν ἐκείνη.

Μίαν μόνην στιγμήν, ἡ δύστηνος ἔστρεψε τὴν κεφαλὴν ὀπίσω. Τότε εἶδεν ὅτι οἱ διῶκται ἦσαν μὲν δύο, ἀλλὰ μόνον ὁ εἷς ἐφόρει τὴν στρατιωτικὴν στολήν. Ὁ ἄλλος ἔφερεν ἐγχώριον ἔνδυμα, μὲ σελάχι, ἐφωδιασμένον μὲ πιστόλια καὶ χαρμπιά, περὶ τὴν μέσην. Ἐφαίνετο νὰ εἶναι εἷς τῶν ἀγροφυλάκων.

Τοῦτο τὴν ἐπτόησε καὶ τὴν ἐφόβισεν. Ἡ ἀπουσία τοῦ ἑνὸς χωροφύλακος ἔδιδεν ἀφορμὴν εἰς ὑποψίας. Μήπως ἀπὸ τὴν ἄλλην πλευρὰν τοῦ κρημνοῦ, πέραν τοῦ βράχου τοῦ ἀξένου τῆς ἀπορρῶγος ἀκτῆς τὴν ἐπερίμενεν ἐνέδρα τις, ὥστε νὰ τὴν κλείσωσιν οἱ σκληροὶ διῶκται μεταξὺ δύο πυρῶν;

Καὶ πάλιν ἡ σύμπτωσις αὐτὴ τὴν ἐπαρηγόρησε καὶ τῆς ἐνέπνευσε μικρὰν ἐλπίδα. Ἐὰν ὁ ἕνας ἀπὸ τοὺς δύο «νομάτους» ἦτον πατριώτης, χωρικὸς ἄνθρωπος εἰς τὴν ὑπηρεσίαν τῆς δημαρχίας, τοῦτο ἴσως ἐσήμαινεν ὅτι οὗτος θὰ ἐξετέλει μᾶλλον ὡς ἀγγαρείαν τὸ κυνήγημα τὸ ὁποῖον τοῦ εἶχαν ἐπιβάλει καὶ ἴσως μᾶλλον θὰ ἔκοπτε τὴν ὁρμὴν τοῦ ἄλλου, τοῦ χωροφύλακος. Δὲν ἦτο δὲ ἀπίθανον ὁ ἀγροφύλαξ ἐκεῖνος καὶ νὰ ἠσθάνετο μέσα του κρυφὴν συμπάθειαν πρὸς τὴν φεύγουσαν, τὴν διωκομένην, τὴν τρέχουσαν ἐπάνω εἰς τὰ κατσάβραχα, μ' αἱματωμένους τοὺς πόδας, δυστυχῆ γυναῖκα — περὶ τῆς ἐνοχῆς τῆς ὁποίας δὲν ἦτο κἂν βέβαιος.

ΙΗ΄

Ὕστερον ἀπ' ὀλίγων λεπτῶν τῆς ὥρας κυνηγητόν, ἡ Φραγκογιαννοῦ ἔφθασεν εἰς τὴν τοποθεσίαν, τὴν ὁποίαν ὁ Καμπαναχμάκης εἶχεν ὀνομάσει «τὸ Μονοπάτι στὸ Κλῆμα». Ἦτον βράχος εἰσέχων ἀποτόμως πρὸς τὰ ἔσω, σχηματίζων μικρὸν ζύγωμα, κάτωθεν τοῦ ὁποίου ἔχασκεν ἡ ἄβυσσος, ἡ θάλασσα. Ἄνω τοῦ ζυγώματος τούτου ὑπῆρχε πάτημα ἡμισείας παλάμης τὸ πλάτος, ὅλον δὲ τὸ πέραμα ἦτο τριῶν ἢ τεσσάρων βημάτων. Ὅπως τὸ διέλθῃ τις, ἔπρεπε νὰ πιασθῇ ἀπὸ τὸν ἄνω βράχον, βλέπων πρὸς τὴν θάλασσαν, νὰ πατῇ μὲ τὴν πτέρναν, καὶ νὰ βαδίζῃ ἐκ δεξιῶν πρὸς τὰ ἀριστερά. Ἡ ζωή του ἐκρέματο εἰς μίαν τρίχα.

Ἡ Φραγκογιαννοῦ ἔκαμε τὸν σταυρόν της καὶ δὲν ἐδίστασε. Οὔτε ὑπῆρχεν ἄλλη αἵρεσις ἢ προσφυγή. Δρόμος ἄλλος δὲν ὑπῆρχεν ἐπάνω τοῦ βράχου. Ἡ γυνὴ ἐπῆρε τὸ καλάθι της εἰς τοὺς ὀδόντας, ἐπήδησεν ἀποφασιστικῶς, καὶ διέβη αἰσίως τὸ φοβερὸν πέραμα.

Ἔφθασαν κατόπιν ἀσθμαίνοντες οἱ δύο νομᾶτοι. Ὁ χωροφύλαξ εἶδε τὸ πέραμα κ᾽ ἐστάθη.

—Σοῦ βαστᾷ, ἡ καρδιά σου; εἶπε μὲ κρυφὴν χαιρεκακίαν ὁ σύντροφός του.

—Δὲν εἶναι ἄλλος δρόμος;

—Δὲν εἶναι.

—Ἐσὺ θὰ τό ᾽χης περάσει πολλὲς φορές, εἶπεν ὁ στρατιώτης.

—Ἐγώ, ὄχι! ἠρνήθη ὁ ἀγροφύλαξ.

—Δὲν ἤσουν τσομπάνης;

—Ἐγὼ ἔβοσκα πρόβατα στὸν κάμπο.

Ὁ χωροφύλαξ ἐδίστασεν ἀκόμη.

—Καὶ νὰ μᾶς ρίξῃ κάτω μιὰ γυναίκα! εἶπε.

—Δὲν προφθάσαμε νὰ τὴν ἰδοῦμε τὴ στιγμὴ ποὺ περνοῦσε, εἶπεν εἴρων ὁ δραγάτης. Ἂν τὴν ἔβλεπες, θὰ σοῦ ᾽κανε καρδιά.

—Ἀληθινά;

— Δὲν ξέρεις πόσες φορὲς δίνουν τὸ παράδειγμα οἱ γυναῖκες! εἶπεν ὁ ἀγροφύλαξ. Σὲ καμπόσα πράγματα, δείχνουν πολὺ κουράγιο.

—Κ᾽ ἐγὼ θὰ περάσω! εἶπεν ὁ χωροφύλαξ.

—Ἐμπρός!

Ὁ χωροφύλαξ ἔβγαλε τὸ ἀμπέχονόν του, καὶ τὸ ἔτεινεν εἰς τὸν σύντροφόν του, μείνας μὲ τὸ ὑποκάμισον. Ἔκαμε τὸ σημεῖον τοῦ Σταυροῦ.

—Ἂν περάσω πέρα, μοῦ τὸ ῥίχνεις, εἶπε.

Ἐδοκίμασε νὰ πατήσῃ ἐπὶ τοῦ στενοῦ, ἐπιάσθη ἀπὸ τὸν βράχον. Μετὰ ἓν βῆμα ὠπισθοδρόμησε.

— Μ᾽ ἔπιασε ζαλάδα, εἶπεν.

Ἐν τῷ μεταξὺ ἡ Φραγκογιαννοῦ, τρέχουσα, εἶχεν ἀνηφορίσει, καὶ ἀνήρχετο ὑψηλότερα εἰς τὴν ἀκτήν. Ἀποκαμωμένη, ἤσθμαινεν, ἐφύσα. Ἐπήγαινε, κ᾽ ἐστέκετο ἐπὶ μίαν ἀνεπαίσθητον στιγμήν, κ᾽ ἔτεινε τὰ ὦτα ἀκροωμένη. Ἤθελε νὰ βεβαιωθῇ ἂν θὰ διέβαινον τὸ πέραμα οἱ δύο διῶκταί της. Ἀλλὰ δὲν ἤκουε τίποτε. Ἀπὸ τὴν βραδύτητα αὐτὴν ἐσυμπέρανεν ὅτι οἱ δύο «νομᾶτοι» ἐδίσταζον πολὺ νὰ περάσουν τὸ μονοπάτι.

Τέλος ἔφθασεν εἰς τοῦ Πουλιοῦ τὴν Βρύσῃ, ὅπως τὴν εἶχεν ὀνομάσει ὁ Καμπαναχμάκης. Ἦτο μία πηγὴ ἐπάνω εἰς ὑψηλὸν βράχον, ἐπὶ τοῦ ὁποίου ἐσχηματίζετο μικρὸν ὀλισθηρὸν ὀροπέδιον ἀπὸ χῶμα, γεμᾶτον ἀπὸ βρύα καὶ ἄλλα ὑγρὰ χόρτα, τὰ ὁποῖα ἐφαίνοντο ὡς νὰ ἔπλεον εἰς τὸ νερόν. Ἡ Φραγκογιαννοῦ ἐπάτει καλὰ διὰ νὰ μὴ γλιστρήσῃ καὶ πέσῃ. Ἀπὸ τὴν βρύσιν ἐκείνην, πράγματι, μόνον τὰ πετεινὰ τ᾽ οὐρανοῦ ἠδύναντο νὰ πίνουν. Ἡ Χαδούλα ἔκυψε κ᾽ ἔπιε...

—Ἄχ! καθὼς πίνω ἀπ᾽ τὴ βρυσούλα σας, πουλάκια μου, εἶπε, δῶστέ μου καὶ τὴ χάρη σας, νὰ πετάξω!...

Κ᾽ ἐγέλασε μοναχή της, ἀποροῦσα ποῦ εὗρε τὸν ἀστεϊσμὸν αὐτὸν εἰς τοιαύτην ὥραν. Ἀλλὰ τὰ πουλιά, ὅταν τὴν εἶδαν, εἶχαν ἀγριεύσει, κ᾽ ἐπέταξαν ἔντρομα...

Ἐκάθισε, δίπλα εἰς τοῦ Πουλιοῦ τὴν Βρύσῃ, διὰ νὰ ξαποστάσῃ καὶ πάρῃ τὸν ἀνασασμόν της. Σχεδὸν εἶχε βεβαιωθῇ πλέον ὅτι οἱ δύο «νομᾶτοι» δὲν εἶχαν κατορθώσει νὰ διαβῶσι τὸ Μονοπάτι στὸ Κλῆμα.

Ἀλλὰ δὲν ἠσθάνετο ἀσφάλειαν, ἡ δύστηνος, καθημένη ἐκεῖ. Ὅθεν, μετ' ὀλίγα λεπτὰ ἐσηκώθη, ἐπῆρε τὸ καλάθι της, κ' ἔτρεξε τὸν κατήφορον. Τώρα πλέον ἐπήγαινεν ἀποφασιστικῶς εἰς τὸν Ἁι-Σώστην, εἰς τὸ Ἐρημητήριον. Καιρὸς ἦτο, ἂν ἐγλύτωνε, νὰ ἐξαγορευθῇ τὰ κρίματά της εἰς τὸν γέροντα, τὸν ἀσκητήν.

Εἰς ὀλίγα λεπτὰ τῆς ὥρας κατῆλθε τὴν ἀκτήν, κ' ἔφθασεν εἰς τὰ χαλίκια τοῦ αἰγιαλοῦ, εἰς τὴν ἄμμον. Ἀντίκρυσε τὸν ἀλίκτυπον βράχον, ἐπάνω εἰς τὸν ὁποῖον ἐφαίνετο ὁ παλαιὸς ναΐσκος τοῦ Ἁγίου Σώζοντος. Ὁ λαιμὸς τῆς ἄμμου, ὁ ἑνώνων τὸν μικρὸν βράχον μὲ τὴν στερεάν, μόλις ἀνεῖχεν ἕνα δάκτυλον ὑπεράνω τοῦ κύματος. Τώρα ἤρχιζε νὰ γίνεται πλημμύρα. Ἡ Φραγκογιαννοῦ ἐστάθη κ' ἐδίστασε. «Τάχα δὲν θὰ... ξαναγίνῃ ρήχη σὲ λίγη ὥρα; εἶπε. Γιατί νὰ βιαστῶ τώρα, νὰ γίνω μούσκεμα;»

Ἀλλὰ τὴν ἰδίαν στιγμὴν ἤκουσε θόρυβον ὄχι μικρὸν ἐπὶ τοῦ κρημνοῦ. Δύο ἄνδρες, ὁ εἷς στρατιωτικός, ὁ ἄλλος πολίτης, μὲ δύο τουφέκια ἐπ' ὤμου, κατήρχοντο τρέχοντες τὸν κατήφορον. Ὁ πολίτης δὲν ἦτον ὁ δραγάτης τὸν ὁποῖον εἶχεν ἀφήσει ὀπίσω, μὲ τὸν ἕνα χωροφύλακα, ἦτον ἄλλος, κ' ἐφόρει φράγκικα. Αὐτὴ λοιπὸν ἦτο ἡ ἐνέδρα, τὴν ὁποίαν εἶχεν ὑποπτεύσει εὐλόγως αὐτή, μὲ τὴν ὁποίαν ἠθέλησαν νὰ τὴν βάλουν εἰς τὰ στενά; Ἰδοὺ ὅτι τώρα τὴν ἔφθαναν.

Ἡ Φραγκογιαννοῦ ἔτρεξεν, ἔκαμε τὸν σταυρόν της, κ' ἐπάτησεν ἐπάνω εἰς τὸ πέραμα τῆς ἄμμου. Ἡ ἄμμος ἦτον ὀλισθηρά. Τὸ κῦμα ἀνήρχετο, ἐφούσκωνε. Ἡ γυνὴ δὲν ὠπισθοδρόμησε. Δὲν εἶχεν ἄλλην σανίδα σωτηρίας. Οὔτε αὐτήν, τὴν παροῦσαν, μάλιστα δὲν εἶχε.

Τὸ κῦμα ἀνέβαινεν, ἀνέβαινε. Ἡ Φραγκογιαννοῦ ἐπάτει. Ἡ ἄμμος ἐνέδιδε. Οἱ πόδες της ἐγλιστροῦσαν.

Ὁ βράχος τοῦ ἁγίου Σώζοντος ἀπεῖχε περὶ τὰς δώδεκα ὀργυιὰς ἀπὸ τὴν ἀκτήν. Ὁ λαιμὸς τῆς ἄμμου, τὸ πέραμα, θὰ ἦτο πλέον ἢ πεντήκοντα βημάτων τὸ μῆκος.

Τὸ κῦμα τὴν ἔφθασεν ἕως τὸ γόνυ, εἶτα ὡς τὴν μέσην. Ἡ ἄμμος ἐγλιστροῦσε. Ἐγίνετο βάλτος, λάκκος. Τὸ κῦμα ἀνῆλθεν ἕως τὸ στέρνον της. Οἱ δύο ἄνδρες, οἵτινες τὴν ἐκυνήγουν, ἔρριψαν μίαν τουφεκιὰν διὰ νὰ τὴν πτοήσουν. Εἶτα ἠκούσθησαν αἱ φωναί των, φωναὶ ἀλαλαγμοῦ καὶ βεβαίας νίκης.

Ἡ Φραγκογιαννοῦ ἀπεῖχεν ἀκόμη ὡς δέκα βήματα ἀπὸ τὸν Ἅι-Σώστην.

Δὲν εἶχε πλέον ἔδαφος νὰ πατήσῃ· ἐγονάτισεν. Εἰς τὸ στόμα της εἰσήρχετο τὸ ἁλμυρὸν καὶ πικρὸν ὕδωρ.

Τὰ κύματα ἐφούσκωναν ἀγρίως, ὡς νὰ εἶχον πάθος. Ἐκάλυψαν τοὺς μυκτῆρας καὶ τὰ ὦτά της. Τὴν στιγμὴν ἐκείνην τὸ βλέμμα τῆς Φραγκογιαννοῦς ἀντίκρυσε τὸ Μποστάνι, τὴν ἔρημον βορειοδυτικὴν ἀκτήν, ὅπου τῆς εἶχον δώσει ὡς προῖκα ἕνα ἀγρόν, ὅταν νεάνιδα τὴν ὑπάνδρευσαν καὶ τὴν ἐκουκούλωσαν, καὶ τὴν ἔκαμαν νύφην οἱ γονεῖς της.

—Ὤ! νά τὸ προικιό μου! εἶπε.

Αὐταὶ ὑπῆρξαν αἱ τελευταῖαι λέξεις της. Ἡ γραῖα Χαδούλα εὗρε τὸν θάνατον εἰς τὸ πέραμα τοῦ Ἁγίου Σώστη, εἰς τὸν λαιμὸν τὸν ἑνώνοντα τὸν βράχον τοῦ ἐρημητηρίου μὲ τὴν ξηράν, εἰς τὸ ἥμισυ τοῦ δρόμου, μεταξὺ τῆς θείας καὶ τῆς ἀνθρωπίνης δικαιοσύνης.

(1903)

Made in the USA
Lexington, KY
08 March 2018